国学经典

[北宋] 李清照 著

孙秋克 注评

李清照诗词选

中州古籍出版社

李清照诗词选

前　言

公元1084年（宋神宗元丰七年），在华夏文明的渊薮齐鲁大地上，诞生了一代女词人李清照。李清照（1084—?），号易安居士，齐州章丘（今属山东）人。她的家世之高华，并不在于高官厚禄，锦衣玉食，而在于书香门第，文化根柢深沉。其父李格非是进士，文章称于一时；其母是状元王拱辰的孙女，亦擅长文辞。李格非供职太学时，以文章为苏轼所赏识，与"苏门"关系甚密，名列"苏门后四学士"。

出身于这样的家庭，是封建时代女性的幸运，更是造就文学史上首屈一指的女词家不可或缺的条件。在中华民族几千年的文明史上，妇女地位之日益低下，所受压迫之日益深重，使她们几乎不可能掌握文化，遑论跻身于文学殿堂，并成为其翘楚。"此花不与群花比"——这是李清照在其词《渔家傲》中对梅花的礼赞，也是她自己人格追求和文学成就的写照。"压倒须眉"——这是封建士大夫对李清照才华的折服，也是对女性文学地位的肯定。然而赢得这样的地位，李清照遭遇了多少那个时代作为女性和北宋遗民的悲伤？不仅只是拥有出众的才华，就可以凝结为词坛上那一串璀璨的珍珠，除了"一种相思，两处闲愁"所化成的清美意境，她的泪水，她的悲恸，她的乡愁，她的愤懑，都是其词作具有永久艺术魅力所隐藏的密码。

"欢愉之辞难工，而穷苦之言易好"（韩愈《荆谭唱和诗序》），这是文学创作的一般情形。但是，李清照的词作似乎打破了这一定律。无论是欢愉之辞，还是穷苦之言，出于她的笔下，都具有不同凡响的美感，那穿透人心的力量，全然不以时间和空间为限。如果从这个角度看，我们就不能不承认作家个人才华的作用了。或许，正因为兼备了生活的磨砺和出众的才华，再就是高华家世背景所提供的成才条件，李清照才取得了如此卓越的文学成就？或许，一如"花自飘零水自流"——李清照的情感源于生活，而对于那个时代的女性来说，生活常常是不可选择的。不可选择的生活所产生的特定情感，出众的才华所选择的审美意象，形成了李清照词与众不同的美感。在李清照的作品中，自然与人力，化境与人工，一切都来得那么自然。究竟哪一个更为重要？无须分辨，也无法称量。它们就是如此浑然一体地结合在一起，表现为李清照清新自然的词风，雄浑豪迈的诗风，转接无迹的文风，更有凸现于所有作品之上的女作家鲜明的自我形象。这一切都使得李清照的作品，明显地区别于那些由男性代言者，成为中国文学史上女性文学的杰出代表。

要走近李清照，就要解析她的作品；要读懂她的作品，就要了解她的生活和她生活的时代。但《宋史》对李清照的记载，仅有寥寥数语附于其父李格非的传记之后，同时代人的记载虽然可资借鉴，却多半集中在她的改嫁问题上。我们对李清照的了解，最直接的材料，就只有其作品了。生活、情感和才华三位一体，不可分割，这是完整解读李清照应走的途径。

如果我们以南渡为界大致划分李清照的生平，那么这两段时间在其一生中虽然约略相等，用以观其人、其词，却未免失之粗疏。其实在前后期中，还有不同的阶段，构成了李清照人生和作品风格的异彩，以及个性鲜明的自我形象，这一切在其词、诗、文，尤其是词中,可谓历历分明。所以,本书的词选部分,大体按少女时代、新婚时期、屏居青州、南渡初期、漂泊江南等五个时期来编选。

由于父亲和公爹陷于党争之中,在北宋时期社会地位相对优越的李清照,生活中也颇多不尽如意处,但出嫁前她是家中娇女,婚后伉俪情投意合,总体上还算是幸福的。这一时期,李清照在词中表现了闺中少女、娇俏少妇、愁怨思妇等不同的自我形象。

在才华初显的少女时代,女词人的形象是那样聪慧娇憨,散发着浓郁的青春气息。李清照三岁时,其父李格非在京师太学就职,她大约是在故乡生活了一段时间后才来到京师的。关于她这时期的状态,我们只能从《点绛唇》(蹴罢秋千)、《浣溪沙》(绣面芙蓉一笑开)、《浣溪沙》(淡荡春光寒食天)等词中约略见出。这几首小词,表现了词人清纯可爱的少女形象,表现出她成长的环境为封建时代女性少有的宽松自由。《点绛唇》这首词是否为李清照的作品,学界并未完全认同,但艺术形象本身就是最好的证言。从词中少女在一个夏日的早晨,荡罢秋千之后突见人来那种既活泼调皮,又含蓄温婉的形象,可以认定这是李清照的早期词作。这两首《浣溪沙》,前一首为美人画像,后一首写清明时节的景象和珍惜青春的心情,都表现了少女特有的情怀。不过一般学者推测她十七岁时结识张耒,并作《浯溪中兴颂诗和张文潜》二首,则恐怕不尽然(详见该诗评析及附录《李清照生平及著作简表》)。

十八岁时李清照出嫁了,她的如意郎君,是当时做太学生的赵明诚,明诚的父亲赵挺之时为吏部侍郎。明诚自幼颇好文义,尤喜苏轼和黄庭坚的作品,这倒无意中与李格非殊途同归。携子之手,与子同行,李清照婚后在京城的生活是幸福的。"卖花担上,买得一枝春欲放。""云鬓斜簪,徒要教郎比并看。"《减字木兰花》中这个娇俏可爱的女子,就是新婚时节内心充满幸福,沉浸在甜蜜爱情中的词人自我形象。《减字木兰花》、《庆清朝慢》、《殢人娇》、《鹧鸪天》（暗淡轻黄体性柔）等词作，生动地表现了这种生活的宁静和浪漫。"玉瘦香浓"、清秀劲拔的梅花，"独占残春"、"一番风露晓妆新"的牡丹，"梅定妒，菊应羞，画阑开处冠中秋"的桂花，都无一不流露出词人卓尔不群的气质。不久赵明诚出仕，新婚远别，相思离别之愁不时袭上词人的心头，使她写下了《浣溪沙》（髻子伤春懒更梳）、《小重山》、《怨王孙》（帝里春晚）、《一剪梅》、《醉花阴》等名篇。特别是《一剪梅》和《醉花阴》中那个满怀深情的相思少妇形象，成为古典诗词中这类题材的典型。

然而，党争的阴影不久就侵入了李清照虽然有几许相思之苦，却不失为幸福的新婚生活。宋徽宗崇宁元年（1102），蔡京以元祐党人不得在京做官为由，上书弹劾了十七位朝臣，李格非亦因名在党籍而被罢免。这年九月，更有诏禁元祐党人子弟居京，清照因而被遣回原籍。直到宋徽宗崇宁五年正月，毁《元祐党人碑》，除党禁，李格非等才被放归，而李清照大概也于此时才得由原籍返汴京。但旋即又一场灾难袭来，宋徽宗大观元年（1107）三月，赵挺之病卒，卒后三日，蔡京即下文置狱，其家属、亲戚在京者广受株连。赵明诚兄弟被捕入狱，虽然以"皆无实事"解狱，但京中不能立足，遂举家移居青州。李清照随赵氏迁居，开始了屏居十年的青州岁月。

青州岁月虽得之于祸，却成就了清照夫妇两情相契，携游于金石书画中的神仙眷侣岁月——他们命书斋曰"归来堂"，李清照则自号"易安居士"。夫妇二人一同收集金石书画，猜书斗茶。赵明诚撰《金石录》，李清照则"笔削其间"。这段时日他们在物质上并不充裕，但精神上非常富足，"甘心老是乡矣，故虽处忧患困穷而志不屈"。以至于李清照在漂泊江南的孤凄晚年回忆起这段生活时，笔调仍充满了幸福和甜蜜。（以上见《金石录后序》）《怨王孙》（湖上风来波浩渺）、《渔家傲》（雪里已知春信近）等词作于这个时期。或陶醉于"水光山色与人亲"的美景，或欣然于"雪里已知春信近"的心境，词人的自我形象恬淡超然，与世无争。

如果李清照与赵明诚就这样终老是乡，或许其词作中的怅恨悲愁都不会出现，那么毫无疑问，我们也将会因此而失去一批珍贵的词作。赵明诚何时起复并走出青州岁月，我们如今已不得而知。但从李清照的一些词作看，似乎她和赵明诚分别后独居青州的时间不短。直到宋徽宗宣和三年（1121），三十八岁的李清照才得以结束屏居生涯，与做莱州知府的赵明诚团聚。《凤凰台上忆吹箫》、《忆秦娥》、《多丽》、《好事近》（风定落花深）、《行香子》（草际鸣蛩）、《念奴娇》、《点绛唇》（寂寞深闺）、《蝶恋花》（暖日晴风初破冻）、《诉衷情》、《浣溪沙》（莫许杯深琥珀浓）、《满庭芳》（小阁藏春）、《玉楼春》（红酥肯放琼苞碎）等词，当作于李清照到莱州和赵明诚团聚之前、独居青州这一时期。如果以李清照现存五十来篇较为可靠的词作算，这批作品的数量可真是不能小看。这些词作失去了屏居初期的欢乐——无论是山水之乐，还是金石之乐；也没有发自内心的幸福感——无论是两情相悦的欢欣，还是相思的甜蜜和忧愁。蕴蓄于这时期一篇篇词作中的，是无边的寂寞和抒情女主人公内心难以抹平的怨恨。而词人的自我形象，亦不再是"人比黄花瘦"的清丽优美，而是那般愁情难释，甚至满腹幽怨。一句话，那就是一个怨妇形象。甚至在途经昌乐时所作的《蝶恋花》（晚止昌乐馆寄姊妹）中，我们都看不到一点点将要和丈夫聚首的欢欣。显然这是因离别姊妹而悲伤所解释不了的。是这对神仙眷侣的感情发生变化了，抑或是赵明诚因另有新欢而曾疏离了李清照？虽然时下颇有人想坐实这样的猜测，但查无实据，笔者只能存疑。

不久赵明诚移知淄川，至宋钦宗靖康元年（1126），金兵大举南侵，终于攻破东京（今开封）。次年赵明诚知江宁府（今南京），李清照则在这一年冬天"载书十五车。至东海，连舻渡淮，又渡江"，翌年春天到达江宁，开始了南渡生涯。故都沦亡后漂泊江南，虽让清照感到吴江水冷，但南渡初期，她和明诚还是有过一段短暂的快乐时光。李清照"每值天大雪，即顶笠披蓑，循城远览以寻诗"（周辉《清波杂志》）。她这时期的《菩萨蛮》（归鸿声断）、《菩萨蛮》（风柔日薄春犹早）、《蝶恋花·上巳召亲族》、《鹧鸪天》（寒日萧萧）等词中的自我形象，因"心情好"而略显轻盈。不过，从"故乡何处是，忘了除非醉"，"春意看花难，西风留旧寒"等饱含着沉重乡思的词句中，我们不难看到词人忧心忡忡的形象。

宋高宗建炎三年（1129），李清照遭受了个人生活中最为沉重的打击：八月十八日，赵明诚因急症病卒。李清照葬毕赵明诚即大病，此后便开始了只身漂泊江南的日子。她一面痛感于苦心收藏的金石书画渐次散失，一面为辩白谣传的"玉壶颁金"之语而追随朝廷，受尽了颠沛流离之苦，更兼受蒙蔽而改嫁，旋即讼离，这一系列的重大变故，使得女词人在国破家亡的痛苦上，又平添了几重痛苦，《摊破浣溪沙》、《孤雁儿》等词作，刻画了一个"说不尽无佳思"、"肠断与谁同倚"、"病起萧萧两鬓华"的哀苦嫠妇形象。然而，这时期的李清照并没有完全陷于个人的悲苦忧愁，宋高宗绍兴三年（1133），年逾半百的词人，还为朝廷派遣使者与金朝通好而作《上枢密韩肖胄诗》二首，忧国忧民之情溢于言表。

随着国是日非，在漂泊词人的眼中，江南风物是更见衰飒了。晚年寓居临安，李清照填《清平乐》词，回顾了平生赏梅的不同心境，将容颜憔悴、白发稀疏的老妇，和当年插梅沉醉、青春焕发的年轻女性连为一体，突出了垂暮之年的自我形象。胡仔说李清照晚年"尝忆京洛旧事"（《苕溪渔隐丛话》卷六十《丽人杂记》），《永遇乐》（落日熔金）当作于这个时期。在这首南渡后期的代表作中，词人的自我形象更见凄苦和悲凉："如今憔悴，风鬟霜鬓，怕见夜间出去。不如向、帘儿底下，听人笑语。"或许，这就是一代词人留在世间的最后剪影。

李清照也有一些应酬之作，如给贵人贺生辰之类应景词章。但她总是能以不俗的境界写俗事，如南渡后的《新荷叶》词，就表现了词人的家国情怀。

一个作家的创作理论，是其创作经验的总结，同时也是其创作实践的指导思想。作为谙熟词体特点的词作家，李清照在其词学名作《词论》中，从尊体的角度，以词"别是一家"为核心，阐述了词之为词的体性和特点，把"协音律"作为词最重要的元素。所以，对宋词之变，她首标柳永的《乐章集》，同时又批评北宋初期名家晏殊、欧阳修，甚至北宋大家苏轼的词，"皆句读不葺之诗尔"。但不知何故，李清照只字不提同时代的著名词人、大晟乐府提举周邦彦。我想这是因为除了协律，她认为词之所以为词，还有风格高雅、意境浑成、讲铺叙、求典重、有故实等特点，而周邦彦的主要贡献在创调协律。但李清照过于拘泥词"别是一家"，她在自己的文学创作实践中严守二者的界限：词以婉约清雅为宗，表现个人的情感天地；诗风则疏放激越，呈现对国家前途命运的关怀。这就令人不无遗憾地看到，作为中国文学史上第一流的词人，她的词作只是间接地表现了时代风云的变幻。

或许正是因为倡导词"别是一家"，在古代评论家眼里，李清照的词得到了两种截然相反的评价：一面是对其情爱抒发的指责，一面是对其艺术形式的赞美。就前者而论，与李清照同时代的王灼在《碧鸡漫志》卷二中的评论，是最早也是最有代表性的，可谓开后世之先河："作长短句，能曲折尽人意，轻巧尖新，姿态百出。闾巷荒淫之语，肆意落笔。自古缙绅之家能文妇女，未见如此无顾藉也。"但就后者而言，以《声声慢》为代表的语言、韵律技巧，则令无数须眉为之倾倒，群起仿效而不能达其境界。这类评论很多，无须一一列举。

其实无论从自我形象的特点，还是从意象、意境、词风等方面来看，李清照词都随着其生活的变故和艺术功力的提高，呈现出变化发展的态势。而白描手法的运用，于寻常语中见深味、见精美，也是越来越趋于成熟的。

无论在李清照哪一个时期的词作中，抒情女主人公的自我形象，总是居于画面的中心，表现为典型的"有我之境"——即以词人之眼观物，物皆著"我"之色彩。正因为如此，其自我形象才在各个不同时期的作品中，表现出各异的色彩。也正因为如此，李清照词总是以最适宜表达情感的意象，生成审美特点各异的意境。她在北宋时期的词，以青州屏居、赵明诚起复之前为界，从少女到思妇，意象皆清丽明朗，构成优美而略带感伤的意境。"露浓花瘦"、"绿肥红瘦"、"月满西楼"、"花自飘零水自流"、"人比黄花瘦"，等等，莫不如此。然而在赵明诚起复后她独居青州的日子里，怨情萦绕，意象不再那么清朗，意境也就有了"浓烟暗雨"般的况味。如"柔肠一寸愁千缕"、"多少事，欲说还休"、"征鸿过尽，万千心事难寄"、"人意不如山色好"，等等。南渡前期，国家虽山河破碎，清照伉俪却还有一段相对欢乐的时光，因而对故都的思忆，表现在意象和意境上色彩虽然凄楚，却与北宋时期的风格相距不远。南渡后期可就大不相同了，个人忧患与国是日非，无一不让词人揪心，愁云惨雾笼罩了其心境，词的意象和意境，也同样阴郁悲凉。"春归秣陵树，人老建康城"、"病起萧萧两鬓华"还不足以表现她内心的悲苦，《声声慢》的凄厉，《永遇乐》的哀恸，又"怎一个愁字了得"！

如果说在意境的生成上，意象是决定的因素，那么在意境的结构上，不同的方式，也将决定艺术联想空间，即境外之境的有限与无限。李清照前期词主要从抒情女主人公的眼界入笔，故闺阁景象、小庭深院、高楼琐窗、征鸿过雁等，构成了其词境的主体，并随着抒情女主人公视线的移动和行为的转换，组合各种意象。以这样的方式形成的意境，难免令人有狭窄之感，而其情感的信息量，也就比较有限。代表作如《一剪梅》、《醉花阴》已极尽意象美、意境美、用词美之能事，但仍不能突破闺阁词之藩篱。但至南渡后，李清照词的眼界大了，境界亦开阔了，其为人激赏的所谓"压倒须眉"者，多半作于这个时期。试看《清平乐》之咏梅，以一小词的篇幅，竟然整合了一生梅事，贯通了南北家国，极见提炼熔铸功力。《永遇乐》为慢词，便于铺叙，词人以元宵之夜为题材，以今昔对比为题旨而成其词境，由景而入，情在其中，但又岂是通常的情景交融所能论断？词人一生之悲欢离合，中原、江南之时代异变，如此鲜明地系于其中，沧海桑田的感慨，又何止于一人一时？可以说，李清照的后期词，事实上已突破了她在《词论》中"别是一家"的界限，接续了苏轼以来以诗为词的潮流。所以，其后被誉为豪放派代表词人的辛弃疾，有"效易安体"之作，刘辰翁亦有作品和《永遇乐》，自序说三年来"每闻此词，辄不自堪"。

　　至于李清照的词善于化抽象为具象，善于使用白描手法等，言者甚多，不赘。作为一代文学大家，李清照的诗和文亦各有胜境，或许比词更能表现其政治眼界、人生感悟、时代风云及其个人压倒须眉的气质，这本集子里也有选录或附录，这里亦不赘。

　　李清照的作品多半散佚，历代选录虽多，文字却颇有出入，有的作品真伪难辨，其生平事迹亦有诸多疑问。王学初的《李清照集校注》（人民文学出版社1979版）集历代资料之大成，加以校勘、考证精凿，一向为学界同仁所推重。本书选录作品以"王本"为底本，对有争议的作品和异文审慎去取，而后按笔者所认定的李清照生平和创作阶段编排。注释一面力求简明扼要，避免过多征引，一面精选名家名作为例，以供读者参阅，所引原文过于艰深者，则尽可能用现代语来解说。评析部分希望通过诗性的解读，消解岁月的隔膜，令读者感受到李清照作品历久弥新的艺术魅力，行文风格则力避学究气。以上考虑，既是为了照顾丛书的基本取向，亦是从读者的角度出发。要让今天的读者走近李清照，理应深入浅出而不是故作高深。所涉李清照生平事迹及作品年代，主要以史料及其诗、词、文为原始依据进行考订，于"王本"提供的资料和学术界新成果亦有所借鉴，在此一并致谢。

最后笔者想说：公元11世纪下半叶，宋王朝为中国、为世界奉献了李清照这样一位文学家。虽然她的作品散佚过半，留存不多，但在这些作品中，有她的人格、她的爱情、她的伤悲、她的屈辱。对她和她的作品，我们应当珍惜再珍惜。如果不是证据确凿，那些试图粉碎其美好爱情，试图颠覆其美好形象的所谓新说之提出，都应当慎重再慎重——因为李清照不是一个传说。

目录

词 选

点绛唇（蹴罢秋千） …………………………………… 17
浣溪沙（绣面芙蓉一笑开） …………………………… 20
浣溪沙（淡荡春光寒食天） …………………………… 22
浣溪沙（小院闲窗春色深） …………………………… 24
减字木兰花（卖花担上） ……………………………… 27
庆清朝慢（禁幄低张） ………………………………… 29
殢人娇（玉瘦香浓） …………………………………… 33
鹧鸪天（暗淡轻黄体性柔） …………………………… 35
如梦令（昨夜雨疏风骤） ……………………………… 39
如梦令（常记溪亭日暮） ……………………………… 41
浣溪沙（髻子伤春懒更梳） …………………………… 43
小重山（春到长门春草青） …………………………… 44
怨王孙（湖上风来波浩渺） …………………………… 47
怨王孙（帝里春晚） …………………………………… 50
一剪梅（红藕香残玉簟秋） …………………………… 51

醉花阴（薄雾浓云愁永昼） ……………………………… 55
摊破浣溪沙（揉破黄金万点轻） ……………………… 58
渔家傲（雪里已知春信至） …………………………… 60
多丽（小楼寒） ………………………………………… 62
好事近（风定落花深） ………………………………… 66
行香子（草际鸣蛩） …………………………………… 69
念奴娇（萧条庭院） …………………………………… 72
点绛唇（寂寞深闺） …………………………………… 74
蝶恋花（暖日晴风初破冻） …………………………… 77
诉衷情（夜来沉醉卸妆迟） …………………………… 80
浣溪沙（莫许杯深琥珀浓） …………………………… 81
满庭芳（小阁藏春） …………………………………… 83
玉楼春（红酥肯放琼苞碎） …………………………… 87
凤凰台上忆吹箫（香冷金猊） ………………………… 89
蝶恋花（泪湿罗衣脂粉满） …………………………… 93
长寿乐（微寒应候） …………………………………… 96
菩萨蛮（归鸿声断残云碧） …………………………… 99
蝶恋花（永夜恹恹欢意少） …………………………… 101
菩萨蛮（风柔日薄春犹早） …………………………… 104
声声慢（寻寻觅觅） …………………………………… 105
添字采桑子（窗前谁种芭蕉树） ……………………… 111
孤雁儿（藤床纸帐朝眠起） …………………………… 114
南歌子（天上星河转） ………………………………… 117
临江仙（庭院深深深几许） …………………………… 118
忆秦娥（临高阁） ……………………………………… 121
武陵春（风住尘香花已尽） …………………………… 123

摊破浣溪沙(病起萧萧两鬓华) ———————— 125
鹧鸪天(寒日萧萧上琐窗) ———————— 128
清平乐(年年雪里) ———————————— 130
新荷叶(薄露初零) ———————————— 133
永遇乐(落日镕金) ———————————— 135

诗 选

浯溪中兴颂诗和张文潜(二首) ——————— 139
晓梦 ——————————————————— 145
感怀 ——————————————————— 148
咏史 ——————————————————— 150
夏日绝句 ————————————————— 153
钓台 ——————————————————— 155
偶成 ——————————————————— 157
春残 ——————————————————— 159
上枢密韩肖胄诗(二首) —————————— 161
题八咏楼 ————————————————— 169

附 录

词论 ——————————————————— 172
金石录后序 ———————————————— 179
投翰林学士綦崇礼启 ———————————— 188
打马图序 ————————————————— 195
李清照生平及著作简表 ——————————— 199
历代刻印出版李清照作品选目 ———————— 211
现代李清照研究著作选目 —————————— 214

词 选

点绛唇①（蹴罢秋千）

蹴②罢秋千，起来慵整③纤纤手④。露浓花瘦⑤，薄汗⑥轻衣⑦透。　见客入来⑧，袜刬⑨金钗溜⑩，和羞⑪走。倚门回首，却把青梅嗅。

[注释]

①点绛唇：据杨慎《升庵词品》，这个词调来自南朝梁代江淹的《咏美人春游》，诗中有"白雪凝琼貌，明珠点绛唇"句。又有《点樱桃》、《十八香》、《南浦月》、《沙头雨》等异名。②蹴（cù）：踢、踏。这里引申为荡，即荡秋千。③慵整：懒得整理。④纤纤手：十指细长秀美的手。出自《诗经·魏风·葛屦》："纤纤女手，可以缝裳。"⑤露浓花瘦：浓重的露水让花显得承受不起。⑥薄汗：微微有些出汗。⑦轻衣：绮罗做成的衣裙。⑧见客入来：据《花草粹编》卷二，诸本作"见有人来"。⑨袜刬（chǎn）：只穿着袜子行走。宋代秦观《河传》词："髻云松，罗袜刬。"亦作"刬袜"。南唐李煜《菩萨蛮》："刬袜步香苔，手提金缕鞋。"⑩溜（liù）：滑落。此为仄声韵。

⑪和羞：含羞。

[评析]

解读李清照的这首词，先要说到唐代诗人韩偓之诗《偶见》。因为这不仅涉及李清照这首词的蓝本，还涉及这首词的真伪。无论是究继承而观变化，还是品内涵而明归属，都不能对《偶见》视而不见。

《偶见》又题为《秋千》，诗道："秋千打困解罗裙，指点醍醐索一尊。见客入来和笑走，手搓梅子映中门。"韩诗以白描的手法，横截了一个生活的片段，刻画出一个女性慵懒而俏皮的形象。她是一个少女吗？从动作和神态看不像。但显然是有一定身份地位的少妇。

荡秋千是古代闺中游戏。明代"四大奇书"之一的《金瓶梅词话》第二十五回，用了半回的篇幅来描写西门庆家众妇女的秋千戏，崇祯本这一回的回目即为《吴月娘春昼秋千》。凌濛初的《初刻拍案惊奇》有《宣徽院仕女秋千会》，明代还有线绣的《仕女秋千图》，可见这一游戏之盛行。然而做这个游戏需要有一定的场所，那就是庭院。市井浅房窄户人家的女子，是没有条件荡秋千的。所以，在古代文化中，秋千总是和仕女连在一起。西门庆家的妻妾虽然称不上仕女，但暴发户有钱了，亦不妨模仿仕女，玩一玩高雅的游戏。

词不同于小说，不能、也不必进行详细描写，女词人正是了悟于此，故一首小词虽然有情节，有人物，写来却依然是词的韵味。《点绛唇》写夏日清晨，一位闺中女性荡罢秋千的情境。开篇一句看似平铺直叙，实则精心地选择了一个切入点：词中的女性不是如同《偶见》中的那样"解罗裙"，而是懒得整理紧握秋千绳的纤纤手。仅开篇这样一个不同的细节，少女和少妇身份的区别立现笔端。进一步描绘少女清新纤美的形象，夏日清晨带露的鲜花，烘托

"薄汗"略沾"轻衣"的娇容,恰到好处地写出了仕女的特点,这显然也比韩偓诗中的索要醒醐别具美感。下阕从对少女悠闲意态的描写陡转一笔,横生波澜:忽然看到陌生人走进门来,少女的娇羞使她来不及穿鞋就往里走,头上的金钗也因忙乱而滑落下来。同样是描写细节,但和上阕不同的是,这个细节为下面表现少女微妙的心理和明敏的个性张本。"走",固然显得很慌乱,但慌乱中不失贵族少女的本色,所以她在猝不及防中仍带几分羞色。"羞",传神地表现了闺中少女内敛自持的心理特点;而《偶见》的"笑",是面部动作幅度较大的表情,也许更适于表现少妇。然而,如果词情到"羞"而止,那这个少女就成了小家碧玉似的邻家女孩;如果继续沿着韩诗的"手搓梅子映中门"写下去,那这个少女的形象或许就失之含蓄温婉。好在词人接着以一个巧妙的定格,完成了这首小词对少女形象的塑造:"倚门回首,却把青梅嗅。"这一神来之笔,无疑使少女的形象更为灵动了。"回首",是因为她有好奇之心,想知道来者究竟是何人。但如果直瞪瞪地看,那显然是失礼的,也不符合贵族少女的身份。汉代乐府诗《陌上桑》写路上的男子为了观看美女罗敷,尚且要以"下担捋髭须"、"脱帽著帩头"来掩饰自己的心思,何况这是一个少女呢?所以要"倚门",还要有嗅青梅这样一个动作的描写。这不仅是少女自重身份,更是其温婉可爱、灵心慧性的表现,而词笔神韵,正见于此。同"羞"和"笑"的区别一样,"搓"和"嗅",也在动作幅度大小的区分中,突出了少女娇美的形象。

  分析到这里,我们应当可以确定开头提出的两个问题了。清代贺裳《皱水轩词筌》认为,这首词是无名氏对《偶见》的演绎。当代词学大家唐圭璋先生赞同此说,其依据是李清照乃"名门闺秀",词中的描写却"颇类市井妇女之行径,不类清照之为人"(《词学论丛·读李清照词札记》)。其实所谓演绎,无妨看做一种新的创造。如果后来居上，广泛流传，使原作反因附骥尾而不致被埋没，那么，这样的演绎之功，就远不止于青出于蓝而胜于蓝了。这首《点绛唇》之于绝句《偶见》，情形正是如此。至于这首词是否为李清照的作品，艺术形象本身就是最好的证言。从词中少女既娇憨调皮，又含蓄可爱的形象，可以认定这是李清照的早期词作。词作清浅精致的语言和明朗优美的意象，亦吻合清照词一贯的风格。

浣溪沙（绣面芙蓉一笑开）

绣面①芙蓉②一笑开，斜飞宝鸭③衬香腮④，眼波⑤才动被人猜。　　一面⑥风情深有韵，半笺娇恨寄幽怀，月移花影约重来。

[注释]

①绣面：古代妇女在脸上贴花以为装饰，如同绣花一般。唐代白居易《东南行一百韵》诗："绣面谁家婢？鸦头几岁奴？"李贺《荣华乐》（一作《东洛梁家谣》）诗："口吟舌话称女郎，锦袪绣面汉帝旁。"②芙蓉：荷花的别名，比喻容貌之美。白居易《长恨歌》："芙蓉如面柳如眉，对此如何不泪垂。"宋代黄机《鹊桥仙》词："黄花似钿，芙蓉如面，秋事凄然向晚。"③宝鸭：多指鸭形香炉，此处似指以鸭形为钗头的女性头饰。宋代毛滂《玉楼春》词："翠帘绣暖燕归来，宝鸭花香蜂上下。"④香腮：形容美丽的脸庞。唐代温庭筠《菩萨蛮》词："小山重叠金明灭，鬓云欲度香腮雪。"南唐李煜《捣练子》词："斜托香腮春笋嫩。"⑤眼波：指目光流动如水波。宋代王观《卜算子·送鲍浩然之浙东》词："水是眼波横，山是眉峰聚。"清代纳兰性德《如梦令》词："蓦地一相逢，心思眼波难定。"⑥一面：满脸，满面。

[评析]

李清照不用丹青，而是用小令，绘成了一幅比水墨画更高明的美人图。

为美人画像,自《诗经》时代就有杰作产生,《卫风·硕人》是这样写的:"手如柔荑,肤若凝脂,领如蝤蛴,齿如瓠犀,螓首蛾眉。巧笑倩兮,美目盼兮。"诗人连续用了五个比喻,从各个方面来夸赞这位美人,这就是我们通常说的博喻。博喻仍嫌不足,还要加上对其笑容和眼神的描绘:她的手指如草芽般柔嫩,她的肌肤像凝冻的香脂,她的颈子如嫩白的蝤蛴,她的牙齿整齐均匀好比瓠瓜子儿,她的眉毛弯弯似蚕儿触角细长。她嫣然一笑,美丽的眼睛顾盼神飞。这幅中国最早用文学语言绘出的美女图,对后世影响深远。不过,我们可以不客气地指出,博喻虽然可以使形象鲜明,但用多了毕竟显得呆板。在这个美人身上,"巧笑倩兮,美目盼兮"才是点睛之笔。如果没有这两句,试想:会不会是一个呆美人?在这个名篇之后,诗人们继续用文字为美人画像,手法越来越灵活。如汉乐府诗《陌上桑》写秦罗敷之美,不仅继承了《硕人》的正面描写手法,还开创了侧面描写的先例,即从旁人的眼睛来折射其美:"行者见罗敷,下担捋髭须;少年见罗敷,脱帽著帩头。耕者忘其犁,锄者忘其锄;来归相怨怒,但坐观罗敷。"这是多么生动,多么灵活,又多么风趣的描写!

其实用词这种文学形式来描写美人的作品不少,错彩镂金如温庭筠的《菩萨蛮》(小山重叠金明灭),可说是最有代表性的了。易安这首词则以清新灵动取胜,就中最为人传诵的是"眼波才动被人猜"一句。画龙要点睛,传神在"阿堵"。"阿堵"是六朝人的口语,即"这"、"这个"。典故出自南朝宋刘义庆《世说新语·巧艺》。说的是顾恺之(长康)画人,数年不点其睛,有人问缘故,他回答说:"四体妍蚩,本无关于妙处;传神写照,正在阿堵中。"即描画人物,身体四肢没有什么大关系,画好眼睛才能传神。毫无疑问,"眼波才动被人猜"是全词的点睛之笔。此前两句写形,但已颇见词人功力。她不是不加选择地写，而是以"一笑"胜似荷花开放来比喻其美。第二句平一些，但还是用了映衬的手法，以突出其容色。开头两句是铺垫，犹如顾恺之画人物，先画好了身体四肢，第三句才点睛。只写"眼波"不算奇，奇在后面以"才动被人猜"，传神地表现了这个美女的聪慧和清纯，把抽象的成分具体化了。秋波才一转，澄澈的心境就让人窥破，这是一个多么可爱的女子啊，因为可爱而美丽！"眼波"使前两句的外在形象，一下子就显得灵动起来。顺势而起下阕，"一面风情深有韵，半笺娇恨寄幽怀"两句，把描写的笔触深入到内里：原来这个美女的风情和韵致，是为懂得她的情郎而流露呢！"月移花影约重来"——这一个约会还未结束，心已经在期待下一个约会。这样的结句很美很妙，令人想起唐人元稹《莺莺传》中崔莺莺约会张生的情诗："待月西厢下，近风户半开。拂墙花影动，疑是玉人来。"或许，易安这首词和这个意境的设计，受到了元稹诗的影响？

全词情意的流转、从外表到内心的刻画实在是太传神了，点睛之笔的设计和用词也实在是太高明了。这样一轴美人图，是不是生动到画中人仿佛就要走下图画来了呢？

浣溪沙（淡荡春光寒食天）

淡荡①春光寒食②天，玉炉③沉水④袅残烟，梦回山枕⑤隐花钿⑥。　海燕未来人斗草⑦，江梅⑧已过柳生绵，黄昏疏雨湿秋千。

[注释]

①淡荡：本形容水波舒缓貌，此处引申形容春天万物和舒的景象。②寒食：节令名，在清明前二日。唐代韩翃《寒食》诗："春城无处不飞花，寒食

东风御柳斜。"五代韦庄《浣溪沙》:"清晓妆成寒食天。"③玉炉:熏炉的美称,或用玉或用白瓷制成的熏炉。清代纳兰性德《玉连环影》词:"掩屏山,玉炉寒,谁见两眉愁聚、倚阑干。"④沉水:熏香名,又称沉水香、蜜香。宋代苏洞《桂花》诗:"远于沉水淡于云,一段秋清孰可分。"宋代刘翰《客去》诗:"酒醒今夜银屏冷,沉水薰炉旋旋添。"⑤山枕:古代枕头的形状多为中间凹进,两端突起,其形如山,故名。唐代温庭筠《更漏子》词:"山枕腻,锦衾寒,觉来更漏残。"清代纳兰性德《虞美人》词:"半生已分孤眠过,山枕檀痕涴。"⑥花钿:用金银珠宝等镶嵌而成的花形首饰。南朝沈约《丽人赋》:"陆离羽佩,杂错花钿。"唐代白居易《长恨歌》:"花钿委地无人收,翠翘金雀玉搔头。"⑦斗草:古代闺中女子和小儿的一种游戏,竞采花草,比赛多寡优劣,多于端午节行之。唐代白居易《观儿戏》诗:"弄尘复斗草,尽日乐嬉嬉。"宋代柳永《斗百花》词:"春困厌厌,抛掷斗草工夫,冷落踏青心绪。"⑧江梅:一种野生梅花,或泛指梅花。宋代张耒《减字木兰花》词:"个人风味,只有江梅些子似。"宋代周邦彦《玉烛新》词:"溪源新腊后,见数朵江梅,剪裁初就。"

[评析]

寒食节在清明前,这时已是春意融融,春风习习,既非冰雪初消,亦无飞絮落红。对这样一番景象,要如何写才能够传其神韵呢?诵读再三,觉得李清照这首词开篇的"淡荡春光"这个意象,造得真是妙极了。"淡荡"这个词本用来形容水流迂回舒缓的样子,一般诗人喜欢引申来形容春风。如唐代陈子昂的《与东方左史虬修竹篇》云:"春风正淡荡,白露已清泠。"宋代朱淑真的《春日行》云:"岸柳依依微烟笼,园林淡荡催花风。"

易安使用"淡荡"一词与众不同,把它用来修饰"春光"。据全词的描写,"淡"者,春方盛时;"荡"者,春色遍地——总之,春已盛而尚未老。"春光"这个意象比流水,也比春风更为抽象,要恰如其分地传达其神韵,还要把握住盛而未老这个分寸,实非易事。但易安拈来"淡荡"一词笼罩全篇,然后以年轻的心灵、纯真的眼睛、细腻的感觉、短小的篇幅,谱写了一支大自然之春与生命之春的交响曲。

少女春睡醒来的香闺,沉香只余袅袅残烟,插在她发际的花钿隐现于枕上。看这情景,这女子是和衣而卧,不觉睡熟的吧。是春暄恼人呢,还是赏春之后倦意袭来,不得而知。词人只是以白描手法,横截了女主人公春睡醒来的画面,简略勾勒,意境优美。

人是醒来了,但她并不急于起身,而是沉湎于窗外"淡荡春光"的想象之中。"海燕未来人斗草,江梅已过柳生绵",她想,此时的大自然中,应是梅花已经开过而尚未结子,女伴们斗草嬉戏而燕子尚未归来,柳枝绵蕾初成而尚未飘絮吧?是的,正如自己美好的青春年华一样,外面的春光也正盛呢!这番描写,恰如其分地写出了"淡荡春光"的神韵,表现了少女细腻的感触和心理,一切是多么纯真,多么甜美,没有一丝忧愁,只有无限美好的时光在前头。就连"黄昏疏雨",在她的心中眼里,也只不过是打湿了秋千而已。

少女的情怀和年华,不也正如"淡荡春光"般充满朝气,生机勃勃吗?随着青春的流逝,人生的漂泊,李清照后来写了多少惜春、伤春的篇章啊!因此,这阕春歌弥足珍贵。

浣溪沙(小院闲窗春色深)

小院闲窗春色深,重帘未卷影沉沉。倚楼无语理瑶琴。远岫出云①催薄暮,细风②吹雨弄轻阴③。梨花欲谢恐难禁。

[注释]

①远岫(xiù)出云:出于陶渊明《归去来兮辞》:"云无心以出岫,鸟倦飞而知还。"远岫,远处的峰峦。南朝齐代谢朓《郡内高斋闲望答吕法曹》

诗:"窗中列远岫,庭际俯乔林。"宋代曾巩《池上即席送况之赴宣城》诗:"远岫烟云供醉眼,双溪鱼鸟付新诗。"宋代米芾《西江月》词:"溪面荷香粲粲,林端远岫青青。"②细风:微风。唐代杜甫《王十五前阁会》诗:"楚岸收新雨,春台引细风。"宋代张孝祥《水龙吟·望九华山作》词:"竹舆晓入青阳,细风凉月天如洗。"③轻阴:疏淡的树荫,与浓荫相对。唐代李商隐《题小松》诗:"怜君孤秀植庭中,细叶轻阴满座风。"宋代陆游《局中春兴》诗:"微暖已迎新到燕,轻阴犹护欲残花。"或以轻阴为淡云。

[评析]

　　在易安的词作中,这一首显得特别含蓄蕴藉,耐人寻味。因为她通篇不着一个情字,对其所表达的情感,我们须求之于象外、言外。也即是说,要透过景语寻味其情语,才能领略这首小词深远的意境。并不是说易安这首词可以分言情景,恰恰相反,二者融合得极为浑然,分明句句是景语,实则句句是情语,情景关系达到了最为难得的融合状态。

　　清代著名学者王夫之说:"不能作景语,又何能作情语耶?"(《姜斋诗话》)"景语"、"情语",非常精当地提取了古典诗词中的两个重要元素,但是还不够完善。近代王国维批评道:"昔人论诗词,有景语、情语之别,不知一切景语皆情语也。"(《人间词话删稿》)是啊,诗词中的景是诗人以情来选择,用以寄寓情怀的物象,与客观景物已有实质的不同,因此景情是不可分割的。王夫之虽然已认识到情和景的这一关系,但景语、情语之别还是显出了理论上的矛盾。王国维进一步说"一切景语皆情语",简洁地概括了情景关系的最佳境界。

　　上阕的小院、重帘、日影、瑶琴等意象,透出一派深沉的寂静。春色被锁于小院,故"深";日影正在西移,故"沉";瑶琴并无知音赏,故"无语"。词人精心挑选的词语,加深了物象所包蕴的意绪,造成了深永的意境。"欲将心事付瑶琴,知音少,弦断有谁听!"出自岳飞《小重山》词的意象,在这里未必不可作为同调。贺铸《青玉案》中的"锦瑟年华谁与度",也可为这理琴人的"无语"作注。寂寂暮春、寂寂深闺的描写,正透露了抒情主人公对青春的珍惜,对爱情的向往。

下阕仍然写景,换头把笔触从小院深闺延伸向远山、云空,意绪悠远。一个"催"字,把暮色宛如从天上铺下来的感觉,描写得奇妙而真切。以"细"写风姿,以"吹"写雨态,以"弄"写光影,都既鲜明又精美。如果我们稍微留心,还会看到,上阕的"深"和"沉"两个形容词用得妙,下阕的"催"和"弄"两个动词也用得妙。这是描写景物,但暗示了女人主公的心情:几许伤春,几许无奈。结尾些微透露了她的情思,却欲言又止,不绝如缕。"梨花欲谢",人奈其何?"恐难禁",不是词人真想禁,而是深知无可为。她又何尝是在说梨花,分明是在叹息自己的青春,正在深院日暮中悄悄地流逝!就这样,词人以时光的推移,意象的组合,精选的语词,创造了一个幽深而高远的意境。通篇没有一句情语,然而一切景语皆情语。

情和景是否能够圆融,是否能够达到有机统一,是衡量诗词作品成功与否的重要标志。《诗经·小雅·采薇》抒写了征人在归途中对战争的哀怨之情,最后一章被称为《诗经》的压卷之作。诗云:"昔我往矣,杨柳依依。今我来思,雨雪霏霏。"诗人并没有直接写征人的所思所感,而是以"杨柳依依"寓征人离家时的不舍,用"雨雪霏霏"状征人归途中的感伤。透过诗中景象,我们被深深地感染。清代的刘熙载以这一章为例,来说明诗歌与陈述的区别。他说:"雅人深致,正在借景言情,若舍景不言,不过曰春往冬来耳,有何意味?"(《艺概·诗概》)是的,诗人以四季景物来寄托其情感,而不是用陈述的方式来表达,这就是所谓"深致"和"意味"了。我们则通过诗人笔下的景物形象,来捕捉其寄托的情感信息,从而感觉到诗歌的"深致"和"意味"。如果用陈述的方式,不过是春天去了或冬天来了而已,这样还有什么意味可言呢?可见,无论是作诗还是赏诗,关键都是要诉诸形象,即抓住情和景结合的特点,把诗歌和陈述区别开来。

易安既是"雅人",又擅写"深致",其词作自然有"意味"。细品这首词,我们对此定会有更深的体会。

减字木兰花(卖花担上)

卖花担上,买得一枝春欲放。泪染轻匀,犹带彤霞晓露痕。怕郎猜道,奴面不如花面好。云鬓①斜簪②,徒③要教郎比并④看。

[注释]

①云鬓:形容女子鬓发浓密如云。《木兰诗》:"当窗理云鬓,对镜贴花黄。"唐代李商隐《无题》诗:"晓镜但愁云鬓改,夜吟应觉月光寒。"②簪:古人用来绾发的头饰,亦作动词用,插、戴。唐代杜甫《春望》诗:"白头搔更短,浑欲不胜簪。"宋代苏轼《千秋岁》词:"美人怜我老,玉手簪黄菊。"③徒:只。唐代李白《赠孟浩然》:"高山安可仰,徒此揖清芬。"宋代柳永《双声子》词:"夫差旧国,香径没、徒有荒丘。"④比并:比较,相比。宋代朱淑真《菩萨蛮》词:"不管月宫寒,将枝比并看。"宋代王安石《山樱》诗:"山樱抱石荫松枝,比并馀花发最迟。"

[评析]

"小楼一夜听春雨,深巷明朝卖杏花。"(宋代陆游《临安春雨初霁》)陆游笔下美丽的杭州——南宋京城临安的春天,曾令多少人向往!在这之前多年,李清照则以另外一种体裁和情调,谱出了北宋汴京(今开封)一支清新美好的春歌。

想来是在春光明媚的清晨,一个娇俏可爱的女子,和情郎走在烂漫的春光中,年轻的心充满了春天的喜悦,灌满了爱情的甜蜜。忽见卖花担上盛开的鲜花,她拿起一枝,那花儿正含苞欲放,仿佛整个春天的气息都凝聚在这里了。娇美的花瓣上还挂着晶莹的露珠,犹如含情的泪水,映着朝霞的明艳。她欣赏着花儿的美丽,不觉灵心一动:在他的眼里,究竟是我美呢,还是花儿更美一些?于是她调皮而自信地一笑,把鲜花斜插在乌黑浓密的发际,偏要让他来比一比,究竟谁更美!

这是一支怎样的春歌啊!万紫千红的春天,凝聚于卖花担上的一枝鲜花;绚丽多彩的青春,绽放于人花相映的瞬间;年轻女性爱娇的心理,流露于一个调皮的动作。所有辞令,所有技巧,所有娇饰,所有华采,在这里都黯然失色。整个画面洋溢着春的气息,爱的纯真,人的姣美,生命的光华。

写到这里,我只能暂且搁笔,怕过多的分析,会磨灭这支春歌的天然情韵。

然而易安的春歌,又令我不禁想起陆放翁那个临安春雨初霁的清晨,也想起了在更远的时代,三国时吴国人陆凯对朋友的深情。大约是在一次率兵南征过梅岭时,这个在戎马倥偬中也手不释卷的儒将,想起了远在陇上的朋友、《后汉书》的著者范晔,于是写下了一首《赠范晔》:

折花逢驿使,寄与陇头人。

江南无所有,聊寄一枝春。

陆凯是否正好碰上了北去的驿使,已无从考证,但"一枝春"以美好的形象,和着深挚的情感,成为梅花的别称、春天的象征和祝福。易安拈来这个意象,巧妙地加以变化,既贴切又凝练地表现了早春景象,令人产生悠远的遐想。

易安的春歌,还令我想起了自己的少女时代。那时最愉快的事儿，是每年在相应的节令，都有村民挑着山茶、红莲和杜鹃花来到城里沿街叫卖。担子上的花儿，都有别于庭园中的同类，透着一股来自山野的清新之气。有时是走在街上迎着，有时是在院子里听到卖花声赶出去，站在春城弯弯曲曲的石板路上，从满挑子的鲜花中，一朵朵或一束束地挑选带着露水的鲜花，那感觉就如同拥有了整个春天！

"买得一枝春欲放。"古往今来，岁月变迁，但人们对美的追求，对春天的向往，原是一样的啊！想来，那个"徒要教郎比并看"的娇俏女子，永远不会被时光磨灭，她会在一个个春天，斜簪着一枝春花，隐隐约约地在远方向我们微笑。

《减字木兰花》又简称《减兰》，比常用的《木兰花》减少十二个字，上下阕第一、三句各减三字，有利于形成更为参差错落的声韵，很适于这首词活泼俏皮的情调。

庆清朝慢（禁幄低张）

禁幄①低张，彤②栏巧护，就中独占残春。容华③淡伫④，绰约⑤俱见天真⑥。待得群花过后，一番风露晓妆新。妖娆⑦艳态，妒风笑月，长殢⑧东君⑨。　　东城边，南陌⑩上，正日烘池馆，竞走香轮⑪。绮筵⑫散日，谁人可继芳尘⑬？更好明光宫殿⑭，几枝先近日边⑮匀，金尊⑯倒，拚⑰了尽烛，不管⑱黄昏。

[注释]

①禁幄（wò）：指护花的帷幕。幄，帐幕。宋代陈著《声声慢》词："珍丛凤舞，曾是宣和，春风送归禁幄。"亦指宫廷，宋代韩元吉《依韵和御制秋晚曲宴诗》："禁幄云深开晓色，上林风迥起秋声。"②彤：《历代诗馀》作"雕"。③容华：美好的容貌。魏代曹植《美女篇》诗："容华耀朝日，谁

不希令颜?"宋代陈亮《贺新郎》词:"倾国容华随时唤,依旧清歌妙舞。"④淡伫:淡雅、素净,形容人或花具有自然美。宋周邦彦《玉团儿》词:"铅华淡伫新妆束,好风韵,天然异俗。"宋代李吕《观荷》诗:"参差千盖绿,淡伫数枝红。"宋罗烨《醉翁谈录·德奴家烛有异香》:"其长女曰蓬仙,其为人心怀洒落,精神淡伫,似非尘俗中人。"⑤绰约:形容女子姿态之美。《庄子·逍遥游》:"藐姑射之山,有神人居焉,肌肤若冰雪,绰约如处子。"唐代白居易《长恨歌》:"楼阁玲珑五云起,其中绰约多仙子。"⑥天真:自然纯真,不假雕饰。唐代李白《古风》(其三十五):"一曲斐然子,雕虫丧天真。"宋代晏几道《浣溪沙》词:"闲弄筝弦懒系裙,铅华消尽见天真。"⑦妖娆:娇艳美好的样子。宋代柳永《斗百花》词:"宫中第一妖娆,却道昭阳飞燕。"宋代翁元龙《烛影摇红》词:"妖娆全在半开时,人试单衣后。"⑧媂(tì):滞留、沉浸。词牌有《媂人娇》。宋代晏几道《玉楼春》词:"画眉匀脸不知愁,媂酒熏香偏称小。"⑨东君:由传说中的太阳神演变成的司春之神。宋代苏轼《浪淘沙》词:"东君用意不辞辛。料想春光先到处,吹绽梅英。"宋代秦观《夜游宫》词:"何事东君又去。空满院、落花飞絮。"⑩陌:田间东西方向的道路,亦泛指田间小路。如阡陌、陌上。三国曹操《短歌行》诗:"越陌度阡,枉用相存。"晋代陶渊明《咏荆轲》诗:"素骥鸣广陌,慷慨送我行。"⑪香轮:香木做的车或车的美称。唐代郑谷《曲江春草》诗:"香轮莫辗青青破,留与愁人一醉眠。"宋代贺铸《浣溪沙》词:"九渠池边杨柳陌,香轮轧轧马萧萧。"⑫绮筵:华贵而丰盛的筵席。唐代陈子昂《春夜别友人》(之一)诗:"银烛吐青烟,金尊对绮筵。"宋代晏殊《更漏子》词:"红日永,绮筵开,暗随仙驭来。"⑬芳尘:花落后化为尘,故以此指落花。南朝宋代谢庄《月赋》:"绿苔生阁,芳尘凝榭。"亦为女性的代称。宋代贺铸《青玉案》词:"凌波不过横塘路,但目送、芳尘去。"⑭明光宫殿:汉宫名。《三辅黄图·甘泉宫》:"武帝求仙起明光宫,发燕赵美女二千人充之。"后用来泛指朝廷和宫殿。唐代王维《别綦毋潜》诗:"端笏明光宫,历稔朝云陛。"唐代高适《塞下曲》:"画图麒麟阁,入朝明光宫。"⑮日边:比喻京师附近或帝王左右。唐代李白《行路难》(其一):"闲来垂钓碧溪上,忽复乘舟梦日边。"宋代杨万里《送丁卿季吏部赴召》诗:"吾州使君五十年,不曾召节来日边。"

⑯金尊：酒尊的美称。宋代苏轼《南歌子》词："冰簟堆云髻，金尊滟玉醅。""尊"也作"樽"。南朝谢灵运《石门新营所住》诗："芳尘凝瑶席，清醑满金樽。"⑰拚：舍弃，不顾惜。宋代贺铸《浣溪沙》词："巧笑艳歌皆我意，恼花颠酒拚君真。"宋代谢逸《清平乐》词："归信不知何日是，旧恨欲拚无计。"⑱不管：《词谱》作"不爱"。

[评析]

"那牡丹虽好，它春归怎占的先！"这是杜丽娘在《牡丹亭·惊梦》中的感慨。牡丹花一向被人们视为富贵的象征，又往往遗憾其开于暮春这一不可改变的事实。事物都有两面性，不占春之先机是牡丹的遗憾，但这恰恰使得她"独占残春"，风情万种。在文人的笔下，无论怎样诠释，牡丹总是含情脉脉、高贵美丽的。杜丽娘的感叹，蕴涵着"如花美眷，似水流年"的深恨；李易安的妙笔，写出了牡丹花开的别样风情，寄托了珍惜生命、珍惜美好事物的情怀。

词人开篇并不立即从花色落笔，而是写牡丹的高贵和人们对她的"巧护"。"禁"是禁人靠拢之意，遮以"低张"的帷幕，围以明丽的"彤栏"，表明了护花者的精心。由于牡丹花珍贵，且花开之季阳光已经较为灼热，所以古时人们往往以布帷遮护，即如白居易诗所说："共愁日照芳难驻，仍张帐幕垂阴凉。"（《牡丹芳》）牡丹就在人们如此精心的看护下，于一片春意阑珊中盛开。词人对牡丹花之美的倾倒，流露于字里行间。"就中独占残春"之花究竟有何等样的姿色，值得人如此珍惜呢？易安对其形象仍不进行具体描写，只似乎漫不经心地一笔带过："容华淡伫，绰约俱见天真。"写得真绝啊！不写其压倒群芳的明艳，也不写其盖过众芳的天香，呈现在我们眼前的牡丹花，淡淡妆，天然样，风姿绰约，毫无矫饰。人道"风韵好天真，画毫难上"（宋代张先《庆春泽》），易安偏能自出清新之裁，独得牡丹神韵。这一笔举重若轻，名花容色，在其神韵而不在外形。

"待得群花过后，一番风露晓妆新。"紧接着一笔，完全不同于杜丽娘式的叹息，而是衷心赞美牡丹在群芳零落之后，开在风露轻凝的早晨，犹如美女新妆后显得那么清新秀丽。唐代诗人皮日休咏牡丹花道："落尽残红始吐芳，佳名唤作百花王。"（《牡丹》）就诗意而言，易安与皮日休同；就手法而言，则易安之拟人，明显胜过皮日休的直叙多多。再者，不是通常的以花比人，而是独特的将人比花，只有易安这样灵心慧性的女词人，才能出此妙笔。牡丹不仅有素淡之美，她也可以呈现出"妖娆艳态"，惟其如此，不仅能够"妒风笑月"，还留住了司春之神东君匆匆而过的脚步！上阕就这样在逐层铺叙中，游刃有余、虚实相间地写尽了牡丹花的风神。

牡丹虽好，还要有人观赏。从唐宋诗人的笔下可见，观牡丹的情形确乎不同一般。"花开花落二十日，一城之人皆若狂。"（白居易《牡丹芳》）"惟有牡丹真国色，花开时节动京城。"（刘禹锡《赏牡丹》）易安这首词上阕咏花，下阕换头自然地转向对观花情形的描写。"东城"、"南陌"，观花人众遍及城内外，哪管"正日烘池馆"！"竞走香轮"更勾勒出人们熙来攘往、争先恐后观赏牡丹的盛况。"香轮"竞走，是否抒情主人公也坐在某一辆香车之中，和众多美女一般与花媲美呢？她一边观赏，一边不由得担心："绮筵散日，谁人可继芳尘？""芳尘"在这里既可解作落花，也可解作观花人，还可以同时含有这两种意思。也即是说，词人要表达的意思是：白天的热闹只不过是暂时的，当黑夜到来的时候，谁还会观赏牡丹，使她的美延续再延续呢？牡丹花是春天的殿军，在她开过之后，还有什么花可以继之呢？如潮的观花者好比人花竞美的"绮筵"，鲜花盛开的时节，又何尝不是牡丹花自己的"绮筵"呢？女词人的心思是如此细密，这是对生命的感悟，对美的感悟啊，又哪里只是在写观花的热闹呢？

由珍惜美而希望长葆美，于是词人忽发奇想："更好明光宫殿，几枝先近日边匀。"明光宫殿是汉宫名，《三辅黄图·甘泉宫》记载，这座宫殿因武帝求仙而起，并发燕赵美女二千人充之。由牡丹花而引起嫔妃承幸皇帝恩泽的联想，不仅揭示了牡丹的特定文化含义，更含蓄地引出了词人对生命的一种理解："昼短苦夜长，何不秉烛游。"（《古诗十九首·生年不满百》）结穴可谓顺势而来："金尊倒，拚了尽烛，不管黄昏。"那就痛痛快快地沉醉吧，让黑夜继之以白日。或许有人认为这样的思想是消极的，然而只要不拘泥于文字的表面，词作所表达的珍惜生命和一切美好事物的情感，难道不值得提倡吗？！

这首词并无词题，也未明言所咏花名，但意态时节，应为咏牡丹花。关于这一点，有学者作过考证，我认为有理，故从之。（徐北文主编《李清照全集评注》本词鉴赏，济南出版社1990年版。）

殢人娇（玉瘦香浓）

玉瘦①香浓，檀深②雪散，今年恨探梅③又晚。江楼④楚馆⑤，云闲水远。清昼永⑥，凭阑⑦翠帘低卷。　　坐上客来，尊前酒满，歌声共水流云断。南枝⑧可插，更须频剪，莫待西楼⑨，数声羌管⑩。

[注释]

①玉瘦：以美人消瘦来形容梅花瘦小。宋代陈亮《咏梅》诗："疏枝横玉瘦，小萼点珠光。"宋代赵蕃《山行》诗："梅残冰玉瘦，林远画图呈。"
②檀深：檀为落叶乔木，木质坚硬，用于制家具和乐器。此指其颜色深沉。
③探梅：观赏梅花。宋代陆游《道上见梅花》："载酒房湖风日美，探梅喜折一枝新。"宋代杨万里《普明寺见梅》诗："城中忙失探梅期，初见僧窗一两

枝。"④江楼：临江之楼。唐代赵嘏《江楼有感》诗："独上江楼思悄然，月光如水水连天。"宋代文天祥《至温州》诗："池塘芳草年年绿，谢公胜事遗江楼。"⑤楚馆：楚地馆舍，亦泛指旅舍。宋代欧阳修《送京西提刑赵学士》诗："楚馆尚看淮月色，嵩云应过虎关迎。"宋代柳永《西平乐》词："秦楼凤吹，楚馆云约。"⑥清昼永：白日很长。宋代韩淲《醉蓬莱》词："十里荷香，对槐阴清昼。"清代王贲一《观仲儒熹儒煮茗》诗："熏风破微炎，细雨洒清昼。"⑦凭阑：身倚栏杆。亦作凭栏。南唐李煜《浪淘沙》词："独自莫凭阑，无限江山，别时容易见时难。"宋代晏几道《满庭芳》词："凭阑秋思，闲记旧相逢。"⑧南枝：梅花的代称。大庾岭上梅花甚多，故称梅岭，亦称梅关。岭上梅花枝分南北，唐代白居易《白氏六帖·梅部》称："大庾岭上梅，南枝落，北枝开。"宋代苏轼《次韵苏伯固游蜀冈送李孝博奉使岭表》："愿及南枝谢，早随北雁翩。"明代汤显祖《牡丹亭》第十出《惊梦·乌夜啼》："晓来望断梅关，宿妆残。"⑨西楼：泛指离人居所。南唐李煜《相见欢》："无言独上西楼，月如钩。"李清照《一剪梅》："雁字回时，月满西楼。"⑩羌管：即羌笛。宋代范仲淹《渔家傲》词："羌管悠悠霜满地。"宋构《关山月》诗："一声羌管裂青云，陇上行人肠断绝。"这里当指汉乐府横吹曲《梅花落》，郭茂倩题解云："《梅花落》，本笛中曲也。"唐代李白《与史中郎饮听黄鹤楼上吹笛》诗："黄鹤楼中吹玉笛，江城五月落梅花。"明代钟顺《清夜闻笛》诗："短笛谁吹肠断曲，满庭香雪落梅花。"

[评析]

梅花，在李清照笔下不仅承载了丰富的情感信息，而且成为其人生旅程各个不同阶段的写照。这首咏梅词词风既清丽又豪放，显然作于词人生活的早期。明代陈耀文所辑《花草粹编》收此词，题为《后庭梅花开有感》。或认为此非易安词作，或认为不容轻易否定。

说是"有感"，词人却先从梅花的形象和香气着笔。"玉瘦"，多被诗人们用来描写美人憔悴的样子，这里易安用以形容梅花清秀劲拔的形象。"香浓"，亦不同于众人喜用的暗香、幽香，一个

"浓"字，可见梅花已经开得很盛。开篇四字从视觉到嗅觉，以简练的笔墨、鲜明的意态描写雪化后的梅花。看来抒情女主人公虽然年年都在关注梅花，但有时也会有所忽略，所以此时乍觉"玉瘦香浓"，不免发出"今年恨探梅又晚"的感叹。因何今年赏梅又晚呢？"江楼楚馆，云闲水远"几个意象表明，她正处于和爱人的又一次离别中。爱人不知何处，如同闲云远水般不可捕捉。大约正是离愁别绪，使她忽略了与梅花的相期相约吧？这是多么漫长的白昼啊，"凭阑翠帘低卷"——在她远眺身影的后面，是每一次别离后低垂的帐幔，寂寞深闺中寂寞的情怀，还有一份苦苦的等待。

"坐上客来，尊前酒满，歌声共水流云断。"这是打发寂寞白昼最好的方法吧？上阕结拍处那个凭阑痴望的人儿，下阕成了座中的主人。然而美酒歌吹只是一时的欢乐，离别的时日真是难以填补的空虚！那么，还是与梅花相伴吧。"南枝"早逢春色，可以插瓶供赏，也可插戴发际映衬容颜。不可辜负天赐之美，要珍惜大好青春啊！"开花堪折直须折，莫待无花空折枝。"不要等到西楼月下，那凄伤的羌笛吹奏出《梅花落》，才想到插梅、簪梅。"莫待西楼，数声羌管。"结穴余韵悠悠，如天音般不绝如缕，一腔幽愁暗绪，真可谓云闲水远，迢迢不断。

这是青春的闲愁，也是爱的守望，更有惜春的伤感。把这些情绪寄托在赏梅和凭阑两个中心意象上，梅花和人融为一体，难分彼此。这样的词笔，即令是后人假托易安，也足以乱真了。

鹧鸪天（暗淡轻黄体性柔）

暗淡轻黄体性柔，情疏迹远只香留。何须浅碧深红色，自是花中第一流。　　梅定妒，菊应羞，画阑开处[①]冠中秋。骚人[②]

可煞无情思，何事当年不见收。

[注释]

①画阑开处：王学初《李清照全集校注》认为，易安此处用李贺《金铜仙人辞汉歌》"画栏桂树悬秋香，三十六宫土花碧"之典咏桂，是。明代王象晋《二如亭群芳谱》、《广群芳谱》作"诗书闲处"，疑其擅改。②骚人：因为屈原作《离骚》，后世故以骚人泛称诗人，但此处特指屈原。王学初校注云：此言屈原《离骚》多载草木名称而未及桂花。宋代陈与义《清平乐·木犀》词云："楚人未识孤妍，《离骚》遗恨千年。"亦即此意。

[评析]

花中之桂，秋来飘香。那一种沁人心脾的异香，馥郁而不觉其浓腻，在秋风中时断时续地飘散，香彻天地宇宙，赢得许多人的喜爱。秋天若是没了桂花的点缀和醉人的甜香，一定会让人感到有所欠缺。正值初秋雨夜，我在古城丽江灯下，品读易安这咏桂花的名篇。窗外的桂花正在向雨丝吐露芳菲，微凉的风，送进窗中缕缕芳香。心神不觉恍惚——竟不知这是真实的，还是遥遥千年前词女笔下的花香。

这是一首咏物词。咏物，不仅在易安的作品中比较引人注目，而且也是中国古典诗词的一大题材。所以，我们借此对中国文学史上咏物题材的发展，以及咏物的基本特点，作个简单的勾勒。

古人在与自然的无数次对话中，产生了咏物这一类文学作品。由于中国诗人天性含蓄敏感，早在屈原时代，咏物已成为寄托思想感情的方式。咏物之寄托，往往具有深刻的寓意或说是象征性，以此引发人们丰富的联想。中国古代人生哲学的早熟，又使得这种联想总是和道德、品格结合在一起，形成了物象的人格化特征。

并非一开始就有完整的咏物诗，它是由单一的意象发展来的。如孔子在《论语》中咏叹："逝者如斯夫。"这是以川流不息的河水，表达对时光易逝的感慨。再如："岁寒，然后知松柏之后凋也。"这是以松柏的品性,表现坚贞不屈的君子品格。或许有人认为这不过是个比喻而已,其实它没有这么简单。象征也具有比喻的成分,却比它更富于联想。

屈原的《离骚》创造了香花芳草与恶禽臭物、先贤明君与昏君佞臣、瑰丽天宫与龌龊人间等相互对立的意象群,用以象征光明与黑暗、现实与理想的交战,这不是单个比喻所能达到的艺术效果。但说到咏物,他早期的诗篇《橘颂》,才是中国文学史上第一篇完整的咏物诗。年轻的屈原以橘树扎根故土,立志坚定,秉德无私,内外皆美等品性,寄托了自己热爱祖国、追求理想的高洁品格。有所寄托是咏物的基本特点,因而诗人对物的刻画,在神不在形。对于物象,他要通过概括、提炼来表达的,只是与其寄寓情感之间的神似,而不需要逼真地描摹其形状。所以《橘颂》通篇颂橘,却句句言志,对橘树的描写,与其志紧密结合,从而奠定了中国古典咏物诗的基本审美特征。

随着文学的发展,咏物的审美内涵和艺术表现形式不断丰富。如果我们把《橘颂》以来中国古典咏物诗词做个大全的话,想来其数量之多、内涵之丰富、形式之完美,一定会超过世界上任何一个国家。

现在我们回到这首词。桂花,似乎向来被人们当做功名利禄的象征,且难免带有几分庸俗势利之气。成语有"蟾宫折桂",这是科举时代多少读书郎的向往,又寄托了多少人的期望。就连《牡丹亭》中对爱情热烈追求,对梦中情人生死相与的杜丽娘,在为爱情而死的前夕为自己写生,题在上头的诗也道:"他年得傍蟾宫客,不在梅边在柳边。"然而美本无错,赋予桂花什么样的秉性,取决于诗人的观物之眼。

在易安眼中,桂花色淡性柔,犹如一个淡定的少女,她疏远人世的繁华,只吹送淡远的馨香。她不必以浅碧深红的色彩来炫耀自己,"自是花中第一流"的品位却无可动摇。面对桂花的天生丽质,梅花也要妒忌,菊花合当羞惭。当她在画阑之畔盛开时,可真是压倒群芳啊!难道是屈原缺少情思吗?为何当年不把她收于笔下呢?

我们不难看出,由于词人之钟爱,描写桂花的这副笔墨,也与其擅长的细腻抒情不同,而是把自己对生活的感悟作为桂花的灵魂,赋予她"花中第一流"的崇高品性,赋予她与众花不同的精神:美而不骄,淡定自如。这正是词人的追求,也是词人自我形象的写照。词中固然有对桂花形色的描写,但注重其精神,出之以理趣,才是这篇咏桂花佳作的特点。并不是说形不重要,而是咏物诗的特点,决定了作家会更注重对事物神韵的表现。更何况,在易安眼里,桂花本不以形色取胜。

理趣,既是宋代优秀诗词的特点,也是咏物不易为之的境界。咏物妙在托物言志,让读者领略蕴藏于其中的人格志趣。也即是说,咏物诗具有象征性,要以有限的形象刻画,引发读者的无限联想。所以,咏物诗形象与情志之间的关系,往往就是形象与事理的关系。宋人喜欢言理,但事理能以形象出之即为有"理趣",反之则为"理障"。所谓"理"在"趣"中,即是要求说"理"要诉诸形象。中国古代咏物言志诗词多不胜数,易安这一首自出机杼,为桂花翻案。她提炼了桂花为一般人所未见的精神特点,并使她成为淡定人格的象征。"梅定妒,菊应羞",则巧妙地以梅、菊这两种在中国传统文化符号中,一向被视为高尚人格象征的花来比并,反衬出桂花"花中第一流"的品位,进一步突出了桂花的精神。最后以不理解屈原为何不收桂花作结,表现了对桂花精神的欣赏。

多种角度,多层笔墨,自出机杼,见人之所未见,发人之所不能发,桂花因易安的歌咏,终于超脱了俗见。

如梦令(昨夜雨疏风骤)

昨夜雨疏风骤①,浓睡②不消残酒③。试问卷帘人④,却道海棠依旧。知否?知否?应是绿肥红瘦⑤。

[注释]

①雨疏风骤:雨点稀疏,夜风劲疾。②浓睡:酣睡。③残酒:馀醉。④卷帘人:指侍女。也有人认为指李清照的丈夫赵明诚,这显然与词中情境不太相合。⑤绿肥红瘦:绿叶繁茂,花儿稀少。

[评析]

初春之夜,枕上听雨,总是引起人充满诗意的遐想,因为可以期待一个春花吐艳的清晨——"晓看红湿处,花重锦官城"(杜甫《春夜喜雨》),"小楼一夜听春雨,深巷明朝卖杏花"(陆游《临安春雨初霁》)。如果说"好雨"是诗人心中的催花使者,那么暮春的风雨,则是送花的煞神了。所以盛唐诗人孟浩然在"夜来风雨声"中入眠,醒来后不无惆怅地设想"花落知多少"。几百年后的女词人李清照,在经历了"雨疏风骤"的暮春之夜后,一变唐代诗人的直抒白描,带着几分惜花的清愁和对美好春光的珍重,别开生面地表现了幽婉的心曲。孟浩然的小诗《春晓》和李清照的这阕小词,可谓异曲同工。

通常人们认为这首小词是李清照的前期词,观其词中所表现的生活情态,这种推测大概没有问题。但还应当补充一点,写作时间是在词人和其夫赵明诚某一次离别时。因为词中人的表现不像闺中少女,也不像是夫妇同居的情况。

醉酒之人"浓睡"之后醒来,本应"了不知南北",但抒情主人公的心思特别灵敏,立刻回想起"昨夜"的情形,从而料定园中此时定是春意阑珊。惜花的心情，使她来不及亲自起身去看，就迫切地向侍女询问海棠花的情形。粗心的"卷帘人"漫不经心地答了一句"依旧"，与问者心中所料大相径庭。于是她忍不住连连两个反问，随后道出了自己的预想："应是绿肥红瘦。"

短短一阕小令，问答之间意绪几转几折，极尽腾挪跌宕之能事，易安真是填词圣手。词中小令犹如诗中绝句，因其篇幅短小，尤须惜墨如金。就结构而言，当求层转层深，方显意绪深微。这阕小词以一问一答，展开了无限地步，浓缩了词人对春归之惆怅，对似水流年之叹惋。结句则在看似凄伤的情调中，表现了预见到"红瘦"之后，对"绿肥"的乐观。尺幅之间，神驰万里。

这首小令的意象，以结句最有创意，形象亦最为鲜明真切，语语如在目前。春天在风雨中即将逝去，对于词人来说，这不仅只是一种景象，更蕴含了她对青春和生命的珍惜，对美好事物的留恋。要用怎样的语词和意象，才能够演绎出如此丰富的意绪呢？词人只用了"绿肥红瘦"四个字，就揭示了春归夏至的景象特征，表达了景象在词人心中的象征意义，真是胜过千言万语的描述。

"绿肥红瘦"这一意象的遣词用语很平常，甚至可以说很俚俗，简直如同口语。然而大俗即是大雅，更奇处是"肥"、"瘦"二字的搭配。在修辞格上，这是拟人。若非如此写，清照也就算不得词家大手笔了。因为唐代韩愈早就在《山石》诗中写了"芭蕉叶大栀子肥"，以"肥"比花。北宋中期词人柳永的《八声甘州》，则用"是处红衰翠减"，描写秋气渐深时的景物。南宋后期词人蒋捷在《一剪梅》中，亦用"红了樱桃，绿了芭蕉"描述夏日的美景。显然，比起前后诗人来，李清照的拟人手法，加上红和绿色彩的鲜明对比，使意象更为生动传神了。

花开花落，周而复始。在对这一自然景象的观照中，古人感受到了生命的对应，人与自然气息的相通。如今的我们，却难以理解古人的这类情怀。其实是因为当下喧嚣的环境和浮躁的心理，消解了人和自然与生俱来的亲和关系，也湮没了我们对大自然应有的审美敏感。品一品李清照的这首小词，我们的心，或许能与大自然亲近一些。

如梦令（常记溪亭日暮）

常记①溪亭②日暮，沉醉不知归路，兴尽晚回舟，误入藕花③深处。争渡④，争渡，惊起一滩鸥鹭。

[注释]

①常记：常常想起。宋代陆游《春近山中即事》诗："锦官城外青羊路，常记当年小猎回。"宋代晏几道《六么令》词："常记东楼夜雪，翠幕遮红烛。"②溪亭：泛指临着溪水的亭子。唐代张祜《题上饶亭》诗："溪亭拂一琴，促轸坐披衿。"③藕花：荷花。宋代姜夔《次石湖书扇韵》诗："家住石湖人不到，藕花多处别开门。"宋代辛弃疾《好事近》词："相次藕花开也，几兰舟飞逐。"④争渡：抢渡。这里指奋力划船走出藕花深处。唐代孟浩然《夜归鹿门歌》诗："山寺鸣钟昼已昏，鱼梁渡头争渡喧。"宋代陆游《舟过道士庄》诗："归人薄晚常争渡，病叶先秋亦自零。"

[评析]

大自然之美，最能引发知性而富有才情之女子的诗兴，在李清照的词中，来自大自然的意象，即令是同一种，也能给人带来不同的美感。

这阕小令，南宋黄升的《花庵词选》题为"酒兴"，想来是取词中"沉醉"之语。其实，这沉醉并不一定专指醉酒，美好的大自然，不也常常令人沉醉于其中吗？我想，清照之沉醉，应当是酒与自然兼而有之的吧。醉心，才能最深刻地体验自然之美，才能于平淡中见奇崛，才能在尺幅之间创造出意味深远的意境。何况，这首小令所描写的，是一段记忆中的美好时光。如果当时不醉心，追忆的时刻，动人风色又怎能如同陈年的佳酿，飘散在日暮的溪亭，荷花的深处？记忆中不褪色的画面，总是当时令人醉心的情境。

"沉醉"是词人笔触生发的基点。因为"沉醉"，所以既浑然不觉日暮也"不知归路"，所以"误入藕花深处"，所以因"争渡"而"惊起一滩鸥鹭"。妙在词人以一副笔墨同时写两番情境：一面是词中人不觉时间流逝，词人却分明写出了"日暮"时分，天色渐"晚"；一面是词中人忽觉天色已晚，忙忙驱动归舟，词人却分明写出了荷花自开的沉静。在动静交替的描写中，一个满怀浪漫诗情，调皮活泼的青年女子形象跃然纸上，与她所置身的美景合而为一，景物、人物都那么优美轻灵，令人神往。

这首词的造语和意象都相当清新传神，颇得小令神韵。最后三句尤为灵动，宛然如画，生气勃勃，拓展了全词的境界。为了深入体会这一点，我们可以将此与苏轼《青玉案》中的一个情境相对比："若到松江呼小渡，莫惊鸥鹭。四桥尽是，老子经行处。"东坡要求呼渡不要惊起鸥鹭，表现了心思的稳重成熟。清照连用两个"争渡"，偏要惊起鸥鹭，则表现了年轻女性的调皮活泼。或许清照的词句脱化于东坡，但在相反的情境之中表现出个性，绝无蹈袭之嫌。又，"滩"，明代毛晋汲古阁本《漱玉词》作"行"，这样的改动显然全无意义。"一滩鸥鹭"，更切合于船儿"争渡"的情景，画面也更富于生机。而"一行鸥鹭"，词意似乎比较文雅，但一字之差，年少轻狂的韵味荡然无存。

在大自然的怀抱中，人们往往会感到轻松，从而流露出真性情。这首词中的女主人公，正是词人自我形象最真实的表现。也许正因为心态放松，这首词的语言也非常清浅平易，我们今天读来仍觉明明白白。这样的语感本是清照词的惯常风格，但是这一首无疑更加突出。以平易之语写平易之景，在尺幅之间创造了不寻常的意境，这首小令的成功秘诀，如果用王国维的话来说，即是"语语如在目前"（《人间词话》）。惟其如此，我们读之方觉身临其境。

细细品味，总觉得这首词的风格之轻松，口吻之娇俏，犹如和爱人相对絮语，回忆以往不曾与他共度的美好时光。所以，这首词当是清照新婚燕尔时的作品。

浣溪沙（髻子伤春懒更梳）

髻子①伤春懒②更梳，晚风庭院落梅初，淡云来往月疏疏。玉鸭熏炉③闲瑞脑④，朱樱斗帐⑤掩流苏⑥，通犀还解辟寒无⑦。

[注释]

①髻子：发髻。宋代秦观《临江仙》词："髻子偎人娇不整，眼儿失睡微重。"清代纳兰性德《浪淘沙》词："谁见薄衫低髻子，抱膝思量。"②懒：《花草粹编》作"慵"，《历代名媛诗词》作"恼"。③玉鸭熏炉：形状似鸭的熏炉之美称。宋代毛滂《诉衷情》词："短疏萦绿象床低，玉鸭度香迟。"④瑞脑：又名龙脑、冰片，用于制作熏香，香味甚浓。李清照《醉花阴》词："薄雾浓云愁永昼，瑞脑销金兽。"《浣溪沙·莫许杯深琥珀浓》词："瑞脑香消魂梦断。"清代陈维崧《菩萨蛮·题青溪遗事画册》词："回廊碧甃芭蕉叶，鸭炉瑞脑薰犹热。"⑤朱樱斗帐：樱桃色的小帐子。斗帐，帐子的形状像倒置的斗。⑥流苏：缀于帐幕等之上的下垂穗状物，用五彩羽毛、丝线或珠子制成。宋代张元干《临江仙》词："荼䕷斗帐罢熏炉，翠穿珠络索，香泛玉流苏。"⑦通犀还解辟寒无：通犀乃犀牛角之一种，《汉书·西域传》："明珠、文甲、通犀、翠羽之珍盈于后宫。"颜师古注引如淳曰："通犀，中央色白，通两头。"又，《开元天宝遗事》载，交趾国进犀角一株，色黄似金，使者请用金盘置于殿中，有暖气袭人。上问其故，使者回答说，这是辟寒犀。

[评析]

　　这首词当和同一词调的"莫许杯深琥珀浓"一样，作于李清照的青年时期。词人以春末的晚风庭院为背景，描写了梅落枝头，云淡月疏，深闺清寒，思念远人的情景，表达了深情绵婉的相思情怀。清代谭献说："易安居士独此篇有唐调，选家炉冶，遂标此奇。"(《复堂词话》) 其实在李清照的词中，这一篇并非独绝。或许"有唐调"，在古人眼里就是佳作吧。然而唐诗虽是中国诗歌的一座高峰，以诗概词则未必可取。宋词的成就足以和唐诗比并，这已成文学史上不争的定论。文学欣赏，真是见仁见智，各有赏音啊！

　　"髻子伤春懒更梳"，开篇见人，但词人并不词费于整体描写，而是用了不曾梳理的"髻子"这一指代，一个女性的剪影便跃然纸上。古有"妇容"之戒条，这个女子却因"伤春"而置之不顾，情语真切，笔随意转，从闺中少妇眼中所见落笔，晚风、庭院、落梅、淡云、月影等暮春景象一个个叠加，优美而清丽，别致而含蓄地流露，流露出淡淡的忧愁——伤而不悲。下阕由室外的暮春晚景转向对夜中情景的白描："玉鸭熏炉闲瑞脑，朱樱斗帐掩流苏。"精美的香炉里，平时最喜欢的瑞脑已懒得点燃；精美的卧具虚设，孤枕独眠的滋味真是令人不想揭开斗帐啊！"通犀还解辟寒无"，这一个相当含蓄的反问，发自女主人公的内心深处：那人不在，纵有辟寒的通犀，又如何能够驱赶内心的寒冷呢？

　　婉约的情怀，清丽的形象，淡远的意境。易安在这首词中，又完成了一个相思离别之境的创造。

小重山（春到长门春草青）

　　春到长门①春草青，江梅②些子③破，未开匀。碧云笼碾玉成尘④,留晓梦,惊破一瓯春⑤。　　花影压重门,疏帘铺淡月,好黄昏。二年三度负东君⑥,归来也,著意⑦过今春。

[注释]

①长门:汉代离宫名。司马相如《长门赋·序》云:"孝武皇帝陈皇后时得幸,颇妒,别在长门宫,愁闷悲思。闻蜀郡成都司马相如天下工为文,奉黄金百斤,为相如、文君取酒,因于解悲愁之辞。而相如为文以悟主上,陈皇后复得亲幸。"后以"长门"指冷宫。唐代杜牧《长安夜月》诗:"独有长门里,蛾眉对晓晴。"宋代辛弃疾《摸鱼儿》词:"长门事,准拟佳期又误。蛾眉曾有人妒。千金纵买相如赋,脉脉此情谁诉。"②江梅:野生的梅花。宋代范成大《梅谱》云:"江梅,遗核野生不经栽接者。又名直脚梅,或谓之野梅。凡山间水滨,荒寒清绝之趣,皆此本也。花稍小而疏瘦有韵,香最清,实小而硬。"宋代晁冲之《汉宫春·梅》词:"潇洒江梅,向竹梢稀处,横两三枝。"宋代朱敦儒《卜算子》词:"陌上雪销初,才得江梅信。"③些子:少量,不多的。宋代范成大《过九里亭》诗:"屋根些子地,帘外不胜天。"赵师侠《洞仙歌》词:"恰恨有、些子无情风雨。"④碧云笼碾玉成尘:碧云,指茶色之绿。笼,盛茶的笼子。碾,碾茶。宋人往往把团茶盛于茶笼中,欲饮时,先取出碾碎而后煮。因其色碧绿,故以玉喻之;因碾碎,故以尘喻之。⑤一瓯春:瓯,饮具,如茶杯、酒杯等。南唐李煜《渔父》词:"花满渚,酒满瓯。"春,此指春茶。黄庭坚《踏莎行》词:"碾破春风,香凝午帐。"⑥东君:传说中的太阳神。《史记·封禅书》:"晋巫祠五帝、东君、云中、司命之属。"屈原《九歌·东君》:"暾将出兮东方,照吾槛兮扶桑。"后来演变为司春之神。⑦著意:用心地、刻意地、仔细地。宋代晏几道《采桑子》词:"若问如今,也似当年著意深。"张耒《同荣子邕登石家寺阁》诗:"惊心鸟语知时好,照眼花枝著意新。"

[评析]

离思,在美好的早春也会衍生。春草、春花、春梦、春茶、花影重门、疏帘淡月,当这些优美的意象,被易安用相思之情组合在一起时,呈现出来的意境,即令含愁,也被淡化为甜蜜的忧愁了。她的前期词中,这类情调不少,但表现各有不同。

情感和景物，是诗词中最为普遍的一对关系。二者如何融合为意境，不仅是艺术功力的问题，也颇见作者对美的敏感程度。"春到长门春草青"，易安这首词的起句，移用于《花间集》中薛昭蕴《小重山》的开篇。移用，是古典诗词中比化用更为直接的一种手法，不涉剽窃。移用得好，自成佳境。如曹操的《短歌行》两次移用《诗经》，毛泽东的七律《人民解放军占领南京》，也移用了李贺《金铜仙人辞汉歌》中的"天若有情天亦老"。他们的移用都达到了天衣无缝的地步，历来为人赞赏。李清照把别人的成句原样移用于开篇，很险，但恰到好处地暗示了其词主旨，并为下文展开了无限地步。我想，她应当是看中了"长门"这个典故，才移为己用的。这个皇后被置于冷宫的典故，被镶嵌于"春到"和"春草青"之间，景和情的关系已然理顺——开篇触景寓情，无论下面是再继续写景还是抒情，景语情语是否浑成，就都要看词人的才情了。所以说，移用别人的首句为自己的开篇比较险，容易被原作框住，非高手不敢为。

果然，易安很快调转笔头，闲闲看梅，闲闲品茶，不再言情。这就是她的高明之处了，只有这样写才能别开一境。至于言情，无须管是被夫君打入冷宫，还是夫君远行不得已离别，"长门"典故足矣！看"江梅些子破"，知其"未开匀"，早春物象，被词人描写得很到位。观赏完了梅花，再烹香茶细品，"留晓梦，惊破一瓯春"。在欲饮未饮之际，残梦忽然兜上心头。"惊破"的不是杯中春茶，而是茶水中浮现出来的他的面影吧。看到了吧，词人似未写情而情在其中。请注意"留晓梦"这个意象，它不仅含蓄地表明了夜来幽梦，而且以时间为词情的内在线索，自然地过渡到下阕。

黄昏时分是下阕的时间背景，意象的选择不是一般的飞鸟投林、薄暮冥冥之类，而带有一种清丽鲜明的色彩。"花影压重门，疏帘铺淡月，好黄昏。"换头对偶句用词极为讲究。按词的格律，在上下句字数相等时，一般说来都要对仗。李清照颇擅此道，但如此精美雕琢的并不多，她喜欢清浅自然的对仗风格。"花影"本该是轻的，"压"在"重门"之上，庭院深深，花阴寂寂，尽在一字中。淡月之光本该是薄的，"铺"在"疏帘"之上，却少了如水空明，多了如银凝重。王国维在《人间词话》中，曾激赏"红杏枝头春意闹"（宋祁《玉楼春》）之"著一'闹'字，境界全出"，"云破月来花弄影"（张先《天仙子》）之"著一'弄'字，境界全出"，要之，是这两个字塑造景物形象，不只在形，更在得其神韵，故真切而鲜明地引起了人们对春天和月夜的美好联想。易安这两个动词的使用，可说也达到了这样的艺术效果——一幅"好黄昏"画面，蕴涵了相思的惆怅，暗传了深闺的寂寞，意境淡淡，情思悠悠。

　　寂寞，让人回味曾经有过的幸福，因而让人平添几分惆怅，也平添几分希望。这不，女主人公算来，她的爱人已是"二年三度负东君"了。春天固然不会只降临于一地，然而不能同爱人共享美好春光，真是辜负东君啊，人生又有几度青春可以辜负呢？于是她不禁想：趁着春天才刚刚到来，你快归来吧，让我们好好地把握这个春天！"归来也，著意过今春。"在发自内心的呼唤中，词意关合得深情而悠远。《玉楼春》（红酥肯放琼苞碎）与这首词有异曲同工之妙，但结句"要来小酌便来休，未必明朝风不起"，显然饱含了幽怨，情调不似这一首清婉。

怨王孙（湖上风来波浩渺）

　　湖上风来波浩渺，秋已暮、红稀香少。水光山色与人亲，说不尽、无穷好。　　莲子已成荷叶老，清露洗、蘋花汀[①]草。眠沙鸥鹭不回头，似也恨、人归早。

[注释]

①汀：水边平地，小洲。

[评析]

李清照似乎很少有心静如水、不起愁漪的时候。她笔下的自然风光，总是承载了太多的愁情，越往后就越是如此。词人观物写心，故景物皆着其感情色彩。这首词情调平和，语言清浅，全词描绘暮秋景色，却没有通常的萧瑟肃杀之气，画面以清新淡远取胜。这在易安词中不多见，当作于她和赵明诚闲居青州时期。

李清照擅长白描，这一首尤胜。白描是中国画的一种技法，指以简练的墨线勾勒对象的特征，不施以任何色彩，引申指文字简洁传神，不加烘托渲染而使形象鲜明的写作手法。在李清照之前，陶渊明、李白、李煜都是白描高手。"清水出芙蓉，天然去雕饰"（李白《经离乱后天恩流夜郎忆旧游书怀赠江夏韦太守良宰》），是对文学白描手法最为形象的说明，而清照这首词，则是最现成的范例。

"湖上风来波浩渺"，首先映入我们眼帘的，是一幅远望中的阔大景象。"红稀香少"，同时从色彩和嗅觉两个方面，以少总多，精妙地点染出暮秋神韵。以自然之心观物，以自然之心写意，词人在心态上已达到与自然的同一。因此，"水光山色与人亲，说不尽、无穷好"，这一幅人与自然和谐的画面，极其轻灵地表现于笔下。虽然感到风光之好，言之不尽，但既用语言来进行白描，总还是要说出来的。如果说上阕的"红稀香少"，只是一个概括的描写，那么下阕的"莲子已成荷叶老，清露洗、蘋花汀草"，就是具体的描写了。词人从暮秋万象中挑选出几个最富有特点的意象：荷叶老了，莲子成了，水中的浮萍，沙洲上的青草，都被白露洗去了颜色。湖天秋水图，至此已然描出，而词人对美好风物的流连不舍之情，却还要有一个精彩的结句，让我们和她一同去陶醉："眠沙鸥鹭不回头,似也恨、人归早。"不说自己不舍得归去,却说悠闲眠沙的鸥鹭,因为留不住人而生气,所以不回头和她告别。要有怎样的灵心慧性,才能写出这样美妙的意境?

这首词除了白描手法达到很不一般的水平,还有两种修辞手法也值得一提。

一个是通感。上阕的"稀"和"少"两个词,用得极普通却极奇妙。前者描摹大地色彩之淡褪,用词已很别致,而后者用"少"这一词,表现本来嗅觉才可感知的香味,用词更为灵动。这种用词方式,与其《如梦令》中写暮春的"绿肥红瘦"和柳永《八声甘州》中以"红衰翠减"写秋,可谓异曲同工而更上。因为这两例的写作手法是形容,而这首《怨王孙》中的"少"字,则借助了通感。这是古典诗词中一种很常见的表现手法,它利用了人们在日常生活中的心理体验。即在实际中,人的视觉、听觉、触觉、味觉等,在心理上往往彼此交错相通,因而在文学表现上,也可以打通各种感觉之间的界限,从而造成尖新精警、鲜明生动的艺术形象。王国维《人间词话》说:"'红杏枝头春意闹',著一闹字而境界全出。"钱钟书在《通感》中进一步指出:"用'闹'字,是想把事物的无声的姿态描摹成好像有声音,表示在视觉里仿佛获得了听觉的感受。"试想,要描摹出春回大地,万物复苏,生机勃勃的景象,还有比"闹"字更为贴切、奇妙、生动的词语吗?清照的这个"少"字,达到了与"闹"同样的艺术效果。

另一个是拟人。下阕说:"莲子已成荷叶老。""老"通常不会用在对叶子的描写上,但清照偏偏这样用,比一般人习用的"枯"、"残"、"黄"等,在语感上当然要生动得多,因为它来自人对自己生理现象的直接体验。下阕说:"眠沙鸥鹭不回头,似也恨、人归早。"这个结句的拟人,比上一句来得更为亲切,因为这是人和自然的换位心理交流。这样的交流回味无穷,全词的意境自然就深远了。

我们通常说诗词的体式,决定了其语言要经过锤炼,修辞亦要琢磨,让每一个字词不仅妥帖,还要有助于意境的深化,不说是字字珠玑,至少要做到无一词费——李清照这首词作出了又一个示范。

怨王孙(帝里春晚)

帝里①春晚,重门深院。草绿阶前,暮天雁断。楼上远信谁传,恨绵绵。　　多情自是多沾惹②,难拚舍③,又是寒食④也。秋千巷陌⑤,人静皎月初斜,浸梨花。

[注释]

①帝里:帝都,京都。唐代李百药《赋得魏都》诗:"帝里三方盛,王庭万国来。"宋代柳永《戚氏》词:"帝里风光好,当年少日,暮宴朝欢。"②沾惹:招致,招惹。宋代姜夔《月下笛》词:"春衣都是柔荑剪,尚沾惹、残茸半缕。"柳永《斗百花》词:"刚被风流沾惹,与合垂杨双髻。"③拚舍:割舍。拚,同"拼"。宋代周邦彦《凤来朝》词:"待起难舍拚。"明代邵璨《香囊记·邮亭》:"当日母子分离难拚舍,谁知此地相逢也。"④寒食:节日名,时在清明前一二日。相传春秋时期,晋文公有负于其功臣介之推。介之推愤而隐于绵山中。文公悔悟,放火烧山逼其出仕,介之推宁可焚死而不出。人们为了悼念他,相约于其忌日禁火冷食。后来相沿成俗,谓之寒食节。唐代韩翃《寒食》诗:"春城无处不飞花,寒食东风御柳斜。"⑤巷陌:街巷。宋代辛弃疾《永遇乐·京口北固亭怀古》词:"斜阳草树,寻常巷陌,人道寄奴曾住。"

[评析]

从开篇"帝里"一词看,这是一首春晚怀远之作,当成于易安婚后居住汴京(开封)时期。字里行间的清愁,应当产生于和赵明诚的某次别离中。

词人开篇即把整个京城纳入"春晚"的景象，但很快就回笔至主人公所处的具体环境，描写在这个春晚的"重门深院"之中，独特的所见所感。因为人在楼上，故"草绿阶前"是俯视，"暮天雁断"为仰观，一瞬间天地意象，集于笔端，笔触大气而又细腻。由在暮色中飞翔的大雁而联想到人在远方，书信却无以传达，不由得"恨绵绵"。写天色，既"晚"复"暮"；写置身处，门"重"、院"深"、楼高；写景物，草绿雁过。一笔笔地皴染，"恨绵绵"的情境跃然纸上。

下阕换头词情虽有一转，但和上阕结句联系得相当紧密，可谓转承无迹："多情自是多沾惹，难拚舍，又是寒食也。"主人公似在埋怨自己的执著，反而更加沉沉地表明了执著，所以又生出难以放下的无奈。何况，节日总是会勾起对远人的怀念啊！"也"这个语气词，通常表现舒缓的情调，在这里，却流露了一些伤感和无奈。就这样在楼上远望，直到夜深，全城街巷已是一片寂静，伊人仍在守望。只见月儿升上夜空，又渐渐西斜，月光如水，映照着洁白的梨花。"秋千巷陌"回应"帝里"，"人静皎月初斜，浸梨花"则以优美空明的意象，完成了全词人之美、景之清、情之深、守望之痴迷的点染——一个意味淡远而情不浮薄的意境，由于如此高妙的结句，得到了完美的呈现。

小令篇幅短小，无须铺叙而唯求凝练，字字句句都不能浪费。好的作品，结构、用词、设景、抒情都要精心，方能于尺幅之间得无尽韵致。易安这首小令可谓无一处不精妙，也无一处不自然，表现完足。

一剪梅（红藕香残玉簟秋）

红藕①香残玉簟②秋，轻解③罗裳④，独上兰舟⑤。云中谁寄锦书⑥来？雁字⑦回时，月满西楼⑧。　　花自飘零水自流。一种相思，两处闲愁。此情无计可消除。才下眉头，却上心头。

[注释]

①红藕：红色的荷花。五代后蜀顾夐《浣溪沙》词："红藕香寒翠渚平，月笼虚阁夜蛩清。"②玉簟（diàn）：精美的竹席。簟，竹席。③解：在这里不是指解下，而是指提起裙裾，使登舟时不被绊住。④罗裳：罗裙。裳，古代指下身穿着的裙子，男女皆可。上身穿着者为衣。《子夜四时歌·春歌》："春风复多情，吹我罗裳开。"⑤兰舟：用木兰树木制造的船只，或非实指，泛用为对船的美称。南唐冯延巳《应天长》词："杳杳兰舟西去，魂归巫峡路。"柳永《雨霖铃》词："留恋处，兰舟催发。"⑥锦书：华美的文书。唐代刘兼《征妇怨》诗："曾寄锦书无限意，塞鸿何事不归来。"宋代陆游《钗头凤》词："山盟虽在，锦书难托。"⑦雁字：雁群成列而飞，常常排成"一"字或"人"字形，故称。唐代白居易《江楼晚眺景物鲜奇吟玩成篇寄水部张员外》诗："风翻白浪花千片，雁点青天字一行。"宋代欧阳珣《踏莎行》词："雁字成行，角声悲送。"古代又有鸿雁传书之说，见《汉书·苏武传》。⑧西楼：泛指居所。南唐李煜《相见欢》词："无言独上西楼，月如钩。"唐代李白《长门怨》诗："天回北斗挂西楼，金屋无人萤火流。"

[评析]

当秋风掠过大地，花草树木为之色变；当大雁飞过天空，怀人念远之情格外强烈。"情以物迁，辞以情发。"（南朝刘勰《文心雕龙·物色》）四时景物的变化能牵动人的情绪，由此而催生文学作品。清秋时节的诸般景象，更易于引起多情者的种种感怀。因此，"秋"成为中国古典诗词的重要意象，成就了不少经典之作。李清照亦擅长写秋，她的名篇《一剪梅》，正是以秋来景象所引发的情感，呈现了一个精深优美的意境，千百年后依然动人心弦。

这首词有的版本题为"别愁"、"愁别"、"离别"、"闺思"（王学初《李清照集校注》卷一《一剪梅》题解）。然而细品词意，并无对应的送别之人，显然是怀念远人之作。"离愁"固在其中，却不是产生于离别的时刻，而是漫衍于别后的相思。

思念是抽象的情绪，它不仅需要形象化的表达，这种表达还需要有一个最为契合的切入点，才能最终构成艺术意境。

上阕触景生情，情缘境发。"红藕香残玉簟秋"，词人起势不凡，先从目之所见，身之所感落笔。红荷凋零，唯有余香淡淡，坐在玉簟上的人儿，分明已感到秋凉。"红藕香残"这个意象，变化于后蜀顾夐的"红藕香寒"（《浣溪沙》），但"寒"和"残"，一字之差，观感变为嗅觉，意象更为鲜明，也更有韵味。由外入内，由远及近，当词人描写的焦点定格于词中人时，凋零秋色带来的惆怅，已在似乎不经意的笔触中被轻轻勾起。暗淡秋景打动愁怀，思念之情搅得人再也不能安坐于席。于是她"轻解罗裳，独上兰舟"。船儿要飘向何方？是寻找所思之人呢，还是下意识的举止？无疑是后者。水远山长，相见时难，登舟，无非是安慰自己寂寞的情怀罢了。词人以娴熟的手法，毫不雕琢地刻画了相思女子孤独寂寞的形象，接着再表现其相思之情。

"云中谁寄锦书来？"一个明知故问的反诘句巧应"独上"，思情也自然地由思妇转向远人。"锦书"与"雁字"两个意象暗有关联，词意紧密，但前者直言，后者使用典故。长空雁过是秋天特有的景象，但这个意象不单写景，还暗传其情：鸿雁都飞回了，所思之人却仍在远方；鸿雁可以传书，而你却无佳音传递给我。"月满西楼"是她油然而生的想象——当月光洒满西楼的时候，你会不会如同我思念你一样，也有一刻想起我呢？我们可以感觉到，反诘句的意蕴还在进一步推衍，这个流水兰舟之上，翘望云天的相思女子，已是宛然如画了。

下阕深化离情，意象鲜明。"花自飘零水自流"，过片一句，是词情和全词结构的关键处，要紧承上阕意绪的流转，才能使全词意脉贯通，浑然一体。这句是实写，更是感悟。由上阕抒情女主人公仰望云天，设想对方心境的描写转而写其下视，唯见花落水流，深感光阴紧迫，华年不待。此情被词人以重叠的两个"自"字，极为有力地揭示出来，词情紧密，情怀的表达也加深了一层。"一种相思，两处闲愁。"这个对句一石二鸟，同现双方情思，可见心心相印，情深意切。因"此情"极切，故"无计可消除"。顺势结穴，力透纸背："才下眉头，却上心头。"

离愁究竟是怎样的一种感受？这实在是一个抽象的问题。但把抽象的情感具象化，恰是文学最重要的特点。李煜的《相见欢》之结句"剪不断，理还乱，是离愁"一向为人激赏，即因其具象化的成功。具象化的佳境在于形象鲜明，也即王国维所说的"语语如在目前"（《人间词话》）。试想，"愁"呈现于面部，其表情通常是愁眉紧锁。但如果词人的描绘仅止于此，那就流于一般了。愁眉方才舒展开来，心头又是愁云笼罩，一"下"一"上"，词人以两个如此普通的词语造为意象，非常生动地表达了愁情挥之不去、拂之还来，无所不在的状态，很好地诠释了"语语如在目前"的佳境，更兼有余不尽之妙，与上面所举李煜词异曲同工。早在清代就有人指出（清代王世禛《花草蒙拾》），这个意象并非李清照独创，而是从范仲淹的《御街行》"都来此事，眉间心上，无计相回避"脱化而出。然而脱化本身也是一种再创造，问题在是否更美、更贴切。我想，李清照的这个脱化，艺术效果不言而喻。

全词情思流贯无滞，艺术意境的创造臻于完美。用通常的情景交融来评论，已落下乘。清丽的词采中荡漾着清愁，轻巧的对偶带来无所雕饰的艺术美感，也是这首词的成功之处。

林黛玉的《咏菊》诗道："满纸自怜题素怨，片言谁解诉秋心？"（清代曹雪芹《红楼梦》第三十八回）"秋心"即"愁"，这是《红楼梦》惯用的拆字法。我们知道李清照是抒情高手，而"愁"是其情思的主要内涵。对于有高度艺术敏感和表现力的词人而言,"愁"的种种不同感觉,可以借助不同的艺术形象,在其作品中得到深刻、贴切而细腻的表现。"愁"之一字,在清照笔下的形态千变万化,绝非千篇一律。或许,这正是大家和平庸者的区别。林黛玉担心她的忧愁无人能解,在文学欣赏中这样的担心并非多虑,解人不易得啊!当然,过度强调"不易",难免陷入虚无主义的泥淖之中,但每个人都可能有不同的解读,也是自然之理。

醉花阴(薄雾浓云愁永昼)

薄雾浓云愁永昼①,瑞脑②销金兽③。佳节又重阳④,玉枕⑤纱厨⑥,半夜凉初透。　东篱⑦把酒黄昏后,有暗香⑧盈袖。莫道不消魂⑨,帘卷西风,人比黄花⑩瘦。

[注释]

①永昼:漫长的白昼。永,长。②瑞脑:又名龙脑、冰片,用于制作熏香,香味甚浓。宋代姚述尧《减字木兰花》词:"轻曳霓裳来帝所,淡拂宫妆,瑞脑重铺片片香。"明代费元禄《贺新郎》词:"瑞脑烧金鼎,卷重帘。"③金兽:用铜制成的兽形香炉。古代也称铜为金。④重阳:即重阳节,在农历的九月九日,故又名重九。⑤玉枕:用玉制成或有玉饰的枕头,也用做瓷枕、石枕的美称。唐代胡曾《车遥遥》诗:"玉枕夜残鱼信绝,金钿秋尽雁书遥。"⑥纱厨:纱帐,用于避蚊或室内隔层。清代纪昀《阅微草堂笔记》卷九《如是我闻三》:"书室三楹,东一室隔以纱厨。"⑦东篱:东晋陶渊明《饮酒》(其五):"采菊东篱下,悠然见南山。"东篱因而代指菊花,也指种菊的花圃。⑧暗香:语出自宋代林逋《山园小梅》诗:"疏影横斜水清浅,暗香浮动月黄昏。""暗香"后来成为梅花的代称,此处用以指菊花的幽香。⑨消魂:也作销魂。形容极度哀愁。南朝江淹《别赋》:"黯然销魂者,唯别而已矣!"⑩黄花:菊花的别称。南北朝庾信《赠周处士》诗:"篱下黄花菊,丘中白雪琴。"唐代李白《九日登山》诗:"因招白衣人,笑酌黄花菊。"

[评析]

"每逢佳节倍思亲",这名句出于唐代诗人王维的诗歌《九月九日忆山东兄弟》。这句诗之所以能够广为流传,是因为他写出了人们在佳节中的普遍心境。在王维之后数百年的又一个重阳佳节中,李清照和着菊花的幽香,思念远方的丈夫,写出了《醉花阴》这一传世名篇。佳节思亲,在这里演绎了另一种深婉的情怀。

此词或题为"重阳"、"九日",抒发了相思离别之情。思念,可以是一时之间缥缈的情绪,也可以是萦绕心头挥之不去的情结。这首词开篇即点出"愁"之深,深到浸漫了漫长的白昼。白昼已令女主人公感到难以忍耐的漫长,竟注意到了瑞脑香已燃尽在香炉。可以想见,长夜的孤枕独眠,"玉枕纱厨"的精美帐褥,在午夜梦回时,只会令人倍觉凄凉。天明之后是"永昼",永昼连着黄昏,黄昏追着黑夜,周而复始。可见词人抒发的不是一时,甚至不是一天两天的情绪。这并非词人时间观念错乱,而是要表达悠悠思念萦绕心头,只不过在重阳佳节更为强烈罢了。她把那种专注于远人的真实情怀,通过时间的错位,艺术地表现出来。"又"字用得相当有力度,以往欢聚的重阳,今日独居的重阳,与所爱之人分别后恍恍惚惚的心理状态,都被这一个"又"字提起。看来,时间错位是词人表达"愁"之深切的重要手段。

清照把相思之情称为"愁",是因为相爱的人在佳节不能够聚首,思念的痛苦,超过了爱情的甜蜜。这样的情绪不难理解。清照夫妇情投意合,时逢佳节,本可以夫唱妇随,共饮美酒佳酿,同赋咏菊诗篇的,但此时赵明诚出仕在外,只留下清照独守空闺,正所谓情何以堪!因此,词人把深沉的思念之情,在首句就不假雕饰地和盘托出。不过虽说不假雕饰,头两句还是着意点缀了抒情环境:"薄雾浓云"既是天气的实写,也是愁怀的暗示。熏香燃尽在兽形的香炉中,则进一步点染了百无聊赖的心情。瑞脑是李清照最喜欢的熏香，在其词中多次提到它。这是不是表明现实生活中的她，有更多的相思纠结于心，有更多孤寂的白昼和黑夜要打发呢？"半夜凉初透"这一直接描写，无疑浸透了相思的体验。

　　耐人寻味的是，白昼与半夜，词人均一笔带过，却把黄昏这白昼与黑夜交替时分的意绪，充分地留给下阕来表现。以黄昏为抒发思念之情的背景，最早见于《诗经·王风·君子于役》。这首诗表现了一个贤惠的妻子，在日落黄昏时分倚门而望，苦苦思念去服徭役的丈夫这一情境。"日之夕矣，羊牛下来。君子于役，如之何勿思！"清代的许瑶光云："鸡栖于桀下牛羊，饥渴萦怀对夕阳。已启唐人闺怨句，最难消遣是昏黄。"（《雪门诗钞》卷一《再读〈诗经〉四十二首》第十四首）黄昏成为表达相思的典型意象，起于此诗，这大概是因为黄昏之后黑夜就要登场，最容易引发人的感伤情绪。可不是吗，在黄昏的背景下，菊花淡淡的幽香盈满了女主人公的衣袖，一盏美酒本为消愁，不料酒入愁肠，反觉愁情更深了。"莫道不消魂"一句以凝重的语气，使愈来愈深的愁情倾泻纸上，"帘卷西风"的意象在结句之前又平添了几分凄美。气氛到此已经渲染得足够浓郁了，最后以"人比黄花瘦"这一意象关合全词，尖新精警却又明朗如画。前人以花比人，多取花光之美，如李白以"一枝红艳露凝香"（《清平调》三首之二）比喻杨贵妃艳丽的容貌，白居易则以"梨花一枝春带雨"（《长恨歌》）比喻杨贵妃因哭泣而倍增其美的脸庞，皆可谓曲尽其妙。但李清照这一比，独摹因相思之苦而憔悴的意态，别开生面，令人回味无穷：词人巧妙地由菊花之"黄"联想到人之"瘦"，把两者自然贴切地加以比并而人更有甚者，人花合一，难分彼此，形象鲜明，如在目前，此其一；回应开篇的那个"愁"字，不道破一语而其情转深，使得通篇词气圆融，余韵悠悠，此其二。李清照用词的精练和贴切，在一个"瘦"字上表露无遗，令人不能不抚卷赞叹词人才情之高。

此词的末句向来为人激赏,好评如潮。有一段传说值得一提。据元代伊世珍的《嫏嬛记》记载,李清照把这首词寄给赵明诚,明诚在叹赏之余自愧不如,却又一心要胜过她。于是闭门谢客,废寝忘食三日,作了五十首词,然后把这首《醉花阴》混杂其中,让友人陆德夫品评。陆德夫玩味再三,说:"只三句绝佳。"明诚追问之,答曰:"莫道不消魂,帘卷西风,人比黄花瘦。"传说虽然如此,但若无前面的种种铺垫,这一句的神采不可能如此耀眼。

词采清丽,意象优美,却透着淡淡的、恰如其分的忧伤,亦是这首词的特点。形式和内容的反差,往往可以收到倍增情感和艺术表现力度的效果。

摊破浣溪沙(揉破黄金万点轻)

揉破黄金万点轻,剪成碧玉叶层层。风度精神如彦辅①,大②鲜明。　　梅蕊重重③何俗甚,丁香千结④苦麄⑤生。熏透愁人千里梦,却无情。

[注释]

①彦辅:东晋人,名乐广,字彦辅。②大:据《世说新语·品藻》,应为"太"。③梅蕊重重:梅花盛开时花朵挨挨挤挤的样子。南唐冯延巳《抛球乐》词:"波摇梅蕊当心白,风入罗衣贴体寒。"宋代周紫芝《菩萨蛮》词:"宝薰拂拂浓如雾,暗惊梅蕊风前度。"④丁香千结:丁香花盛开时花朵密密匝匝的样子。五代毛文锡《更漏子》词:"偏怨别,是芳节,庭下丁香千结。"宋代蔡伸《念奴娇》词:"茂绿成阴春又晚,谁解丁香千结?"⑤麄:同"粗"。

[评析]

在百花丛中,桂花的容貌可能是最不起眼的一种。但在李清照笔下，其姿容可不一般。然而她在这首词中咏桂花，虽说主旨本不在写其貌而在传其神，但不只梅花比之见俗，就连结着愁怨的丁香，在桂花面前也显得粗糙了。其实对桂花的容貌，词人只是在开篇略作描写，不过虽说"略"，却也是经过精心剪裁的。"揉破黄金万点轻，剪成碧玉叶层层。"花形细碎，色泽金黄，体态轻盈，一如被人揉碎的黄金；叶子碧绿，巧手剪成，层层簇拥，一如片片碧玉——桂花的形象，被李清照用比喻的手法描绘出来，给人的感觉是如此清新优雅。

高明的词人往往不会浪费笔墨，在一个层面上流连。接下来我们看到她笔锋一转，拈来一个典故，加之以人拟花，桂花的精神风貌就巧妙地表现出来了。彦辅是东晋人，名乐广。《世说新语·品藻》说："王夷甫太鲜明，乐彦辅我所敬。"显然是易安误记了人名，但这并不影响我们领会其含义。词人的笔意，显然指桂花有着倨傲的个性，不随波逐流——这就是所谓"太鲜明"。对此我们不难体会，开篇两句描写簇拥着桂花的碧叶，已暗示了这一点。因此，上阕对桂花形貌和精神的描写，是互为表里的。

"梅蕊重重何俗甚，丁香千结苦麄生。"换头的笔力仍然集中于桂花本身，但梅花和丁香相比，艺术境界又有进一层拓展。梅花本为李清照之最爱，她在词中多次赞美其高洁傲世的精神，以及清丽挺拔的形象。但在这里，作为桂花的衬托，梅花的重重花瓣，就只能显出平庸累赘了。而丁香密密匝匝地挤成一堆，也只能给人粗糙的感觉。前面以反衬的手法，突出桂花从形态到精神的卓尔不群，结句则含蓄地突出其香。"熏透"一词虽不涉"香"字，桂花浓郁的芳香却已弥散在字里行间。"熏透愁人千里梦，却无情。"这个意象很新颖，明明花气袭人，不由分说地侵入到"愁人"的睡梦中，却又显得那么无情。实则不是花无情，而是观花者思念远隔千里的"他"，那一腔幽怨，情不自禁地对花而发。词人移观花者之情于花,花固无情而人实有情。意象之"意",本是人赋予"象"一定的感情色彩。因此,不仅同一景物在不同的作家笔下形象会有所不同,即使在同一个作家笔下也会多样。李清照并非仅仅写过一次桂花和梅花,但观物之情不同,则艺术形象各异。

这首咏物词运用了多种修辞手法来描写桂花,寄托感情。上阕写桂花之形貌用比喻,咏桂花之精神用典故;下阕突出桂花的卓尔不群,则用反衬。可谓手法灵活多变,形象生动鲜明。不仅得其形,更兼传其神。

渔家傲(雪里已知春信至)

雪里已知春信至,寒梅点缀①琼枝腻②,香脸半开③娇旖旎④。当庭际⑤,玉人⑥浴出新妆洗。　　造化⑦可能偏有意,故教明月玲珑⑧地,共赏金尊⑨沉绿蚁⑩。莫辞醉,此花不与群花比。

[注释]

①点缀:衬托、装饰以使主体显得更鲜明。清代李渔《闲情偶寄·种植部》:"自荷钱出水之日,便为点缀绿波。"②琼枝腻:形容梅花在雪中开放,花朵晶莹,冰雪覆盖的树枝细腻美好的样子。唐代贯休《对雪寄新定冯使君》诗:"因思太守忧民切,吟对琼枝喜不胜。"元代张野《鹊桥仙·咏梅赠人》词:"琼枝纤弱,瑶英娇小,占得江南春早。"③香脸半开:比喻梅花欲开未开之时,犹如美人俏丽的脸庞。④旖旎:形容柔美的样子。宋代晏几道《临江仙》词:"旖旎仙花解语,轻盈春柳能眠。"宋代苏籀《题僧寮白》诗:"芳蕤何蒨绚,尤物真旖旎。"⑤当庭际:在庭院中。⑥玉人:形容梅花如同美人。唐代元稹《莺莺传》:"拂墙花影动,疑是玉人来。"唐代杜牧《寄扬州韩绰判官》诗:"二十四桥明月夜,玉人何处教吹箫。"⑦造化:自然界。唐代杜甫《望岳》诗:"造化钟神秀,阴阳割昏晓。"唐代岑参《经火山》诗:

"人马尽汗流,孰知造化功。"⑧玲珑:形容月光皎洁。唐代李峤《月》诗:"皎洁临疏牖,玲珑鉴薄帷。"唐代白居易《竹窗》诗:"烟通杳霭气,月透玲珑光。"⑨金尊:对酒尊的美称。南朝谢灵运《石门新营所住》诗:"芳尘凝瑶席,清醑满金尊。"唐代陈子昂《春夜别友人》诗:"银烛吐清烟,金尊对绮筵。"⑩绿蚁:新酿的酒在尚未过滤时,酒面上泛起的泡沫,后也用来代指新酒。唐代白居易《问刘十九》诗:"绿蚁新醅酒,红泥小火炉。"唐代翁绶《咏酒》诗:"逃暑迎春复送秋,无非绿蚁满杯浮。"

[评析]

对梅花的喜爱,使李清照写下了一篇又一篇咏梅词,但各各不同,篇篇不一,充分显示了词人的情怀和才华。

作为春的使者,雪与梅总是结伴而行,故为"春信"。雪是梅的背景,梅为雪的点缀,所以宋代卢梅坡的《雪梅》诗云:"梅须逊雪三分白,雪却输梅一段香。"雪中梅以其莹洁,常常被诗人们比为美人,又往往令人联想起月亮的清辉,所以元末明初诗人高启说:"雪满山中高士卧,月明林下美人来。"(《梅花九首》之一)李清照的这首咏梅词,可说集中了常见的意象,却不落窠臼,尖新轻灵,形成了自然浑成的艺术意境。

有了寒梅点缀,玉树琼枝显得更加莹润。在冰雪的映衬下,含苞欲放的梅花,则犹如风情旖旎的美人,含羞巧笑,欲开还闭。词人用拟人的手法,写尽了早春寒梅少女般的清纯,接着又以"玉人浴出新妆洗",象征梅花冰清玉洁的品格——梅与人浑成一片,却若即若离,不黏不滞。

上阕直接描写梅花的形象,亦花亦人。下阕则由花及人,亦人亦花。更有明月玲珑,雪、月、梅合一,映衬得天宇澄澈无比。赏花人究竟是沉醉于美酒,还是沉醉于暗香浮动,月色朦胧?词人不答,只是说,对花饮酒,不辞一醉方休。究竟是什么样的气质,使得梅花如此令人倾倒呢?"此花不与群花比"——词人结穴点题,梅花卓尔不群、高标出尘的形象，寄寓了她对高尚人格的赞美。

咏物之作，贵在有所寄托。陆游说："一树梅花一放翁。"（《梅花》）对易安笔下的梅花，我们是不是也可以这样说呢？

多丽（小楼寒）

小楼寒，夜长帘幕低垂。恨潇潇、无情风雨，夜来揉损琼肌①。也不似、贵妃醉脸②，也不似、孙寿愁眉③。韩令偷香④，徐娘傅粉⑤，莫将比拟未新奇。细看取，屈平陶令⑥，风韵正相宜。微风起，清芬酝藉，不减酴醾⑦。　渐秋阑⑧，雪清玉瘦，向人无限依依。似愁凝、汉皋解佩⑨，似泪洒、纨扇题诗⑩。朗月清风，浓烟暗雨，天教憔悴瘦芳姿。纵爱惜，不知从此，留得几多时。人情好，何须更忆，泽畔东篱⑪。

[注释]

①琼肌：莹洁如玉的肌肤，比喻菊花美似玉女。②贵妃醉脸：贵妃即杨贵妃，小名玉环。美而通晓音律，能歌善舞。初为寿王妃，后做女道士，号太真。入宫后得到唐玄宗专宠，封为贵妃。安史之乱起，玄宗出逃，到马嵬坡时军士哗变，归罪于杨贵妃，玄宗无奈，赐其自缢。醉脸，酒醉后脸色红艳。③孙寿愁眉：像孙寿那样故作愁眉以惑人。孙寿，东汉权臣梁冀之妻。《后汉书·梁冀传》载："寿色美而善为妖态，作愁眉、啼妆、堕马髻、折腰步、龋齿笑，以为媚惑。"《风俗通》曰："愁眉者，细而曲折。"④韩令偷香：像韩寿那样去偷来奇香。《晋书·贾谧传》、南朝刘义庆《世说新语·惑溺》载：晋代韩寿姿容甚美，贾充之女贾午见而悦之，暗通情好。贾午盗取西域异香赠予韩寿。贾充的僚属听说后向贾充告发，贾充遂把女儿嫁给韩寿为妻。偷香后来成为偷情的典故。⑤徐娘傅粉：徐娘，南朝梁元帝的后妃徐昭佩。《南史》本传载："徐娘虽老，犹尚多情。"后世因用以称尚有风韵的中年妇女。傅粉，似应为何晏。魏代何晏姿容、风度美，脸色特别白皙。魏明帝怀疑他傅粉，夏

天有意让他吃热汤饼，汗大出，用朱衣自拭，面色反而更白。后世遂以傅粉为美男子之称。事见《世说新语·容止》："何平叔美姿仪，面至白，魏明帝疑其傅粉。正夏月，与热汤饼。既啖，大汗出，以朱衣自拭，色转皎然。"⑥屈平陶令：屈平，即战国时代爱国诗人屈原，名平，字原，楚国人。陶令，东晋田园诗人陶渊明。陶渊明曾任彭泽令，故称。唐代刘长卿《九日登李明府北楼》诗："无劳白衣酒，陶令自相携。"毛泽东《登庐山》诗："陶令不知何处去，桃花源里可耕田？"⑦酴醾：花名，也为荼蘼。本是酒名，以花的颜色似之，故取以为名。宋代姜夔《洞仙歌·黄木香赠辛稼轩》词："鹅儿真似酒，我爱幽芳，还比酴醾又娇绝。"明代汤显祖《牡丹亭·惊梦·好姐姐》："遍青山啼红了杜鹃，荼蘼外烟丝醉软。"⑧阑：残，尽，晚。宋代辛弃疾《青玉案》词："蓦然回首，那人却在，灯火阑珊处。"唐婉《钗头凤》词："角声寒，夜阑珊。"⑨汉皋（gāo）解佩：汉皋，山名，在今湖北省境内。《韩诗外传》载，郑交甫在楚地汉皋台下，遇到佩戴明珠的两个仙女，仙女解佩相赠。⑩纨扇题诗：《汉书》载汉成帝时班婕妤失宠，用细绢在团扇上题《怨歌行》以自伤。诗中感叹道："常恐秋节至，凉风夺炎热。弃捐箧笥中，恩情中道绝。"⑪泽畔东篱：泽畔，指屈原，他被流放时行吟泽畔，脸色憔悴。东篱，指陶渊明，其《饮酒》诗道："采菊东篱下，悠然见南山。"

[评析]

这是一首咏菊词，《乐府雅词》题为《咏白菊》。词人通过对白菊花的描写，寄托了自己高洁的情怀。

《多丽》这个词牌，又名《鸭头绿》、《陇头泉》等，共139字，是《漱玉词》中篇幅最长的一首词。"人比黄花瘦"、"满地黄花堆积"——在李清照笔下，菊花形象有的极为简洁鲜明，而这首咏白菊词篇幅既长，典故又多，是不是可以这样理解：菊花在中国具有深厚的文化底蕴和象征意义，易安对白菊亦有太多的感想，所以须得铺叙、描绘一番呢？但无论如何，女词人还是从其身边景写起。

小楼秋寒，帘幕低垂，又一个长夜过去了。写夜不仅"寒"，而且"长",为心牵白菊张本。抒情主人公尚未探视,"恨"已暗生,因为想见夜来的"无情"风雨,会揉损了白菊花美玉般的花瓣。在细致描绘白菊花之前,"琼肌"一词,已为她秀洁美好的形象定下了基调。接着词人连出几个著名美人的典故,极言"也不似",突出白菊的天然清新之姿,毫不造作之态。杨贵妃和孙寿的美,或酒染颜面,或故作愁眉;韩寿奇香,徐娘博粉,也都是人工修饰。只有白菊花是天生丽质,这么多美的比拟,对于她来说都不算"新奇",因为那只是外在的啊!"细看取"将词意推进一层,用屈原和陶渊明的高洁情操,即内在风韵来比喻白菊,并断然表示这样的比拟,与白菊花才真正"相宜"。词笔铺陈至此,白菊的秉性风姿从外到内,一一呈现在我们眼前。然而还要加上天香,方更见白菊佳处。对此词人不再用典,而是轻快地写道:"微风起,清芬酝藉,不减酴醾。"白菊花香得清淡幽微,金风暗送,沁人心脾,此所谓"酝藉";白菊花之香虽然幽淡,却绝不在酴醾花之下,所以令人陶醉。上阕从赋花人的心情和花的外形、内韵、香气等多种角度,以间接描写(使用典故)和直接描写两副笔墨,全面地为白菊花写照,咏花人隐现其中。

　　过片先照应开头而回到季节,写秋天渐渐过去,眼看就要走到尽头,接着直接描写白菊花的风神:"雪清玉瘦"摹状其高洁,"向人无限依依"表现词人的深深怜爱,浑然难辨究竟是花向人,还是人对花的依恋。在词人看来,白菊花似乎含愁凝泪,似乎和深宫怨女般害怕被抛弃的命运。因此她不觉担心,度过几个"朗月清风,浓烟暗雨"的时日后,"天教憔悴瘦芳姿"。不论自己如何爱惜她,天必不从人愿,不知"留得几多时",白菊花终究逃不过凋零的命运!接着情思一转,别开一境:"人情好,何须更忆,泽畔东篱。"既然花开自有花落时,那何不待花开之时适时观赏,花谢之际随心从时,又何必总是待花落之后,苦苦追忆屈子泽畔行吟的孤傲,陶令东篱采菊的清高呢？结句不再沿着悲伤的情绪写下去，而是以旷达之情收束全词，使咏菊意蕴得到提升。

　　说到意蕴，我们除了注意词人对白菊花形象和精神的直接描写外，还要关注其所选典故的原意。菊花象征着不与黑暗现实同流合污的品格，而白菊花以其色彩之洁净，更强化了这一意蕴的表现。难道我们能说这是易安信手拈来的吗？再者，这首词上下阕都出现了屈原和陶渊明，这两个人物都是以高洁情操抵御丑恶现实的典型，不过表现方式不同罢了。因此，这两个典故的使用颇可玩味。下阕出现的两个典故，"汉皋解佩"本事为得而复失，"泪洒纨扇"本事为被冷落遗弃，亦可玩味。咏物词本身所具有的寄托性，以及典故本身所具有的影射性，这样两种蕴藏深意的方式，同时出现在同一词篇中，而易安填这首咏物词，一反常态地如此高深，不会事出无因。我的意思是，这首词极有可能填于词人或其夫赵明诚所处的某一个非常时期，所以词人咏白菊花以自喻，两次提及屈原、陶渊明以表明心志。

　　那么，在李清照的生活中，是否有和上述典故吻合的事情出现呢？我觉得，据词人在词中的种种暗示，这个作品可能作于青州。宋徽宗崇宁五年（1106）蔡京复相位，而李清照的公爹赵挺之罢相，五日后病卒。他在卒后三日即遭蔡京诬陷，被指为庇元祐党人，追夺赠官。赵氏家族在京师难以立足，遂移居青州。清照在青州一住十余年，直到宋徽宗宣和三年（1121）才抵莱州与赵明诚团聚。大约是在屏居初期，李清照填了这首《多丽》词。上文所指词中的几个典故，均为她对这一事实的暗示。贵妃、孙寿、徐娘等以色相取悦君主者，无妨看做是她对奸臣的讽刺；开篇的"寒"、"恨"、"无情风雨"和下阕的"天教憔悴瘦芳姿"等意象，亦为对现实的影射。而白菊花的精神和清芬，屈原和陶渊明的节操，则是易安风骨的写照。并非笔者捕风捉影，李清照在《金石录后序》中

词选　65

追忆青州岁月时曾说道:"甘心老是乡矣!故虽处忧患困穷而志不屈。"赵明诚题《易安居士画像》亦云:"易安居士三十一岁之照。清丽其词,端庄其品,归去来兮,真堪偕隐。政和甲午新秋,德父题于归来堂。"对此画和题记的真实性学界虽有质疑,却也不妨信之。(见徐北文主编《李清照全集评注·李清照年表》)

好事近(风定落花深)

风定①落花深,帘外拥红堆雪②。长记海棠开后,正是伤春时节。　酒阑③歌罢玉尊④空,青缸⑤暗明灭⑥。魂梦不堪幽怨⑦,更一声啼鴂⑧。

[注释]

①风定:风停息下来。宋代姜夔《满江红》词:"向夜深、风定悄无人,闻佩环。"辛弃疾《水调歌头》词:"红莲幕底风定,香雾不成飘。"②拥红堆雪:落红如同雪一般堆积起来。③酒阑:通常指酒筵已接近尾声。这里指酒将喝尽。唐代杜甫《魏将军歌》:"吾为子起歌都护,酒阑插剑肝胆露。"④玉尊:玉制的酒器,亦泛指精美的酒杯。尊,也作"樽"。三国魏国曹植《仙人篇》诗:"玉樽盈桂酒,河伯献神鱼。"宋代张泌《河传》词:"魂销千片玉樽前,神仙,瑶池醉暮天。"⑤青缸:青灯。清代龚自珍《隔溪梅令》词:"林檎叶叶拂僧窗,闪青缸。"⑥暗明灭:灯油将尽,光焰忽明忽暗。⑦幽怨:郁结于心中的愁怨,一般指女子和爱情有关,又不能宣之于人的情绪。⑧鴂(jué):鸟名。又名鵙。善鸣。《诗·豳风·七月》:"七月鸣鵙。"《毛传》:"鵙,伯劳也。"《玉台新咏·东飞伯劳歌》:"东飞伯劳西飞燕,黄姑织女时相见。"黄姑,牵牛星。南朝乐府民歌《西洲曲》:"日暮伯劳飞,风吹乌臼树。"后指情人或朋友的别离。宋代陈襄《织女》诗:"期约黄姑重相见,伯劳东鹜燕西飞。"明代张凤翼《灌园记·法章闻变》:"东去伯劳西去燕,断肠回首各风烟。"

[评析]

　　这首《好事近》,上阕以落花时节的意象,下阕以酒阑灯灭的场景,表现了词人凄凉幽怨的情怀。品读词意,当为李清照南渡前与丈夫离居时所作。

　　西晋著名诗人和文学理论家陆机在其《文赋》中提出了"感物"说,把文学创作和客观世界的对应关系作了一个精辟的概括:"遵四时以叹逝,瞻万物而思纷;悲落叶于劲秋,喜柔条于芳春。"也即是说,人的思想感情不是凭空而来的,外界事物的变化,乃至四时更替,草木荣枯,都会触发人们的思绪,从而借万象以抒情怀。中国古典诗词的伤春和悲秋,早就引起了人们的关注和探讨。其实并非如一些现代人所理解的那样,古人的思想感情特别脆弱,所以见花落而掉泪,见月缺而伤心,而是因为花落月缺,似水流年,总是让人联想到人生的无奈,因而也更让人珍惜一切美好的事物。所以,表现这般境界的作品,自有其审美意义。

　　由于独特的生活体验和审美感受,李清照对事物的表现总是给人与众不同之感。比如,北宋张先的《天仙子》结句道:"风不定,人初静。明日落红应满径。"而李清照偏偏开篇就说:"风定落花深,帘外拥红堆雪。"两位词家所写情境,似乎只有个时间差,但俨然已成两种意趣。张先词由今夜听风而设想明日花落,愁绪淡然;李清照词却由眼见风定花落,帘外落红厚积如同堆雪,确定春光已无可挽回地逝去,愁情深浓。春去的衰败景象,总是以花落枝头为特征,然而感受总有程度的不同。词人在两句当中连着镶嵌了三个词,描写了春光的彻底凋零。既"深",复"拥",还"堆",落红岂是片片或朵朵!"拥红堆雪",无论是意象还是用语,都是清照独特的创造。接下来"长记海棠开后"透露出一个信息:并非是今年看到海棠花落才觉"伤春",年年如此啊,只不过今年伤情尤重罢了。读完上阕我们不禁要想一想,究竟是落花引起了抒情女主人公的感伤,还是她以感伤的眼睛观物,所以倍觉"拥红堆雪"之愁惨呢?我想,这应当是人和自然的交流感应吧。下阕词人具体抒情,验证了这一点。

换头即由帘外落花转向室中宴饮,犹如上阕直接写春残一样,这里直接写盛宴散去,欢娱不再之时:"酒阑歌罢玉尊空,青缸暗明灭。"一盏青灯,半明不灭,独坐枯守,怕过长夜,这才是女主人公现实的处境。这幅暗淡画面与上片的"拥红堆雪"相呼应,气氛渐见凄惨,而词人的笔触还要向更凄惨处写去:"魂梦不堪幽怨,更一声啼鴂。"睡梦中的心神,也撇不脱幽怨的侵扰,窗外伯劳声声,更勾起了满腔心事,情何以堪!伯劳,常被用来比喻情人分离。词人把这个意象用在结句,再加以虚化,"一声啼鴂"扰乱了梦魂,幽怨之情缠绵不尽,别离之旨现于象外,真是闻胜于见,余音袅袅,不绝如缕。"啼鴂"意象,在中国古典诗词中多得不胜枚举,试举一例与清照词作对比。南宋蒋捷的《粉蝶儿》也使用了这个意象,也用在结句:"啼鴂声中,春光化成春梦。"两相比较,意象同一,情境却完全不同。啼鴂在李词中烘托了幽怨之情、凄凉之境,在蒋词中则相反,简直就是温柔富贵乡的装点了。在语感上,李词的"一声"有惊魂之效,而蒋词的"声中"是欢乐的伴奏。可见,特定的意象内涵,在不同的情境中,也可以表现出不同的意趣,形成不同的感情色彩。

这首词给人的感觉,不像是写一般的离情。上阕风定落花和下阕酒阑长夜的描写,意象色彩都甚为凄厉,全词的情调也极为愁惨,浑不似《醉花阴》和《一剪梅》那样,相思之情的抒发,流露着甜蜜的忧愁。究其情,此词或作于清照南渡之前,具体说是在靖康二年(1127)。这一年,赵明诚因奔母丧先行南下。国破家亡在即,词人于风雨飘摇中感受别离,其心境自然不是和平时期可比。次年春李清照南渡抵江宁(南京),赵明诚时为江宁知府。

行香子（草际鸣蛩）

草际鸣蛩①，惊落梧桐，正人间、天上愁浓。云阶月地②，关锁③千重。纵浮槎④来，浮槎去，不相逢。　　星桥鹊驾⑤，经年才见，想离情、别恨难穷。牵牛织女，莫是离中⑥。甚霎儿⑦晴，霎儿雨，霎儿风。

[注释]

①蛩（qióng）：蟋蟀。唐代钱起《晚次宿预馆》诗："回云随去雁，寒露滴鸣蛩。"宋代周邦彦《齐天乐》词："暮雨生寒，鸣蛩劝织，深阁时闻裁剪。"②云阶月地：以云为阶梯，以月为平地。指仙境和美境。唐代杜牧《七夕》诗："云阶月地一相过，未抵经年别恨多。"也作月地云阶，宋代苏轼《次韵杨公济奉议梅花》之四："月地云阶漫一樽，玉奴终不负东昏。"③关锁：关卡封锁。亦作"关鏁"，《敦煌变文集·目连缘起》："重门关鏁难开得，振锡之声总自通。"④槎（chá）：木筏。唐代韦应物《龙潭》诗："浪引浮槎依北岸，波分晓日漫东山。"又为传说中来往于海上和天河之间的船。晋代张华《博物志》卷十："天河与海通，近世有人居海滨者，年年八月，有浮槎去来，不失期。"⑤星桥鹊驾：神话中的鹊桥。传说每年农历七月初七（七夕）的晚上，相隔在银河两岸的牛郎、织女一年一度相会，有喜鹊为他们搭桥。南北朝庾信《舟中望月》诗："天汉看珠蚌，星桥似桂花。"明代汪錂《春芜记·团圆》："度春风欢娱百年，星河鹊驾高悬。"⑥莫是：莫非是、难道是。离中：别离中。⑦霎儿：一会儿，宋代詹玉《多丽》词："霎儿间，恨桐招雨，西风叶叶商量。"

[评析]

牛郎织女的传说始于何时已不可考，但自从《诗经》时代双星意象进入文学作品以来，人们对其诠释虽因时、因人不同而有所差异，但那份对爱情永不言变的执著，那相望而只能相思的痛苦，那地老天荒遥遥守望的凄美，无疑是这个传说最动人的元素。李清照的《行香子》，正是借此来寄托相思之苦的。那么，她在其中表现了什么样的感情，又是怎样来表现的呢？

词一开篇，我们就感觉到秋天的萧瑟之气扑面而来：蟋蟀在草丛里发出哀鸣，梧桐被秋风惊落了碧叶。蟋蟀入秋，意味着生命即将逝去；梧桐叶落，观一叶而知天下秋。由于"鸣蛩"和"梧桐"两个意象本身所具有的通常意义，词人不用费心加以涂饰，秋气已然满纸。写叶落用"惊"，不是对一般自然现象的描绘，而充盈了词人浓重的感伤情绪。一"鸣"对应一"惊"，连着两个动态描写，使感伤成为笼罩全篇的基本色彩。接着由人间到天上，词笔自然无迹地转换。下一句开头的"正"字，在格律中作为最具顿挫感的一字逗领起下文，加强了感情表现的力度，并把词人对双星的感悟巧妙地牵引出来，绾合了现实和传说的同一情境。是什么样的情境呢？词人直书"愁浓"二字突现之。这浓愁此时此刻既在人间，也应在天上吧？人间，是词人真实的感受；天上，却是由真实感受而引发的联想。由此生发开去，一个奇思妙想呈现在我们眼前：即令我以白云为阶梯登上天空，也必定是关锁千重啊！"纵浮槎来，浮槎去，不相逢。"海上和天河之间纵有浮槎可以往来，我又如何能与你相逢呢？当这个传说出现在词篇中，抒情主人公绝望的情绪，也就流布其间了。

下阕换头，词人的笔触继续向"天上"延伸，引出了牵牛织女的传说，无论是意象还是词气，转接都显得极为自然而紧密。"星桥鹊驾，经年才见"，这一年是多么漫长啊，设想他们的离情别恨，应是难以穷尽的吧？"牵牛织女，莫是离中"，以设问为肯定，明写双星，而词中人的处境和心境，尽在其中。惟其以愁情观双星，双星自然带愁。结穴又是一字领起："甚霎儿晴，霎儿雨，霎儿风。"阴晴不定，风雨时来，这是什么样的天气啊！其实不是天气不好，而是人的"愁浓"。从天上的双星忽而转向人间的天气，结句语言流畅而意味深长。一字领起的"甚"和后面重叠的三个"霎儿"，是《行香子》词律的要求。词人把口语纳入到精严的格律之中，语言既生动又合律，意态既张扬又内敛，收到了意想不到的艺术效果。辛弃疾曾刻意模仿过李清照这个时间词："千峰云起，骤雨一霎儿价。更远树斜阳，风景怎生图画？"（《丑奴儿·博山道中效李易安体》）品读可知，"霎儿"用在这个情境中，正是所谓"词眼"。

为了深入体会这首词，我们有必要简略回顾以牛郎织女为意象的几个名篇。

在产生于周代的《诗经》中，最早出现双星的身影。《小雅·大东》说："维天有汉，监亦有光。跂彼织女，终日七襄。虽则七襄，不成报章。睆彼牵牛，不以服箱。"诗的大意是，天上有波光流动的银河，虽然织女星日移七次，从不停下劳作，却终日织不成美丽的花纹。牵牛星虽然明亮，却拉不动大车厢。在这里，牵牛、织女星是毫无关系的无情双星，诗人不过是由其名称而产生了联想。

到了东汉末期，由于长期的社会动荡，人间灾祸横生，有情人暌隔千里，人们对双星的感悟发生了演变，让他们成为隔着银河遥遥相望，有情而不能厮守的情人。佚名文人的《古诗十九首·迢迢牵牛星》是这一转变的代表作。在这首诗里，双星隔河相望，织女因相思而痛苦，所以"终日不成章，泣涕零如雨"。诗人感叹说："河汉清且浅，相去复几许？盈盈一水间，脉脉不得语！"织女的眼泪，其实是人间痛苦的折射。

到宋代，时代略早于李清照的秦观填了一首《鹊桥仙》词，翻转了《迢迢牵牛星》的立意。在他看来，不仅"金风玉露一相逢，便胜却人间无数"，而且有情不必厮守，"两情若是久长时，又岂在朝朝暮暮"。对比这两个名篇，我们感受了人世间爱情的两种主要境界。然而无论是相思的痛苦，还是相聚的达观，执著的爱情，总是人类一种美好的向往。

李清照这首《行香子》流传的广度，或许不如在她之前的几个名篇。但是，这首词以精美的结构，巧妙的联想，深沉的情感和生动的语言，表达了词人真实的感情，自有其不可替代的艺术价值。

念奴娇（萧条庭院）

萧条庭院，又斜风细雨，重门须闭。宠柳娇花寒食近，种种恼人天气。险韵诗①成，扶头酒②醒，别是闲滋味。征鸿过尽，万千心事难寄。　　楼上几日春寒，帘垂四面，玉阑干慵倚。被冷香消新梦觉，不许愁人不起。清露晨流，新桐初引③，多少游春意。日高烟敛，更看今日晴未。

[注释]

①险韵诗：以所含字量最少的韵辙押韵，或以冷僻难押的字做韵脚的诗。宋代苏轼《次韵舒尧文祈雪雾猪泉》诗："怪词欲逼龙飞起，险韵不量吾所及。"宋代刘克庄《四和》诗："屈盘硬语押险韵，有似兵家使诈愚。"②扶头酒：易醉之酒。唐代白居易《早饮湖州酒寄崔使君》诗："一榼扶头酒，泓澄泻玉壶。"宋代贺铸《南歌子》词："易醉扶头酒，难逢敌手棋。"③初引：树木新发出的嫩绿枝叶。宋代欧阳修《初伏日招王几道小饮》诗："蒲萄忆见初引蔓，翠叶阴阴还满架。"贺铸《春怀》诗："著水苔衣渐涵绿，向阳竹鞭初引萌。"

[评析]

宣和二年（1120）赵明诚为莱州知府，李清照独居青州，作此名篇寄到莱州。（黄墨谷《重辑李清照集》，齐鲁书社1981年版）

词人以一个春情寂寥的傍晚为背景,用饱蘸深情的笔触,抒发了挥之不去的离愁别绪。

表现独守空闺的离愁别绪,李清照往往喜欢从居所写起。然而庭院、重门、垂帘、高楼、阑干、飞鸿等景物,总能在愁绪的浸润中,形成各不相同的意象色彩。"情以物迁,辞以情发",纵然"年年岁岁花相似",但"岁岁年年人不同"的体验,总能让她找到不同的抒情角度,从而形成各有意味的词篇。

上片从"萧条庭院"落笔,副词"又"一字领起下面几个意象,不仅渲染了幽独的氛围,而且加重了语气,表明离别并非一次。然而今日重逢同样的景象,女主人公依然是这般无奈。"斜风细雨"带来的清冷,令人觉得似乎禁受不起,她想:如果把一扇扇的门关闭起来,是不是就可以把寂寞拒之于门外了呢?"重门须闭"这个意象以虚就实,极为巧妙、极有内蕴。原来她之所以会想到闭门,是因为寒食节已近,虽有"宠柳娇花",门外却是"种种恼人天气"。不是天气恼人,而是人恼天气,花红柳绿,只不过惹得人无端烦闷而已。那么回到屋子里吧,然而为驱赶烦闷作的险韵诗已成,最易醉人的扶头酒已醒,心头却"别是闲滋味"。这"闲"并非悠闲、清闲之"闲",而是离愁、暗恨、别情的混合。它搅得人坐卧不宁,所以这个女子显然又走出门去,一仰头,却见"征鸿过尽"。越冬的大雁让她联想到鸿雁传书,然而这实际上是不可能的。在《一剪梅》中词人曾写道:"云中谁寄锦书来?"这里的"万千",则从另一个角度表现了离别的痛苦。词情到此,上阕可结。

过片承接望征鸿而点明"楼上",承接"心事难寄"而铺叙离情,点染春色。或因春寒而"帘垂四面",但本来就"玉阑干慵倚",偏偏又"被冷香消新梦觉",还"不许愁人不起"。这样的状态,就只能说是离愁带来的无情无绪了。一句中连用两个否定词,真是"良辰美景奈何天"啊!词人以具体的感觉和行动描摹,把心绪具体化了，时间也悄无声息地转到次日清晨。接着，她进一步以春天美丽的景物，表现女主人公慵懒的状态。"清露晨流，新桐初引，多少游春意。"仅由在楼上看到的一抹春色，也能想象外面的春光有多么美丽，这本该是和爱人一同游春的时节啊！可如今只能以"日高烟敛"做个推测，"更看今日晴未"？其实，无论是"斜风细雨"在天，还是"宠柳娇花"满地，她独自一人，肯定是没有心情去欣赏春色的。一首长调词，结得如此意味隽永，关合得如此潇洒自如，怎不令人击节赞叹呢！

这首词比较突出地体现了李清照词的总体特点：在寻常事物和寻常语中，不时有尖新优美的意象，以凝练自然的语言出之。上阕的"宠柳娇花"一向为人激赏，如宋代黄升赞其"甚奇俊，前此未有能道之者"（《唐宋诸贤绝妙词选》）。清代王士禛将此意象连同"绿肥红瘦"，赞为"人工天巧，可称绝唱"（《花草蒙拾》）。移用前人语句意象而了无痕迹，达到浑然天成的地步，也是这首词的一个特点。下阕的"清露晨流，新桐初引"来自《世说新语·赏誉》，原文是："于时清露晨流，新桐初引。"有学者指出，《阳春白雪》本改"新"为"疏"，《词菁》本改"引"为"影"（王学初《李清照集校注》卷一）。中国古代的选家和评点家，有一种擅改他人作品的习惯。有改得比原作好者，改坏了的也不少。这两个本子的改动不仅属后者，还有些令人瞠目结舌——难道编者竟然不知道，这是易安移用的成句？

点绛唇（寂寞深闺）

寂寞深闺，柔肠一寸愁千缕。惜春春去，几点催花雨[①]。
倚遍阑干，只是无情绪。人何处，连天芳草[②]，望断归来路。

［注释］

①催花雨：春雨。宋代晏几道《泛清波摘遍》词："催花雨小，著柳风柔，都似去年时候好。"陆游《社日小饮》诗："催花初过社公雨，对酒喜烹溪友鱼。"②芳草：或作衰草。与本词所写春景不合，当误。但"草"不协韵，为词家忌。《词综》等选本作"芳树"，虽合律，但不知本所。(参阅王学初《李清照集校注》)

［评析］

惜春，在古代诗人的笔下，有种种不同的意境。既然惜，就总是带有丝丝伤感和憾恨。因为美好春光的逝去，总是令人自然而然地联想到现实人生。看来此时的李清照，又处于与丈夫的离别之中，故因惜春而伤怀，词境具有两重意蕴。

这首词或题为"闺思"、"闺怨"，由女性之手抒写女性的惜春情怀，有别于男性代言。其实很多男性当此时节，也有诸般愁怨。有趣的是，他们往往代拟，即以女性的口吻和角度来抒发惜春之情。即如辛弃疾，他的词作名篇《摸鱼儿》以"春又归去"为意象，寄托壮志难酬的抑郁，其手法之婉约，典故之女性化，也不类惯常的豪放情调。更不用说，欧阳修那首颇负盛名的《蝶恋花·庭院深深深几许》，整个是以女性为抒情角的代拟之作。不过，这些作品，都无如女性手笔令人感觉贴近。下面我们还会具体看到，不仅作者的不同性别表现于作品，不可能不留下痕迹，即令是相同的感情和表现手法，也会带来不同的美感。

一般的伤春之作，总是从景物切入，清照却从人物的心理落笔："寂寞深闺，柔肠一寸愁千缕。"第一句看似平平，但带出了愁肠九转的下句，顿觉情境不凡。深闺何以寂寞？都因那人不在。华年正如同这美丽的春光一般短暂，待他归来，我的青春是否又逝去几分？我的容颜是否又多了几分憔悴？这不是无端的伤感，花无百日红，这是无情的事实啊！在离别的日子里，每一寸柔肠都聚集了千万缕愁绪,满腹的愁思又让人如何承受?此处运用了夸张手法,却不使人感到失实。这个意象虽不出于清照,但其化用之功,实不输于独创。五代韦庄的《应天长》道:"别来半岁音书绝,一寸离肠千万结。"北宋晏殊的《玉楼春》道:"无情不似多情苦,一寸还成千万缕。"欧阳修的《锦香囊》则道:"一寸相思无著处。"这几位词人均以相近的艺术形象写离思,也都用了"一寸"这个量词来强化感情,但细微处仍然有所不同。三位男性词人的笔调比较阳刚,或直抒其情,或用语洒脱,而清照的这两句偏偏不提离情,而将离情暗含于意象之中。正是显豁与蕴藉的差别,呈现了女性词人独有的温婉和细腻。

"惜春春去,几点催花雨。"词人开篇不道破离情,过片却直言"惜春",一明一暗,两种情怀在此交错,意境也得到了拓展。愈是珍惜就愈是容易逝去,美丽的春光如此,青春同样如此。"几点"照应"一寸",量之微小再一次得到强调,愁的深重亦进一步得到增强,而抒情主人公"寂寞"的深度,以及上阕不肯明言的离情,在下阕以别一种方式继续表达出来。

过片与开篇笔法相似,仍从主人公的心境着笔,变化处在于以动态深化心理:"倚遍阑干,只是无情绪。"高楼独倚,望郎归来,这是古典诗词中一个经典的画面。且不说晚唐诗人温庭筠的《望江南》,更早的南朝乐府民歌《西洲曲》就有"望郎上青楼"、"尽日栏杆头"的描写。李清照青出于蓝而胜之,她用"倚遍"对应"只是",传神地刻画了相思女子满怀愁绪,没着没落的痛苦。当我们后来读辛弃疾的词,读到"栏杆拍遍,无人会,登临意"(《水龙吟·登建康赏心亭》)时,不禁想到,女词人的词笔,是何等高明!

"倚遍阑干",所为何来?"人何处"?这一无人能够回答的反问,给了读者一个回答。然后,追随着词中人的心绪和视线,全词由离愁而伤春，由伤春而伤别的情绪，都归结到远望盼归上来："连天芳草，望断归来路。"双眼久久地眺望着所思之人的归来路，唯见芳草离离而不见人儿。这样的寂寞，这样的无奈，这样的伤感，这样的等待，究竟还要持续多久？画面上的深闺女子并不知道，词人也无须明确回答。词篇留给我们的，只是春残时节，迟暮时分，一个倚栏翘首远望，柔肠百结的思妇剪影。

蝶恋花（暖日晴风初破冻）

暖日晴风初破冻，柳眼①梅腮②，已觉春心动。酒意诗情谁与共，泪融残粉花钿③重。　乍试夹衫金缕④缝，山枕⑤斜欹⑥，枕损钗头凤⑦。独抱浓愁无好梦，夜阑犹剪灯花弄。

[注释]

①柳眼：形容早春初生的柳叶，如美人睡眼初展。宋代周邦彦《蝶恋花·咏柳》词："爱日轻明新雪后，柳眼星星，渐欲穿窗牖。"《红楼梦》第七十八回："惊柳眼之贪眠，释莲心之味苦。"②梅腮：形容梅花含苞待放之时，美如少女的脸颊。宋代王之道《满庭芳》词："风动珠帘不卷，香散处、半露梅腮。"金代元好问《朝中措》词："香轻红浅露梅腮，江上早春来。"③花钿：用金玉珠宝镶嵌而成的花形首饰。南朝沈约《丽人赋》："陆离羽佩，杂错花钿。"唐代白居易《长恨歌》："花钿委地无人收，翠翘金雀玉搔头。"④金缕：指金丝。唐代杜秋娘《金缕衣》诗："劝君莫惜金缕衣，劝君惜取少年时。"唐代白居易《秦中吟·议婚》："红楼富家女，金缕绣罗襦。"⑤山枕：山形的枕头。古代枕头多中间凹进，两端突起，有如山形。晚唐温庭筠《更漏子》词："山枕腻，锦衾寒，觉来更漏残。"清代纳兰性德《虞美人》词："半生已分孤眠过，山枕檀痕涴。"⑥斜欹：亦作"斜攲"。斜靠。宋代刘焘《菩萨蛮》词："花枕并攲斜，斜攲并枕花。"宋代赵师侠《柳梢青》词："柔风唤起娉婷，似无力、斜攲翠屏。"⑦钗头凤：饰有凤凰样式的金钗，亦为词

牌名。元代王恽《点绛唇·寿涿郡房二尊亲》词："露影庭萱,一枝金绽钗头凤。"明代许景樊《四时歌·夏歌》："雕梁昼永午眠重,锦茵扣落钗头凤。"

[评析]

春来景象,处处动人。只见暖日照耀,和风吹拂,大地回春,寒冻初解。新柳柔嫩的叶儿,宛如美人的睡眼微开;梅花含苞欲放,就像少女粉嫩的面颊。这样的景象,看一看已觉情不自禁,更哪堪"酒意诗情",无人与共呢?思念那远行的人儿,泪水融化了白日的残妆,以至华美的头饰,竟自让人觉得承受不起。拿起春衫欲着身,忽感离情萦怀,难以自禁,不觉斜倚孤枕,压损凤钗。满怀的浓愁化解不开,长夜辗转无眠,又哪里能够寻到好梦呢?天放亮了,犹自独剪灯花,它会不会结一个喜信儿,报我那人将归?

这是李清照以细腻的感受,清新的语言,优美的意象,婉约的风格描绘的又一帧思妇图。不同于南朝乐府民歌《西洲曲》,在不同季节的景物和时空中,一层层展示思妇的心理和形象,易安只是截取了一个春日的傍晚和长夜,作为这首词的抒情背景,思妇形象在景中,亦在情中,情语景语,浑然一体。

这首词让我想起盛唐诗人王昌龄的名篇《闺怨》,两相对照,或许更能体现易安词的特色。诗如下:"闺中少妇不知愁,春日凝妆上翠楼。忽见陌头杨柳色,悔教夫婿觅封侯。"诗人从闺中少妇的心理切入,通过她由"不知"到"忽见",进而到"悔"的心理过程,简练地勾勒了一幅少妇春日相思图,笔墨灵动简练,谐趣洋溢,意味深长。这样的艺术效果,与诗人对情景关系的处理有关。他把人物与景物刹那间相遇而生的心绪作为着力点,深化了全诗的内涵。这是触景生情,诗人们常以此为情绪的触发点,为全诗张本,李清照这首词亦如此。

触景生情,景如何写?早春的迹象在历代诗人笔下似已写尽,易安却偏能别出心裁。如果说"暖日晴风初破冻"还比较平常,那么"柳眼梅腮,已觉春心动",可就算得新颖别致了。其妙在于这几个意象以拟人手法出之,并非单纯地描写景物,而是一石二鸟,既写出了初春景象的特点,又让人联想起观物者形象的曼妙。美,产生于观物者发现美的眼睛,而又让拥有者的容貌产生相应的美感。景如此,情何以堪?同样,"春心动"既是词人对春回大地细腻感觉的提取,更是对思妇心理的含蓄表达。"春心"是男女之情的暗喻,"酒意诗情谁与共",明点所思之人为情投意合者,其情转深,其意转浓。泪残脂粉,泪下得自然,"花钿重"这一意象更显得特别——这是女主人公被相思之苦折磨得有气无力,在那一低头瞬间的感觉。只有女性词人能够有这样细腻的手笔,和代言体的男性词作区别开来。

大家闺秀晨起要整洁容面,使其光洁,而"残粉"表明时光已晚,这正是思妇最觉难挨的时刻,词人选择"乍试夹衫"这个生活细节来强化愁情。金线缝制的华美寝衣,该当是向爱人展示的吧?但如今斯人远隔,"乍试"一下,已然意懒。"山枕斜欹"仍表无绪,其形态可与南朝民歌《西洲曲》中的"垂手明如玉"相比。以慵懒现愁怀,表相思,甚至残妆懒卸,损坏了钗头凤,也都是词人来自生活的心理体验。

"独抱浓愁无好梦,夜阑犹剪灯花弄。"结句堪称神来之笔。"独抱浓愁"回映上片的"酒意诗情谁与共",进一步深化了闺怨主题。"无好梦"以下更可玩味:这是抒情女主人公睡觉之前的料想呢,还是她午夜梦回之后的现实?民间习俗认为灯花结,预兆着喜事到。一个春心浪漫的年轻女性,长夜将尽尚在修剪灯花,"弄"字虽然轻巧,意味却很深长,其相思情怀之深沉,其孤枕难眠之苦况,其盼望情郎归来之急切,词人都不必明写,读者尽可以想象。这,就是诗词艺术的特点了。从全词的情调和意象推测,这是李清照前期的相思离别之词。

诉衷情（夜来沉醉卸妆迟）

夜来沉醉卸妆①迟，梅萼②插残枝。酒醒熏破春睡，梦远不成归。　　人悄悄，月依依③，翠帘④垂。更挼⑤残蕊，更捻⑥馀香，更得些时⑦。

[注释]

①卸妆：女性除去白日里修饰面部的脂粉和衣装。②萼：花瓣下部托起花朵的叶状绿色小片。梅花的蓓蕾亦称为梅萼。宋代欧阳修《玉楼春·题上林后亭》词："池塘隐隐惊雷晓，柳眼未开梅萼小。"但此处既言"插残枝"，当指花瓣落去，只剩下托花的萼片。③依依：恋恋不舍的样子。唐代王维《渭川田家》诗："田夫荷锄立，相见语依依。"宋代仇远《浣溪沙》词："红紫妆林绿满池，游丝飞絮两依依。"④翠帘：精美的绿色帘幕。五代韦庄《清平乐》词："碧窗望断燕鸿，翠帘睡眼溟濛。"宋代李朝卿《玉楼春》词："玉树琼葩长不谢，翠帘绣暖燕归来。"⑤挼：两手自相揉搓。南唐冯延巳《谒金门》词："闲引鸳鸯香径里，手挼红杏蕊。"宋代辛弃疾《满江红》词："一笑折、秋英同赏，弄香挼蕊。"⑥捻：用手指搓。五代和凝《天仙子》词："柳色披衫金缕凤，纤手轻捻红豆弄。"宋代刘辰翁《最高楼》词："花上雪，信手捻来成。"⑦得些时：犹言还需要等候多久。得，需要。

[评析]

一个沉醉之后春梦被惊醒的情节，一种梦醒后怅然若失的心态，是李清照这首词的主要内容。

明代戏曲大师汤显祖有句名言："因情成梦，因梦成戏。"（《复甘义麓》）"临川四梦"每部都有一个"梦"作为"情"的演绎，而《牡丹亭》中的杜丽娘之梦，承载着她对生命之春的呼唤和渴望，以其独特的穿透力和清新细腻的描写，成为中国古典文学作品写梦的极致。杜丽娘感悟到《关雎》其实是一支恋歌，因此游园时她面对大好春色而伤感、幽怨。这一腔幽情并不是因为某一个具体的对象而起，涌动于她心中的其实是莫名的春潮。心中的春潮入梦，《惊梦》的实质，是在现实中被封建礼教压抑的人欲，在幻觉世界中的实现。当好梦被惊醒后，她满腹哀怨，开始了《寻梦》之旅，最终捐弃了生命。限于体裁和意识的不同，对于梦醒之后女性心理状态的描写，李清照或许不能充分地展开，但一个片断，一个动作，虽不能和汤显祖的戏曲相比，却足以成为名篇。

词笔轻灵而情思深重，场景简单而意味悠远，无论抒情主人公所思之人是谁，词人所描写的画面，所表达的感情，都是那么耐人寻味：夜来又是一番沉醉，日妆迟迟未能卸下。插在发际的梅花，竟然只剩了梅萼残枝。酒醒了，春睡已被梅香熏破，梦见的远人却终究未能归来。夜深人静，只有月光依依，翠帘低垂。她手挼寒梅残蕊，余香染指，若有所思。还要等待多久，那人才能真的归来？

在春夜绵长的相思中，女主人公的形象，疏放爽朗中透着温婉灵秀。若不疏放爽朗，则不能沉醉于春梦；若不温婉灵秀，则不能感觉梅熏梦破。上阕写夜来春梦，字字含蓄。下阕以环境衬托人物形象，以动作表现人物心理，梦境、离思和期待，似都表露无遗。"挼"、"捻"两个动词用得非常精当妥帖，细腻地表现了女性沉吟之间下意识的动作，从而传达出相思之情的深度。"更得些时"作为结穴，余音袅袅，不绝如缕，使女主人公复杂的心曲愈加婉曲。全词手法婉曲而情脉明显，并未见一句"情语"，却达到了诗词艺术的极致：一切景语皆情语。

浣溪沙（莫许杯深琥珀浓）

莫许杯深琥珀[①]浓，未成沉醉意先融。疏钟[②]已应晚来风。

瑞脑③香消魂梦断,辟寒金④小髻鬟⑤松。醒时空对烛花红。

[注释]

①琥珀:这里指酒的颜色犹如琥珀。唐代李白《客中行》诗:"兰陵美酒郁金香,玉碗盛来琥珀光。"五代南唐冯延巳《抛球乐》词:"歌阑赏尽珊瑚树,情厚重斟琥珀杯。"②疏钟:断断续续的钟声。宋代蒋捷《柳梢青》词:"归来门掩银红,淡月里、疏钟渐撞。"唐代李商隐《裴明府居止》诗:"坐来闻好鸟,归去度疏钟。"③瑞脑:又名龙脑、冰片,用于制作熏香,香味甚浓。李清照《醉花阴》词:"薄雾浓云愁永昼,瑞脑销金兽。"清代陈维崧《菩萨蛮·题青溪遗事画册》词:"回廊碧甃芭蕉叶,鸭炉瑞脑薰犹热。"④辟寒金:晋代王嘉《拾遗记》卷七载,三国魏明帝时,昆明国进贡嗽金鸟,鸟吐金屑如粟。宫人争以鸟吐之金饰钗佩,谓之"辟寒金"。后世以此喻钗饰之精致小巧。南朝任昉《述异记》卷下则说嗽金鸟畏寒,魏明帝筑温室以居之,名避寒台,故鸟儿所吐之金谓之"辟寒金"。唐代许浑《赠萧炼师》诗:"还磨照宝镜,犹插辟寒金。"宋代钱惟演《此夕》诗:"春瘦已宽连理带,夜长谁有辟寒金。"⑤髻鬟:年轻女性的环形发髻。唐代曹邺《恃宠》诗:"三十六宫女,髻鬟各如鸦。"宋代陆游《梅雨初晴迓客东郊》诗:"幼妇髻鬟簪早稻,近村坊店卖新醅。"

[评析]

杯中荡漾着有琥珀光泽的美酒,几声断断续续的远钟,一个午夜梦回髻鬟低垂的少妇,一剪在暗夜轻风中摇红的烛光,构成了这首词凄而不伤的意境。

饮酒,可以在高兴之时,更多的,则是在愁来之际,这似乎是李清照词中之酒的感情基调。这首词没有任何季节特征的描写,开篇就直写女主人公似醉非醉的心理状态。"莫许杯深琥珀浓,未成沉醉意先融。"年轻的女主人公并没想多饮,所以举杯时就告诫自己"莫许",然而只不过是小饮而已,人却已在不知不觉中沉醉。俗话说,"酒不醉人人自醉"。看来是"意"在酒先,所以才会如此。其"意"究竟如何?词人并未明言。"疏钟已应晚来风",悄然宕开的笔触,在晚风送来的断续钟声里,在一凝神的倾听中,使夜半时分幽远无端的意绪,氤然纸上。

是钟声惊破了她的美梦吗?"瑞脑香消魂梦断,辟寒金小髻鬟松。"下阕换头勾画出一幅仕女醉醒图,不着痕迹地暗示了上阕未明言的离愁别绪,不着痕迹地暗示了她梦中的情境——和所思之人相会。"魂梦断"很含蓄,但这个意象的通常含义,使梦的内容相对清晰,并透露出许多信息:因为相思,所以女主人公借酒浇愁,所以连妆都未曾卸下就和衣入梦,所以钟声惊破好梦时,才觉瑞脑的幽香早已散尽,而白日精心梳理并插戴了精美首饰的髻鬟,也已松垂下来。更令人难堪的是,"醒时空对烛花红"。好梦毕竟是梦,梦醒了,离人依然在远方。这样一番情思,该如何收拾?词人没有再写下去,而是留下一个艺术空间,让读者自己去想象。

这首词的抒情结构,上阕为铺垫,重点在下阕的午夜梦回。我们知道人有一种心理体验:在某种强烈的情绪中入梦,当梦被外界的声音惊醒后,意识中梦的情境并不会立刻退去。古代诗人很善于表现这样的心理状态,从而构成一个强大的信息磁场,形成深远的意味。如唐代金昌绪的《春怨》:"打起黄莺儿,莫教枝上啼。啼时惊妾梦,不得到辽西。"这首小诗由思妇的动作和心理,暗示梦的内容和人的思绪,恼恨的是枝上的黄莺,对战争给人们带来的痛苦一字不涉,却字字皆为情语,艺术空间比直言更为广阔。清照的这首词表相思之情,亦以梦断为重心,全词无一语明言情绪而字字皆为情语。但结穴的"醒时空对烛花红",比唐诗更多了几分挥之不去的落寞惆怅。这两个作品异曲同工,唐诗的爽朗和宋词的深致,细品有不同的况味。

满庭芳(小阁藏春)

小阁藏春,闲窗锁昼,画堂无限深幽。篆香[①]烧尽,日影下帘钩②。手种江梅③更好,又何必、临水登楼。无人到,寂寥恰似④、何逊⑤在扬州。　　从来,知韵胜⑥,难堪雨藉⑦,不耐⑧风揉。更谁家横笛⑨,吹动浓愁。莫恨香消玉减,须信道、扫迹情留。难言处,良宵淡月,疏影⑩尚风流。

[注释]

①篆香:即盘香。明代刘基《喜迁莺》词:"画角断,篆香清,斜月淡疏棂。"清代纳兰性德《酒泉子》词:"篆香消,犹未睡,早鸦啼。"②帘钩:卷帘所用的钩子。唐代王昌龄《青楼怨》诗:"肠断关山不解说,依依残月下帘钩。"宋代周密《浪淘沙》词:"开尽楝花寒尚在,怕上帘钩。"③江梅:一种野生梅花。宋代范成大《梅谱》:"江梅,遗核野生,不经栽接者,又名直脚梅,或谓之野梅。凡山间水滨荒寒清绝之趣,皆此本也。花稍小而疏瘦有韵,香最清,实小而硬。"④恰似:正如;恰如。南唐李煜《虞美人》词:"问君能有几多愁,恰似一江春水向东流。"宋代吴文英《卜算子》词:"频探秋香开未开,恰似春来了。"⑤何逊:南朝梁代诗人,字仲言。梁代天监间为建安王萧伟的水曹行参军兼记室,有咏梅诗《扬州法曹梅花盛开》(一题为《咏早梅》),有句云:"应知早飘落,故逐上春来。"⑥韵胜:犹言高雅。宋代范成大《梅谱·后序》:"梅以韵胜,以格高。"明代宋濂《同虚山房记》:"若霖(傅若霖)恬淡而好读书,皦皦霞外,诚韵胜之士也。"宋代辛弃疾《如梦令》词:"韵胜仙风缥缈,的皪娇波宜笑。"⑦雨藉:被雨侵害。⑧不耐:禁受不起。南唐李煜《浪淘沙》词:"罗衾不耐五更寒。"宋代陆游《新菊》诗:"老去流年不耐催,微霜又见菊花开。"⑨横笛:指用笛子吹奏古曲《梅花落》。五代和凝《望梅花》词:"何事寿阳无处觅,吹入谁家横笛?"南宋吴文英《高阳台·落梅》词:"南楼不恨吹横笛,恨晓风、千里关山。"姜夔咏梅词《暗香》:"旧时月色,算几分曾照我,梅边吹笛。"⑩疏影:宋代林逋《山园小梅》诗:"疏影横斜水清浅,暗香浮动月黄昏。"南宋姜夔自度咏梅词,词调名为《疏影》,后以此为梅花的代称。

[评析]

这首咏梅词或作于李清照屏居青州时期。词人对梅抒怀,含蓄蕴藉,抒情女主人公和梅花的形象融为一体,全词意脉流转,意境浑然天成,用典给人"不隔"之感。

李清照的咏物之作,通常并不取开门见山之势,即不从正面入笔,而更喜欢从抒情女主人公身处的环境写起,然后渐入正题。这样的写法易于造成亲切之感,并使笔触在人和花之间腾挪转换。

梅开时节,正当大地回春,万物复苏,整个世界一片勃勃生机。然而女主人公的处所,却充满了寂寞无聊。春色被阻于闺阁之外,白昼被窗儿封锁,精美的画堂,深深的庭院,只令人感到无限忧愁。"小阁藏春,闲窗锁昼"——不是人被春色"藏"、"锁"在寂寂幽闺,而是大自然中涌动的春潮,完全进入不了这个特殊的世界。其实这是女主人公心境的反映,所谓"春心莫供花争发,一寸相思一寸灰"(李商隐《无题》)。当爱人远离身畔,春光纵有千般美妙,又和自己有什么关系呢?"篆香烧尽"是任凭时光逝去,心灰意懒的表现,"日影下帘钩"则意味着白昼将要过去,自己又将孤独地度过一个漫漫长夜。

"手种江梅更好",词至此进入咏梅主旨。江梅本为野生,品种虽非名贵,却疏瘦有韵,香气清洌,且又是自己亲手种于庭院之中的,那又何必舍近求远,临水登楼,去欣赏别人栽种的梅花呢?这是在对江梅的眷顾中,进一层渲染女主人公百无聊赖的心情,郁闷不展的思绪。

江梅尚有自己去眷顾关注,而自己的小阁锁窗,幽深画堂,则"无人到,寂寥恰似、何逊在扬州"。何逊字仲言,是南朝著名的诗人,对唐诗影响颇大。杜甫曾说自己"颇学阴(铿)何(逊)苦用心"(《解闷十二首》其七)。《梁书》载何逊在梁代天监间做建安王萧伟的水曹行参军兼记室,扬州廨舍有梅花一株,何逊常常吟咏其下。后来他居于洛阳时思念这株梅花,再请其任,抵扬州,花开方盛,对花彷徨终日。易安此句典出于此,语则出自杜甫的《和裴迪登蜀州东亭送客逢早梅相忆见寄》诗:"东阁官梅动诗兴,还如何逊在扬州。"易安何出此语?想来是她认为何逊在扬州之所以终日对梅吟咏,是因为他内心深感寂寥。故此处用典既因事涉梅花,也出于对何逊寂寥的同怀。一句"无人到",透露了多少落寞惆怅啊!那个应当到的人究竟是谁?又有谁才到得了深闺?答案不言自明。

上阕先由人而花,再由花而人——花惟梅花,人则有抒情女主人公自己、前代诗人何逊,还有那个不在场的心上人。然而爱人在庭院梅花开放的时候,却不知正在天涯何处,因此自己的情怀和何逊一般寂寥。咏花和咏人,就这样以孤独情怀为系,达到了浑然一体的境界。

"从来,知韵胜",这一句既是赞花也是赞人。但惟其韵胜,更"难堪雨藉,不耐风揉"。这并不是描摹梅花的娇弱,而是高标其品格。这是咏梅,亦是女主人公形象的写照。抒情女主人公似乎在向爱人表示,自己有和梅花一般雅洁的品性。那么,是不是她的爱人移情别恋了呢?是不是她的寂寥也缘于此?但她的示意中,并没有通常怨妇的哀诉,却有一种和江梅气质同样的倨傲。

然而此情毕竟是难以割舍的啊,更哪堪怨笛《梅花落》"吹动浓愁"!发自内心的愁苦只有自己排解,寂寥更添一重。"莫恨香消玉减",风雨固然无情,逼使香消花谢,但"须信道、扫迹情留"。花朵纵然飘零,甚至无影无踪,但情意总会留下。"难言处"三字情语,颇费猜详,但抒情女主人公欲言又止的情态隐隐可见,可谓对全词从境到人,从人到梅,从内到外的无限寂寥下了一个注脚。我们不妨说,这是一首咏梅词,也是一篇怨情词。

怨则怨矣,怨而不怨;哀则哀矣,哀而不伤。在情词的吞吐隐约中,词人再次回到咏梅词旨,出以更为含蓄蕴藉的结句:"良宵淡月,疏影尚风流。"在林逋的《山园小梅》后,姜夔又有自度曲

《暗香》、《疏影》，这四字遂成梅花专指。在美好的春夜，淡月疏星，梅影摇曳，暗香浮动，风流自赏。这是梅花的品格，也是赏花人的心性。一个新的希望在心灰意懒中萌生：花落香消，总有情留，明年春来，又可以和梅花相对——这是积极的咏梅情怀，也是积极的人生态度，词的境界，在结尾得到了提升。

玉楼春（红酥肯放琼苞碎）

红酥[1]肯放琼苞碎[2]，探著南枝[3]开遍未？不知酝藉[4]几多香，但见包藏无限意。　　道人[5]憔悴春窗底，闷损[6]阑干愁不倚。要来小酌[7]便来休，未必明朝风不起。

[注释]

[1]红酥：形容红润柔腻。酥，用牛羊奶制成的食物。宋代陆游《钗头凤》词："红酥手，黄縢酒，满城春色宫墙柳。"明代徐渭《寄赵君时将买妾戏赠之》其三："宫髻一鬟堆燕雏，胭脂两朵晕红酥。"[2]琼苞：花苞的美称。宋代蒋捷《白苎》词："琼苞未剖，早是东风作恶。"碎：绽放。[3]南枝：借指梅花。宋代苏轼《次韵苏伯固游蜀冈送李孝博奉使岭表》："愿及南枝谢，早随北雁翩。"王文诰辑注《苏轼诗集》引赵次公曰："南枝，梅也。"宋代王十朋《点绛唇》词："雪径深深，北枝贪睡南枝醒。暗香疏影，孤压群芳顶。"[4]酝藉：本指人宽和而有涵养，引申为蕴含。[5]道人：说道那人，词中抒情主人公自称。[6]闷损：烦闷。宋代欧阳修《品令》词："闷损我、也不定。"宋代黄庭坚《醉落魄》词："闷损旁观，我但醉落托。"[7]小酌：随意饮酒。陆游有《花下小酌》、《村舍小酌》等诗。

[评析]

枝头红梅迟迟不肯绽出美玉般的花蕊，而早梅是不是已经开遍了小园？不知红梅蕴含了多少芳菲，只觉包藏着无限情意。相思的人儿憔悴在春窗下，心情烦闷怕倚阑干。爱人啊你快回来吧，让我们在树下举杯。只怕明天早晨，无情的风儿把梅花吹落。

显然又是一个爱人远离，空闺寂寞的时日，李清照唱出了这样一首相思情歌。不用铺叙，也无哀怨，爽朗中带有几分惆怅，红梅花的清丽和幽香，糅合了相思的缠绵。虽然明代的《花草粹编》和清代的《历代诗馀》，都把这首词题作《红梅》，但按照通常的标准，它并不是纯粹的咏物之作，而只是借助红梅花，来表达一段相思之情。

词人首先从女主人公的眼中，描写红梅含苞欲放时的美感："红酥"可以想见其色，"琼苞碎"可以想见其洁。"肯放"一词嵌在其中，极为巧妙地写出了看花人期待的心情，由花及人，人和花在开篇就达成了一种内在的呼应。这个角度比直接写花要来得巧妙，沿着看花人的心理，笔致显得极为轻灵自如。"探著南枝开遍未？"这一问有趣，由一枝想到全部，却又不肯定，于是红梅"不知酝藉几多香，但见包藏无限意"的美丽形象，就犹如水墨写意一般，凸现在我们面前。"不知"、"但见"带起的两个意象富于虚空之美。"香"尚未嗅到，却可以想到；"意"不能见到，却可以感到。前者说"酝藉"，后者说"包藏"，红梅花之神，被词人用如此精致的笔墨摹写于纸上，而看花人温婉而俏皮的形象，则隐约于花间树下。上阕写得真是空灵啊，意境也相当优美。

如果说上阕由花及人，人花交映，落笔虚空，那么下阕对人的描写，却要具体得多。"道人憔悴春窗底"——过片直写观花人的愁容和处所。"春窗底"让我们忽然明白，原来上阕所写，都是女主人公窗中所见啊！这令我们不能不赞赏词人结构词篇的功力。须知，词之结构，佳者不仅上下阕气脉要贯通，意象也不能割裂。李清照的这个词篇，无疑又是佳构。

"闷损阑干愁不倚"这一意象，进一步加深了对相思之苦的表现。女主人公终日坐守春窗，满怀郁闷却懒倚阑干，由此可以想见,她曾经有过多少次倚阑凝眺,不见归人的失望啊!词情至此,情不自禁地发出一声呼喊:"要来小酌便来休,未必明朝风不起。"这个结句真是水到渠成,怨而不怒,包含三层意蕴:明明远人未归,也不知他究竟何时归来,语气却如同对面撒娇,真切动人,这不由得令人想起在北朝民歌中,性情热辣的北方女子等待情郎不来的口吻:"月明光光星欲堕,欲来不来早语我!"(《地驱乐歌》)此其一。好花易落,好景不长,对明朝难以预料的担忧,蕴含着青春易逝,华年难再的深刻感伤,超出了一般相思之情的层面,此其二。情人何时得归,仍然不得而知,女主人公面临的,不知还有多少个"会面安可期"的明天?此其三。小词的结句尤要追求深远之致,让人有充分回味的空间。这一个结句,应当说是相当成功的了。

凤凰台上忆吹箫(香冷金猊)

香冷金猊①,被翻红浪②,起来慵③自梳头。任宝奁④尘满,日上帘钩⑤。生怕离怀别苦⑥,多少事、欲说还休。新来⑦瘦,非干病酒⑧,不是悲秋。 休休⑨!这回去也,千万遍阳关⑩,也则难留。念武陵人⑪远,烟锁秦楼⑫。惟有楼前流水,应念我、终日凝眸⑬。凝眸处,从今又添,一段新愁。

[注释]

①金猊(ní):铜制香炉的一种,炉盖作狻猊形,烟从口出。前蜀花蕊夫人《宫词》之五二:"夜色楼台月数层,金猊烟穗绕觚棱。"宋代张元干《花心动·七夕》词:"绮罗人散金猊冷,醉魂到,华胥深处。"②被翻红浪:红绫被子凌乱于床的样子,表明无心折叠整理。③慵:即懒。慵懒。④宝奁(lián):梳妆镜匣的美称。宋代欧阳修《于飞乐》词:"宝奁开,美鉴静,一

掬清蟾。"元代陈旅《为赵敬叔赋汉海兽蒲桃镜》:"宝奁偶落长安市,永与人间照珠翠。"⑤帘钩:卷帘所用的钩子。唐代王昌龄《青楼怨》诗:"肠断关山不解说,依依残月下帘钩。"宋代韩元吉《临江仙》词:"金波摇酒面,河影堕帘钩。"⑥离怀别苦:或作"闲愁暗恨"。⑦新来:即近来。⑧病酒:因饮酒过量而生病。⑨休休:罢了罢了。宋代蒋捷《沁园春》词:"休休。著甚来由。"⑩阳关:古曲《阳关三叠》的简称,由唐代王维《渭城曲》"劝君更尽一杯酒,西出阳关无故人"翻成。也泛指离别时唱的歌曲。宋代柳永《少年游》词:"一曲《阳关》,断肠声尽,独自上兰桡。"宋代张先《蝶恋花》词:"莫唱阳关,真个肠先断。"⑪武陵人:这里指离家留居外地之人,出自南朝宋刘义庆的《幽明录》。此书记载汉明帝永平年间,剡县刘晨、阮肇共入天台山中,迷路,遇到两个美女,遂留居半年。这里应指此事。唐代胡宿《残花》诗:"长乐梦回春寂寂,武陵人去水迢迢。"宋代刘几《花发状元红慢》词:"武陵人,念梦役意浓,堪遣情溺。"另指隐居者,来自晋代陶渊明的《桃花源记》。⑫秦楼:秦穆公为其女弄玉所建之楼,亦名凤楼。汉代刘向《列仙传》载,秦穆公之女弄玉好音乐,萧史善吹箫效凤鸣。秦穆公以弄玉妻之,为之建凤楼。数年后夫妻乘龙凤飞升而去。唐代李白《忆秦娥》词:"箫声咽,秦娥梦断秦楼月。"南唐李煜《谢新恩》词:"秦楼不见吹箫女,空馀上苑风光。"⑬凝眸:向远处专注地看。唐代李商隐《闻歌》诗:"敛笑凝眸意欲歌,高云不动碧嵯峨。"宋代柳永《曲玉管》词:"立望关河萧索,千里清秋,忍凝眸。"

[评析]

李清照前期词中所表现的爱情生活,多半风光旖旎,诗意浪漫。即令是离别的痛苦,也不乏甜蜜的忧愁。但这首词抒发离别之情吞吐隐约,几番欲言又止,颇耐人寻味。恰如明代杨慎所问:"端的为着甚的?"(转引自王学初《李清照集校注》卷一本词参考资料)明代沈际飞亦说:"懒说出,妙。瘦为甚的? 尤妙。千万遍,痛甚?"(《草堂诗馀正集》卷三,转引自褚斌杰主编《李清照资料汇编》本词点评)揣度词中诸般意象,我觉得前人问得有理。在此词中,李清照塑造了这样一个思妇形象:她既留不住、又舍不下情人,心中万千心事"欲说还休",唯有翘首凝眸,苦苦等待,盼其回心转意,重新回到自己身旁。

"香冷金猊,被翻红浪,起来慵自梳头。"隔夜残香,凌乱被褥,精致的内室铺设,懒于晨妆的思妇,开篇就流露出女主人公无情无绪的心理状态。如果一个封建时代的女性,连自己的头都懒得梳理,那就不是一般的愁绪了。《诗经》有一个诗篇道:"自伯之东,首如飞蓬。岂无膏沐,谁适为容?"(《诗经·卫风·伯兮》)诗里的思妇,因丈夫去服徭役而无心打扮,头发乱如飞扬的蓬草。她说,并不是我缺少润发的膏油,而是不知道要为谁来打扮啊!所谓"女为悦己者容",头面不修,本来已足以表达心情,但词人还要接着铺写:"任宝奁尘满,日上帘钩。"看来,女主人公无心于梳洗,已非一日两日。由于她任凭其闲置,梳妆匣都布满灰尘了。每天她总是清醒而慵懒地拥被独坐,看着太阳渐渐升高,日光爬上帘钩。其实一直到此时,词人并无一笔写到情绪,但暗传心事,词笔已叙两层。"生怕离怀别苦",缘由似已挑明,然而"生怕"已启人疑窦,笔锋又忽然收煞:"多少事、欲说还休。"这不由得让人猜想:离怀别苦,此处为何欲说还休?休亦未休,避开正面表露,词人委婉地退一步道出:近来人消瘦了,"非干病酒,不是悲秋"。接连两个否定,排除了通常的原因,暗示了这次离别之非常。实际上仍是吞吞吐吐,令人更觉疑窦丛生。从艺术构思上来说,如此委婉的笔墨,加深了词的情感信息蕴含量,使其更加耐人寻味。让笔者也不禁要问:千百遍踌躇于心头,欲说还休,却是为何?

然而词人并不明说,却在换头叠用"休休"这样两个感情色彩极为强烈的词,表达了女主人公想要毅然决然斩断情丝的心态,上阕之隐约其情,似乎也一变而为明朗。于是,几番欲说还休的情事,在接下来的三个典故中,被较为确定地透露出来。典故的使用其实并不完全是卖弄学问，恰恰相反，典故固有的内涵使人一望而知其意，可以省却许多不必要的笔墨。所以，用典成为诗词最常用的手法。现代人总觉得典故烦琐，其实是欠缺文化底蕴。在典故出现之前，是"这回去也"这样一个相当散文化的句子。然而清照词笔确乎不同凡响，就从这个异常普通的句子中，我们不难品味出压缩的信息：这一次离别，绝对不同于以往多次离别中的任何一次。下面两句夯实了这一点："千万遍阳关，也则难留。"《阳关三叠》是离歌："劝君更尽一杯酒，西出阳关无故人。"也即是说，抒情主人公曾千百遍苦苦倾诉，告诉他无论前头风光如何旖旎，他再也不会遇到如自己这般款款深情的女子。但他，还是要决然离开。

究竟是什么原因造成分离呢？词人连出两个典故："念武陵人远，烟锁秦楼。"本词的注释已表明，此武陵人并非陶渊明笔下隐居于桃花源者，而是流连艳遇、驻足新欢的男性。至于秦楼，则指弄玉和萧史两情欢洽、夫唱妇随之典范。武陵人远、烟锁秦楼这两个意象，不正明白地道出了情人移情新欢，以往甜蜜可虞这一令人痛苦的事实吗？而她虽然仍那样留恋美好的爱情，这时爱人却已决然而去，毫无顾念之情，"惟有楼前流水，应念我、终日凝眸"。主宰不了自己的情感，万般无奈却又万分难舍，只好把一腔深情寄托给无情流水。在呜咽缠绵的声情中，女主人公的一腔痛楚倾泻而出。下面用顶真格，又一个"凝眸"强化了其情之无奈，其意之缠绵。"从今又添，一段新愁"回应上阕结句，似乎解释了"瘦"和"非干"与"不是"的内涵，却又分明告诉人们，换头的"休休"之语，不过是自我安慰罢了。自从得知情人情有所移，已自愁肠百结。因为"生怕"离别终会到来，故几番欲说还休。如今他更要远离，而自己偏偏依然那么爱他。他走得再远，也走不出自己的视线。寂寞深闺，这段"新愁"该如何排遣？只剩下痴人枉自"凝眸"罢了。这个结句真可谓心神凄远，余韵悠悠。

慵懒、生怕、新瘦、休休、念念，全词一层层铺叙，读来真是柔肠九回！抒情女主人公隐秘的心曲，在"欲说还休"的跌宕中虽非明言，却已显豁。

以浅近之语，蕴深沉之情，词人表现了爱情的一种缺憾。不论它是不是李清照生活中的真实，出现这样的插曲都不奇怪，只要我们正视生活，就应当懂得世间没有十全十美的事物。一个优秀的作家，不会只把生活的蜜糖奉献给读者，而更要让他们懂得，经历各种痛苦，才是生活的真实。一个封建时代的女性，敢于把这样的内容宣之于众，不仅显出了李清照对爱情的执著，同时也更显出其不让须眉的才情和气魄。

蝶恋花（泪湿罗衣脂粉满）

泪湿罗衣脂粉满，四叠阳关①，唱到千千遍。人道山长山又断，萧萧微雨闻孤馆。　　惜别伤离方寸乱，忘了临行，酒盏深和浅。好把音书凭过雁，东莱不似蓬莱②远。

[注释]

①阳关：古曲《阳关三叠》的省称，亦泛指离别时唱的歌曲。唐代李商隐《饮席戏赠同舍》诗："唱尽《阳关》无限叠，半杯松叶冻颇黎。"看来《阳关》曲到底唱几叠，并无统一的规定。"四叠"，苏轼《东坡志林》卷七说："旧传《阳关三叠》，然今世歌者，每句再叠而已。若通一首言之，又是四叠。皆非是。若每句三唱以应三叠之说，则丛然无复节奏。余在密州，有文勋长官以事至密，自云得古本《阳关》。其声宛转凄断，不类向之所闻……乃知唐本三叠盖如此。及在黄州，偶得乐天《对酒》云：'相逢且莫推辞醉，听唱阳关第四声。'注云：第四声'劝君更尽一杯酒'。以此验之，若一句再叠，则此句为第五声；今为第四声，则第一句不叠审矣。"②蓬莱：亦称蓬山，神

话传说中仙人居住的三座神山之一。另外两座是"方丈"和"瀛洲"。唐代杜牧《偶题》诗:"今来海上升高望,不到蓬莱不是仙。"李商隐《无题》诗:"刘郎已恨蓬山远,更隔蓬山一万重。"

[评析]

"四叠阳关,唱到千千遍。"《阳关》曲是中国古代著名的离歌,自从大唐诗人王维在送别友人的那个清晨,唱响于长安灞桥,那忧伤而深情的旋律即超越时空,在长亭离宴,在南浦水滨,一次次穿透离人的心。其实,无论是黯然销魂的情人之别,还是挥手泪下的朋友之别,也无论一曲《阳关》是三叠、四叠或无限,离别情境纵有千差万别,惆怅伤感,却总是令人不能立刻释怀。

大约在宣和三年(1121)之秋,赵明诚任莱州知府,李清照在独居青州数年后,赴莱与其团聚。途中她宿于昌乐县驿馆,回想起故乡姊妹送别的情境,填了这阕《蝶恋花》寄给她们。

"泪湿罗衣脂粉满",词作开篇直写姊妹之间的离别情状。别泪打湿了罗衣,浸透了脂粉,这些意象充满了女性色彩,有异于李清照词一向对离情含蓄的表达。"四叠阳关,唱到千千遍。"夸张的描写,贴切地重现了姊妹们当时难舍难分的离别悲伤。然而纵使姊妹情深,抒情女主人公和她们分别,是为了与情投意合、分别数年的丈夫团聚啊,其内心本该充满幸福的期待,而姊妹们也本该祝福她即将来临的幸福。可是,离别还是让人产生了如此浓重的悲情。在人类的情感世界中,爱情并不是全部。19世纪法国著名作家雨果,曾在其名著《悲惨世界》中说过:"世界上最广阔的是大海,比大海更广阔的是天空,比天空更广阔的是人的心灵。"深情恣纵如李清照,心中如何只容得下一桩感情,又如何能够不为相处多年的姊妹离别而悲伤呢?她在《凤凰台上忆吹箫》一词中曾写道:"这回去也,千万遍阳关,也则难留。"同一意象在这首词中重现,离别的对象虽然不同,但其情感之深挚并无二致。

旅途的风物即令本来一般无二,也总是会因为旅人的心境而产生不同的观感,这就是景因人异了。"人道山长山又断,萧萧微雨闻孤馆。"晚来走出绵绵山道,独自驻足旅寓,愁听微雨潇潇的心境,只有满怀离情的旅客,才能体验那浓重的孤独感吧?女词人的心思可能更细腻一些,故在上阕结拍处,写出了这样一幅凄凉的孤旅画面。"人道"表明送行者的担忧,"又断"则是行路人自己的实感。远行人渐行渐远,和送行人之间的空间距离更加遥远了,但心理上的距离可能恰恰相反,思念愈切。随着词人婉转的笔触,我们知道开篇虽直接描写离别情状,实际上是词人孤旅独在时的思忆。因此,过片以"惜别"开笔,上下阕词情的抒发过渡很自然,体现了词体结构的艺术性。

"惜别伤离方寸乱,忘了临行,酒盏深和浅。"姊妹们的手足深情,在离别时得到了最为充分的检验,"方寸"竟为之而乱,以至于回忆起来,不知别时醉与否。酒盏深浅,这是一种含蓄的表达,惟其含蓄,更见忧伤。不,忧伤中还有心绪不宁的恍惚和惆怅。

既然离别在所难免,那么还是寄望于鸿雁,让它们来传递相互之间的思念吧,莱州总不似蓬莱那般遥远!"好把音书凭过雁,东莱不似蓬莱远。"这是无奈的安慰,对自己,也对送行人。然而虽则无奈,若无开朗的胸怀,亦不能出此旷达语。这就令人想起了唐代诗人笔下的情怀:

海内存知己,天涯若比邻。(王勃《送杜少府之任蜀川》)
青山一道同云雨,明月何曾是两乡。(王昌龄《送别柴侍御》)
莫愁前路无知己,天下谁人不识君?(高适《别董大》)

更为巧妙的是,词人在结句中利用地名的相同字"莱",把现实中的莱州和传说中的蓬莱连接起来,引起人们无限的遐想。再者,两个地名连接带有的几分俏皮口吻,在词中形成一种间色,打破了全词沉郁的离别情调,给人一种温暖的感觉。如果我们说易安这首"惜别伤离"的名作有唐音,或许不是没有根据的谬评。

长寿乐(微寒应候)

微寒应候①,望日边②、六叶阶蓂初秀③。爱景④欲挂扶桑⑤,漏残银箭⑥,杓回摇斗⑦。庆高闳⑧此际,掌上一颗明珠剖⑨。有令容淑质⑩,归⑪逢佳偶。到如今,昼锦⑫满堂贵胄⑬。　荣耀,文步紫禁⑭,一一金章绿绶⑮。更值棠棣连阴⑯,虎符⑰熊轼⑱,夹河分守⑲。况青云⑳咫尺,朝暮重入承明㉑后。看彩衣㉒争献,兰羞玉酎㉓。祝千龄,借指松椿㉔比寿。

[注释]

①应候:正是这个季节应有的气候。②日边:比喻京师附近或帝王左右。唐代高蟾《下第后上永崇高侍郎》诗:"天上碧桃和露种,日边红杏倚云栽。"③六叶阶蓂初秀:六叶,寿主诞辰为阴历初六日。阶蓂即蓂英,瑞草名,夹阶而生,故名。《竹书纪年》卷上:"帝(尧)在位七十年……又有草夹阶而生,月朔始生一荚,月半而生十五荚,十六日以后日落一荚,及晦而尽。月小则一荚焦而不落,名曰蓂荚,一曰历荚。"秀,开花。④爱景:和煦的阳光。爱,通"曖"。景,阳光。南朝鲍照《侍宴覆舟山》诗:"繁霜飞玉闼,爱景丽皇州。"唐代李绅《渡西陵十六韵》诗:"爱景三辰朗,祥农万庾盈。"⑤扶桑:神话中的树木名,太阳栖息的地方。《山海经·海外东经》:"汤谷上有扶桑,十日所浴。"郭璞注:"扶桑,木也。"《说文》云:"榑桑,神木,日所出也。"榑同扶。先秦屈原《九歌·东君》:"暾将出兮东方,照吾槛兮扶桑。"⑥漏残银箭:漏,漏壶。古代计时器,铜制,有孔,可以滴水或漏沙,有刻度标志以计时间,简称"漏"。银箭,漏壶中标记时刻的白色竖标,以似箭而名。宋代司马光《宫漏谣》:"铜壶银箭夜何长,杳杳亭亭未遽央。"⑦杓回摇斗:杓,指北斗星的第五、六、七颗星,亦称"斗柄"。杓星回转,使北斗七星调转了方向,意味着春天即将来临。⑧高闳:门庭高大,指

门第显贵。宋代苏轼《求婚启》："敢凭良妁，往款高闳。"宋代刘过《庆周益公新府》诗："能广万间庇寒士，定容驷马向高闳。"⑨明珠剖：明珠喻女儿，所谓掌上明珠。剖，指出世。⑩令容淑质：令容，美丽端庄的容貌。淑质：善良娴雅的品性。唐代沈佺期《册金城公主文》："咨尔金城公主，幼而敏惠，性实柔明，徽艺日新，令容天假。"宋代陆游《夫人孙氏墓志铭》："夫人幼有淑质。"⑪归：古代指女子出嫁。《诗经·周南·桃夭》："之子于归，宜其室家。"⑫昼锦：《汉书·项籍传》载秦末项羽入关，屠咸阳后思归江东，曰："富贵不归故乡，如衣锦夜行。"后世遂称富贵还乡为"衣锦昼行"，略为"昼锦"。清初吴伟业《项王庙》诗："凄凉思昼锦，遗恨在彭城。"⑬贵胄：贵族的后裔。《陈书·江总传》："开府置佐史，并以贵胄充之。"⑭紫禁：比喻皇帝的居处。旧说天上有紫微垣，保卫天子的宫殿，故称宫禁为"紫禁"。《文选》收谢庄《宋孝武宣贵妃诔》："掩彩瑶光，收华紫禁。"李善注："王者之宫，以象紫微，故谓宫中为紫禁。"⑮金章绿绶：指代仕途通达。金章，金质的官印。一说为铜印。绶，丝质的带子，古代常用来拴在印纽上。⑯棠棣连阴：指兄弟皆为高官。《诗经·小雅》有《常棣》篇，言弟兄应该相互友爱，后常用以指兄弟。唐代张九龄《和苏侍郎小园夕霁寄诸弟》诗："兴属蒹葭变，文因棠棣飞。"宋代苏轼《生日王郎以诗见庆次其韵并寄茶二十一片》："棠棣并为天下士，芙蓉曾到海边郛。"⑰虎符：古代军中调动军队的印信。铜质虎形，左、右两半，朝廷存右半，统帅持左半。⑱熊轼：车子有伏熊形的车前横木，古时为显官所乘。南朝徐陵《司空章昭达墓志》："前轮熊轼，后乘龙辀。"⑲夹河分守：寿主二子皆为郡守。《汉书·杜周传》："始周为廷史，有一马。及久任事，列三公，而两子夹河为郡守，家訾累巨万矣。"⑳青云：比喻获得高官显爵，所谓平步青云。㉑承明：即汉代承明殿，为侍臣值宿所居，又称承明庐。后世以入承明庐为入朝或在朝为官的典故。唐代李颀《送綦毋三谒房给事》诗："徒言青琐闼，不爱承明庐。"㉒彩衣：谓孝养父母。《艺文类聚》卷二十引《列女传》："老莱子孝养二亲，行年七十，婴儿自娱，常著五色采衣……于亲侧。"后世因而以"彩衣"指孝敬父母。㉓玉酎(zhòu)：美酒，是经两次或多次酿造的醇酒。唐代无名氏《题屈原祠》："行客谩陈三酎酒，大夫元是独醒人。"㉔松椿：松树与椿树，比喻高寿。宋代张孝祥《水调歌头》词："建崇牙，开盛府，是生辰。十州老稚，都向今日祝松椿。"宋代晏殊《拂霓裳》词："今朝祝寿，祝寿数，比松椿。"

[评析]

这实在是一首用典繁多，虚应故事的祝寿之作。作品显然完成于南渡之前，寿主则是一个贵妇。元代《截江网》卷六署为易安夫人作，王学初认为宋代未见有这样称呼李清照的，故列为待考。这首词确乎不同于李清照一贯的词风。不过，以李清照的身份地位，未始不能有应酬之作；以李清照的才情高华，未始不能有另类风格。这首词，倒是可以和李清照作于南渡后的《新荷叶》（薄露初零）相比较，以见其南渡前后不同的心情和写法。如果说，作为同一题材的词作，《新荷叶》（薄露初零）尚流露了对中原故土的怀念之情，那么，这首《长寿乐》就完全是应酬之作了。

《长寿乐》在艺术上最突出的特点，是它以广博而贴切的用典，表现了词人深厚的文化修养和词学素养。试想，一篇祝寿词，从寿主本人的诞日、出身、出嫁、生儿育女，一直说到其夫衣锦还乡，贵胄满堂祝贺生日，其子兄弟皆贵，并祝福寿主二子青云直上，使其得享子孙孝敬，寿比松椿——真可谓无一遗漏。如此面面俱到，要用许多祝词，还要无一语重复，没有深厚的学养和艺术修养，是不可能做到的。但是李清照做到了。

另一方面，用典不仅要用得贴切，还要形象鲜明，没有陈腐之气。易安的用典有雅有俗，但皆不生僻古奥，故全词用典虽然繁多到几乎句句不空，却还不至于令人望而生厌。典雅如"阶蓂初秀"、"昼锦"、"棠棣连阴、虎符熊轼、夹河分守"，俚俗如"枸回摇斗"、"一颗明珠"、"松椿比寿"，都恰如其分地表达了词人美好的祝愿。

或许，这首词的意义，只在于词人的用典技巧和语言艺术吧。

菩萨蛮（归鸿声断残云碧）

归鸿声断残云碧，背窗雪落炉烟直。烛底凤钗明，钗头人胜①轻。　角声催晓漏②，曙色回牛斗③。春意看花难，西风留旧寒。

[注释]

①人胜：人形的饰物，古时于正月初七人日用之。初唐沈佺期等有《人日重宴大明宫赐彩缕人胜应制》诗。晚唐温庭筠《菩萨蛮》词之二："藕丝秋色浅，人胜参差剪。"②晓漏：拂晓时分铜壶滴漏之声。唐代杜审言《秋夜宴郑明府宅》诗："露白宵钟彻，风清晓漏闻。"杜甫《赠献纳使起居田舍人澄》："晓漏追趋青琐闼，晴窗检点白云篇。"③牛斗：星宿名，指牛宿和斗宿。唐代陈子昂《入东阳峡与李明府船前后不相及》诗："地上巴陵道，星连牛斗文。"宋代陆游《纵笔》诗："素月徘徊牛斗间，天风吹鹤度函关。"

[评析]

南渡初期的李清照，在日复一日的北归期待中，抒写着日益加深转浓的乡愁。中州盛行的节令，更易牵动她对故乡的思念。南方古都踏雪寻梅的高士韵致，以及妇唱夫随的旖旎风情，似乎都无法洗去内心深处的乡愁。

"归鸿声断残云碧，背窗雪落炉烟直。"在这幅由上而下、由外而内、由远而近、由动而静的画面中，抒情女主人公似乎并未出场，但实际上她正背窗伫立，在归鸿的叫声中，看暮天的残云渐渐浓黑，听白雪在身后窗外无声飘落。室内，温暖的炉子正升起一缕淡淡的轻烟。

这是一番怎样的景象呢？如果仅仅从画面的感觉来说，除了"归鸿声断"有几分凄凉，天空的暮云、窗外的落雪、室内的炉烟，都充满了静美。惟其静，烟才"直"。这个"直"字虽有所本，但移王维的"大漠孤烟"（《使至塞上》）入一方居室之内，却又如此贴切，也只有大手笔才能做到。然而画外音中透出的丝丝凄凉，仍超出了其他物象，把词作的情感脉络，指向经常出现在易安词中的那个"愁"字。这个画外音，令人想起了元代马致远《汉宫秋》中那声划过夜空，惊破幽梦的雁叫。是的，古今愁情，在断鸿声中尤觉动人。

渲染气氛的笔墨显然已经足够，那么"烛底凤钗明，钗头人胜轻"——笔触由对女主人公的间接描写转为直接描写，也就是自然而然的了。烛光和凤钗的光华相互映照，简练地勾勒了她不同寻常的身份，但更重要的是她钗头上的"人胜"，即人日（正月初七）所戴的饰物，暗传出她在这个闺中盛节里的思绪，该是在追忆中州盛日吧？

"角声催晓漏，曙色回牛斗。"看来又是一个不眠之夜，她听着角声在每一个时段响起，铜壶滴漏之声表明拂晓已经到来。不是相思离别，胜似相思离别。究竟是怎样的一种情感在折磨她？且看结句：

"春意看花难，西风留旧寒。"原来抒情女主人公彻夜辗转难眠，是担忧春天虽已在飞雪中来到，报春的梅花却未必按时开放。她猜想西风余威尚存，更叠加着料峭春寒，谁又能不有所畏惧，而可以决然冲风冒寒，出去看花呢？

这个结句意味极其深长：西风和东风之间隔着一个漫长的冬季，二者本不可能交织，易安未必不知。这是明知故为啊，"旧寒"想必来自心底，暗喻了词人对环境的感觉，不可过于拘泥。正是对时光和季候如此这般错剪，留下了丰富的联想空间，引人深入寻绎词情。易安词的含蓄隽永，于此也就可以领略一二了。

其实说到底，这首词始终没有明言情之内涵。诸多意象的呈现，只能证明文学的模糊特征。在易安词中，这样的呈现方式并不多。也正因为如此，解读的空间也就特别大。那就让有幸注意到这个作品的人去寻绎吧，寻绎女词人的词心之所在。

蝶恋花（永夜恹恹欢意少）

永夜①恹恹②欢意少，空梦长安③，认取长安道。为报今年春色好，花光月影宜④相照。　　随意杯盘虽草草⑤，酒美梅酸⑥，恰称人怀抱。醉里插花花莫笑，可怜春似人将老。

[注释]

①永夜：长夜。永，长。唐代杜甫《宿府》诗："永夜角声悲自语，中天月色好谁看。"宋代秦观《水龙吟》词："永夜婵娟未满，叹玉楼、几时重上。"②恹恹：精神萎靡的样子。宋代晏几道《清平乐》词："一点恹恹谁会，依前凭暖阑干。"清代纳兰性德《临江仙》词："人说病宜随月减，恹恹却与春同。"③长安：西汉、隋、唐等朝的首都，在历史上有过迁徙，故址大约在今陕西西安一带。唐以后人往往以长安代指首都。这里清照指北宋都城汴京，即今开封。④宜：应该，应当。南唐李煜《乌夜啼》词："醉乡路稳宜频到，此外不堪行。"宋代晏几道《采桑子》词："若是朝云，宜作今宵梦里人。"⑤草草：做事马虎，简陋从事，不精致。唐代皇甫曾《遇风雨作》："草草理夜装，涉江又登陆。"宋代葛胜仲《鹊桥仙》词："瓜华草草具杯盘，喜共泛、初筵零露。"⑥梅酸：指用酸梅（乌梅）酿成的美酒。

[评析]

此词一题为《上巳召亲族》。上巳是古代节日。汉以前以农历三月上旬巳日为上巳，魏晋以后，定为三月三日，不一定取巳日。宋代吴自牧的《梦粱录·三月》云："三月三日上巳之辰，曲水流觞故事，起于晋时。唐朝赐宴曲江，倾都禊饮踏青，亦是此意。"但也有仍取巳日者，如此词，又如元代白朴的杂剧《墙头马上》第

词选　101

一折:"今日乃三月初八日,上巳节令,洛阳王孙士女,倾城玩赏。"

建炎三年(1129),大宋王朝偏安江南已逾数载,而收复之梦年复一年,依然是南渡衣冠不忘的悬想。和一般人以偏概全的想法两样,多少个漫漫长夜,萦绕于李清照心头的并非只有离愁别恨。叹逝伤往,回归故国、故都的强烈愿望,说一声乡愁太轻,道一句思念太短!"永夜恹恹欢意少,空梦长安,认取长安道。"有谁读到这样的词句,不为从易安到陆游、辛弃疾、岳飞、文天祥……诸多南宋仁人志士的热肠动容?首句三个意象,以递进的手法直击人心,加深了对抒情主人公抑郁情怀的表现。后面两个"长安"递相重复,一则言"空梦",二则言"认取",在看似矛盾的情境中拓展了意境。此话怎讲?我们知道,梦中的心理本不可捉摸,梦中的景象却有来自现实的心理依据。夜中不能寐,是因为南渡衣冠,欢愉殊少,此心入梦,直抵故都,旧日宫阙城池宛然在目,故言"认取"。但一切终归虚幻,岂非"空梦"?因为这是梦醒时的叹惋,所以更见沉痛。

"为报今年春色好,花光月影宜相照。"梦醒了,现实却依然是那么令人失望,这是一种甚为痛苦的心理体验。于是,无端的埋怨从女主人公的心头泛起:是谁传说今年的春色好呢?让我期待有"花光月影"来装点这无眠的春夜!"宜",委婉地透露出事实本该如此,却并非如此。那么,可以想见这个春夜是异常黯淡的了。当然,这或许只是抒情女主人公个人的心理感受。江南之春未必不如往年,只是心怀国事之忧,无心踏春赏春,这"春色好"本已来自传闻,在辗转不眠的长夜,更觉春色远人,月光不到的苦闷了。境因意胜,易安在上阕所描写的这个"恹恹永夜",实是移情于境的缘故。

词题为《上巳召亲族》,词人却笔意迟迟,上阕已尽而言未及此，足见在这个本当欢愉的时刻，现实却令人无从乐起。本无诗兴，午夜梦回之际涌上笔端的，只能是山河失据的痛感。然而既召亲族，词情总得有所交代，因此过片回笔点题道："随意杯盘虽草草。"待客之道，原不该既随意、且草草，只能说，这是词人沉痛情怀的表现。不过虽然草草，酸梅酿成的美酒，也还是足以称情的吧？然而毕竟是借酒浇愁，所以易醉。"醉里插花花莫笑，可怜春似人将老。"花开年年岁岁，插花为上巳节风俗。醉里插花，尚恐为花取笑，可见女主人公其实并未沉醉。在她的心目中，人花通灵，但"花莫笑"三字中包含着多少辛酸苦痛之情啊！因为，美好的春天就像插花的人儿一样即将老去！

在最后两句中，人的华年同花光将逝，有两次对照，"可怜"者，在人而不在花。相隔不过几年，同那个在中原街头，卖花担上拈来春花，"云鬓斜簪，徒要教郎比并看"（《减字木兰花》）的娇俏少妇相比，这个抒情女主人公的心气显然已今非昔比。不是岁月催人老，而是客居江南、北归难期的心事，折磨得她自知容颜衰老，不复能与花比并！沉痛，除了沉痛，还是沉痛！不必牵强附会地把结句解释为暗喻国家即将沦亡，当时的易安不太可能预见国家将亡于何时，想来也不会在词中作这样的暗示。她只不过是以知性的人文情怀，与国家同呼吸、共命运，抒发自己的真情实感罢了。正如同任意贬低李清照词的家国之忧一样，不切实际地拔高其思想性，也并不会为之增色。

这首词的抒情结构比较特别：词人用倒叙的手法，上阕写梦中及梦回之时的感触，下阕才点题回写宴乐情景。这样的抒情结构既符合生活的常情，也更能突出词作的抒情主题。可见，即令是在诗词这样的短章中，结构艺术也是要适应于内涵表现的。

菩萨蛮（风柔日薄春犹早）

风柔日薄①春犹早，夹衫乍著②心情好。睡起觉微寒，梅花鬓上残。　　故乡何处是？忘了除非醉！沉水③卧时烧，香消酒未消。

[注释]

①风柔日薄：春风和煦，日光尚不强烈。宋代王灼《菩萨蛮》词："风柔日薄江村路，一鞭又逐春光去。"宋代文同《和子山陪使君游西湖三绝正月晦日》诗："风柔日薄恰新霁，正好访春来此行。"②乍著：刚刚穿上。宋代曹勋《木兰花慢》词："更乍著轻纱，凉摇素羽，翠点清池。"薛梦桂《一斛珠》词："单衣乍著，滞寒更傍东风作。"③沉水：熏香名，又称沉水香、蜜香。宋代苏泂《桂花》诗："远于沉水淡于云，一段秋清孰可分。"宋代刘翰《客去》诗："酒醒今夜银屏冷，沉水薰炉旋旋添。"

[评析]

"故乡何处是？忘了除非醉！"这是多么深厚的感情，却令人倍感沉痛！

思乡，这是人类美好的感情之一。其情往往看似触景而发，遇事而生，其实它是溶于血液、不可分解，渗于意识、不可摒弃的。只不过对于异乡游子来说，积淀于生命中的故乡情结，在某一个特定的时刻，会更加强烈罢了。"举头望明月，低头思故乡"（李白《静夜思》）；"露从今夜白，月是故乡明"（杜甫《月夜忆舍弟》）……在华夏文学积累了千百年，不可胜数的思乡曲中，李清照这首显然作于南渡前期的词，是一支跌宕起伏、令人难忘的悲歌。

在一个春气和融的早春清晨，女主人公换上了薄薄的春衫。素日的愁闷，也被温柔的春风一扫而空，心中充满了阳春到来的欣喜。睡醒之后她微感春寒袭人，又看到插戴在鬓发上的梅花已经残损。上阕的描写意象清新，情调欢悦，但过片情调陡转，这首词的中心意绪也随之凸现于纸上：故乡无时无刻不萦绕在心头，要忘却了它啊，除非是用酒使自己沉醉！

是微寒的感觉和鬓上的残梅，勾起了抒情女主人公埋藏在心底的乡愁，还是她从来就没放下过对故乡的思念？必定是后者，才能瞬间改变她欢悦的心情，顷刻愁云笼罩。是的，异乡的春天无论多么可爱，也不能和故乡媲美，只不过徒然引起强烈的思乡之情罢了！"故乡何处是？忘了除非醉！"要有多少次明知难忘，其痛苦却使她不能不想法去忘，而后发现根本不可能忘的经历，才能锤炼出这样的词句？这是抛却中原故乡，回归迟迟无望的女词人的心声，也是一代南渡北人共同的心声。女词人以饱蘸泪水的笔墨，曾多少次书写过这般沉痛的情怀？

"沉水卧时烧，香消酒未消。"开篇"风柔日薄"的良辰美景，抒情女主人公春日清晨的欢欣，至收篇忽成无尽悲伤。夜来为"忘了"而借酒浇愁，焚香沉醉，如今香是消了，愁却未消。"未消"者为残酒，人则不再沉醉。既然不能再"醉"，如何能够"忘了"？醉而醒，醒而醉，这周而复始的痛苦，又何时能了？以宕开为收束，笔力千钧。要非易安手笔，又孰能为之？

声声慢[①]（寻寻觅觅）

寻寻觅觅，冷冷清清，凄凄惨惨戚戚[②]。乍暖还寒[③]时候，最难将息[④]。三杯两盏[⑤]淡酒，怎敌[⑥]他、晓[⑦]来风急。雁过也，正伤心，却是旧时相识[⑧]。　　满地黄花堆积，憔悴损、如今有谁[⑨]堪摘？守着窗儿，独自怎生[⑩]得黑？梧桐更兼细雨，到黄昏、点点滴滴。这次第⑪，怎一个愁字了得！

[注释]

①《声声慢》，又名《胜胜慢》、《人在楼上》、《凤求凰》、《梧桐雨》等。此词或题为"秋情"，明清词本或作"秋闺"（明代卓人月《古今词统》）、"秋词"（明代赵世杰《古今女史》）、"秋晴"（清代谢元淮《碎金词谱》）。②戚戚：忧伤的样子。宋代张至能《晚登黄鹤楼》诗："戚戚登临地，凄凄欲暮天。"刘过《沁园春》词："未尝戚戚于怀，叹自古英雄安在哉。"③乍暖还寒：天气忽冷忽热，阴晴不定。通常以此描写初春，如宋代朱淑真《中春书事》诗："乍暖还寒二月天，酿红酝绿斗新鲜。"元代刘因《玉楼春》词："柳梢绿小梅如印，乍暖还寒犹未定。"独清照以此描写秋天的感觉，尤能见其情之不怿。④将息：调养，保养。唐代白居易《偶咏》诗："身闲当将息，病亦有心情。"王建《留别张广文》诗："千万求方好将息，杏花寒食约同行。"⑤盏：平浅而小的酒杯。⑥敌：抵御。⑦晓：据文渊阁《四库全书》本《漱玉词》和《词的》、《白香词谱》等。或作"晚"，如《词综》、《词谱》等。一字之差，关系到全词意脉的圆通与滞涩。作"晓"则意脉通畅，一日之间，愁肠九转，刻画尤切，且所有意象皆有着落。作"晚"则意绪颇多滞涩，为词家所忌。如按古代习俗，摘花，无论簪于发际还是插于瓶中，都在清晨而非黄昏。此例古典诗词、小说、戏曲中甚多，不胜枚举。再说，时光既已晚，又何须说"到黄昏"、"独自怎生得黑"？只有作"晓"解，全词意脉方能贯通。⑧李清照是北方人，靖康之变后南渡，大雁秋来飞迁南方越冬，故如此说。⑨谁：什么、啥。指菊花而非通常的"谁人"、"何人"之义。⑩怎生：怎样、怎么。⑪这次第：这种种情形，种种光景。宋代黄孝迈《湘春夜月》词："这次第，算人间、没个并刀剪断，心上愁痕。"

[评析]

南宋建炎三年（1129），靖康之变后仓皇南渡的李清照，又经历了国破家亡之后的另一个沉重打击——与她志趣相投、心心相印的丈夫赵明诚病逝于建康（今南京）。清照在葬事完毕后，撰祭文表达了自己的心情："坚城自堕，怜杞妇之悲深。"（南宋谢伋《四六谈麈》）。杞妇是春秋时期齐国大夫杞梁之妻。传说齐庄公四年齐国袭莒,杞梁战死,其妻迎丧于郊,哀哭之甚,至城墙为之崩塌。从这个比拟,可见清照之恸。直到次年秋天,她哀恸欲绝的情绪不仅并未得到缓解,痛定思痛,更转深切。这阕千古绝唱《声声慢》,如泣如诉地表达了这一情怀。

精通词律的李清照选择《声声慢》这个词牌绝非偶然,这是词调的声情,更是词人的心境。词为声之蕴,声情相谐,是词家所追求的最高境界。因而,历来填词名家词题可有可无,词牌却不可不讲究。就词的音乐性而言,平韵慢词一般舒缓清扬、恢弘从容。李清照南渡初期的这篇代表作,却以浑如"大珠小珠落玉盘"般的繁音促节,把我们带入了惨切悲凄、寂寞清冷的意境。

词人截取了秋季的某一天,以概括无数个时日的同一情境。随着画面的展开,我们看到一个女子满怀忧伤、怅然若失的形象,她似乎在寻觅什么,却又终无所得,不禁百感交集,悲从中来。天气是这般冷暖不定,内心是这般绝望无助。在西风中孤苦地独守秋窗,她感到秋气是愈来愈深了。归鸿飞过,菊花憔悴,徒然引起对故人、故乡的苦苦思忆;梧桐细雨,点点滴滴,浑似敲打着贮满哀愁的心。愁情——秋景,这一切,令她历尽苦难的心再也承受不起。一声呼喊不禁从心底喷发而出:"怎一个愁字了得!"

如此描述这个词篇深远惨怛的意境,未免失之粗疏,却不妨让我们以此为起点,步入女词人深沉的内心世界。

就艺术意境生成的一般规律而言,词人和词中之人既可以是二而一的,也可以是有所分离的。说她和词人是二而一的,李清照现实的经历可以作为印证。早在山河破碎之时,这个此刻正沉浸在丧夫之痛中的女词人,身世就如同风雨飘萍了。靖康变起,背井离乡,多年苦心收集、承载着深厚伉俪之情的金石书画散失殆尽。如今,就连心心相印的丈夫,也已幽明两隔了……

在经历了国破家亡、漂泊流离之苦后又丧夫居孀,这重重苦难所积淀的复杂情怀，用一个"愁"字来表达，实在是太轻太轻！所以，现实中的李清照和词篇中的抒情女主人公之形象，在这里是叠合的。但另一方面，优秀的文学作品总是具有极强的概括性，能够把作家个人的独特感受，升华为同一历史语境中的人之常情。从这个角度看，词中之人和现实的词人又是有所分离的。也即是说，词中的抒情主人公，并不完全等同于词人的真实形象。这使得《声声慢》从一个女性的现实体验所表现出来的情思和意象，以及遣词造句的奇崛风格，承载了一段感性的历史，在千百年后依然能够引起人们强烈的共鸣。

不是说李清照的词篇仅有《声声慢》达到这样的高度，而是说这个词篇的成就更为突出。试想，"人生愁恨何能免"（李煜《子夜歌》）？然而无论其愁是深是浅，未必每个人都能够恰切地表达出来。"怎一个愁字了得"却一语道破，成为那个乱离时代和千古愁人的共同心声。人们大可不必追问"愁"的具体内涵，却无不深刻地感受到己心与词作的声息相通——这正是经典的主要价值之所在。从整个词篇来看，这只是一个结句，但这个结句在全词的内在意脉和表层结构上，是从开篇蜿蜒而来的意绪，到终篇水到渠成的收束。所以，我们要由此进行回溯。

词的开篇异常奇崛，词人以七个叠词，细腻地刻画了难以名状的悲恸心境："寻寻觅觅，冷冷清清，凄凄惨惨戚戚。"抒情主人公感到了太多太多的失落，却难以理清究竟失落了什么；感到了自己的心很痛很痛，却又似乎茫然不知缘由。寻而不得，因为自己也不知到底要寻找什么；端坐凝思，又不堪内心深处牢牢攫住的忧伤之折磨。"居则忽忽若有所亡，出则不知其所往"（司马迁《报任少卿书》），这就是"寻寻觅觅"的情状。不过精神虽然恍惚，在模糊意识的深处，却分明知道所寻之人已隔泉壤，所忆之事已为昨梦前尘，惟让未亡人追之思之，痛彻心腑。因此，除了四围无边的孤寂清冷,一切都显得那么虚无缥缈,难以捕捉。一个词儿不足以表达其痛其哀,三个词儿重叠也未必能够尽意,却也只能如此了。可以毫不夸张地说,汉语叠词的艺术效果,在这个开篇中被发挥到了极致,纵观中国文学史,绝无仅有。如此奇崛的起句,形成了笼罩全篇的悲情基调,下面我们须细品词人抒情、用词、创造意象的其他着力之处。

开篇渲染了刻骨铭心的痛苦体验后,词人把笔触转向对外界的描写。天气阴晴不定,感觉忽冷忽暖,这是"最难将息"的时节。欲待借酒浇愁,无奈那酒太薄,难以抵御拂晓劲疾的秋风。接上的一笔是上阕的第三层意蕴:大雁飞过,原来是旧时相识啊!北人南迁是迫不得已的流离转徙,雁儿南飞则为候鸟的生存习性。如果再从大雁的文化象征意蕴着眼,情书欲寄,也如同词人在另一个词篇《南歌子》中所感慨的,是"天上人间,没个人堪寄"了。伤逝、悲己、乡愁,如同五味杂陈,都在这一个寻常的意象中得到了鲜明的表现,令人不能不被词人的才情所折服。其实一切都不过是感觉而已,秋境皆一般,只因秋心不同,顿成差别。当此情境,万千悲苦郁积心头,然而形单影只,无可告语,长空雁过勾起对旧人旧事的追忆,却只能转成更深更重的悲伤。词人的笔势,也就由此极为自然地过渡到了下阕。

下阕继续追怀旧事。词人的《醉花阴》中那堪与思妇媲美的黄花,如今已是憔悴满地,无可采摘了。不过如果真是想摘的话,也未必无一朵可取。说到底,是因为那个曾经共同赏花、赏词的人儿永诀了,她再也没有这样的闲情逸致了呀!黄花到底堆积枝头还是飘零地上?从其"宁可枝头抱香死,不教吹落尘埃中"(郑思肖《画菊》)的一般秉性而言,应当是前者。但这又有多少关系呢?关键在词人这是写人,还是写花,答案不言而喻。如果说"芙蓉向脸两边开"(王昌龄《采莲曲》)是以鲜花映衬娇颜的话,那么李清照在这里的表现则完全相反。黄花不仅"憔悴",还要再缀上一个"损"字,这般隐喻愁人形象,容颜之惨淡和内心之郁抑,都达到了无以复加的地步。在这样的情境中独守窗儿,她简直不知道要如何度过这漫漫白昼。但即令白昼过去了,接下来的茫茫长夜只会更加难熬啊!凄惶的心境,愁苦的情思,本已十分令人难禁,更哪堪黄昏时分,又有秋雨一点点、一声声地滴落在梧桐叶上呢!"已觉秋窗秋不尽,那堪风雨助凄凉"(《红楼梦》第四十五回《秋窗风雨夕》)。大概也只有林黛玉的"秋心",与此略相仿佛了。人们喜欢引用晚唐温庭筠《更漏子》词中的意象,来说明李清照这一句的青出于蓝:"梧桐树,三更雨,不道离情正苦。一叶叶,一声声,空阶滴到明。"其实一读而知,二词所取景物虽然同一,表达的愁绪,却实在是大有清浅和凝重之分。更何况,李清照这首词的结穴是如此出人意表:"怎一个愁字了得!"这个结句的语气斩截有力,全篇缠绵哀婉的抒情随即戛然而止。但欲止未止,余音袅袅,让人生发出无限联想。曹操和李煜在月明的深夜,都曾用比喻的手法抒情:一个感叹忧思如月光般不可收拾(《短歌行》),一个感叹其愁"恰似一江春水向东流"(《虞美人》)。但李清照在这里完全不必借助于任何修辞手段,只是纯用白描手法直抒胸臆,其愁情就已力透纸背了。

上阕一层层地抒情,情中有景;下阕一层层地写景,景中有情。抒情主人公的愁惨忧郁之情被如此反复皴染,使得上下阕浑成一片,而全词浓郁到化不开的愁绪,也渐次氤氲开来,至结穴处,终于凝成一个惆怅、悲怆、孤苦的孀妇形象,鲜明到跃然纸上。

这个名篇的声律与传情,也颇可玩味。《声声慢》这个词调的用韵,有平韵和仄韵二格,历来词家多选平韵。李清照这首词却不仅险取仄韵,而且如《词律》所言,其篇中犹多以仄声代平声者,如"惨"、"戚"、"盏"、"点"、"滴"等。这不是一般词家所习之格。《词谱》中这个词调的例词不以李清照这首《声声慢》为正体，《词律》则干脆不收此作。但这首词的声律之奇崛，一向为人激赏。在这个作品中，李清照突破了格律的束缚，自成这个词调的别一体，却丝毫没有卖弄才情的意思，更不见任何斧凿之痕——倾诉痛入骨髓的家国情怀，自然化为最切合情景的音律。由于李清照在其《词论》中，把"协音律"作为词"别是一家"的重要标准，人们往往把她看做墨守成规的词人，《声声慢》却提供了一个有力的反证。所以《词律》虽不收此词，但是卷十评价道："其用字奇横而不妨音律，故卓绝千古。人若不及其才而故学其笔，则未免类狗矣。"这番评论不仅精当地指出了这首词运用叠字的成功之处，其告诫也不是空穴来风。清照这首词问世以来，其遣词之奇和声韵之美，获得了人们的一致肯定并不时有人模仿，然而模仿者徒得"效颦"（《词的》）、"类狗"之讥。事实上，拟作者不少，成功者无多。除了历代诗话笔记中的讥弹外，如元代散曲名家乔吉这样留下完整仿作者极少。乔吉的《天净沙》道："莺莺燕燕，春春花花，柳柳真真事事。风风韵韵，娇娇嫩嫩，停停当当人人。"清代陆以湉评论说："叠字又增其半，然不若李之自然妥帖。"（《冷庐杂识》）其实这哪里只是"才"的问题，李清照之才高固然非比寻常，但要以创意为先，语言韵律方能出奇。然而后来学步者，谁又有李清照这样深刻的人生体验呢？感情苍白，游戏文字，除了"效颦"、"类狗"，我们又能期待什么？

添字采桑子（窗前谁种芭蕉树）

  窗前谁种芭蕉①树？阴满中庭，阴满中庭。叶叶心心，舒卷有馀情。 伤心枕上三更雨，点滴霖霪②，点滴霖霪。愁损③

北人④，不惯起来听！

[注释]

①芭蕉：多年生树状草本植物，叶大而果实像香蕉，可食。南唐冯延巳《忆秦娥》词："滴滴，窗下芭蕉灯下客。"宋代欧阳修《生查子》词："深院锁黄昏，阵阵芭蕉雨。"②霖霪：久雨不晴。南朝宋鲍照《山行见孤桐》诗："奔泉冬激射，雾雨夏霖霪。"宋代王禹偁《雷》诗："及秋又霖霪，雷声时一举。"引申为雨声连绵不停。③愁损：犹言忧伤、愁杀。宋代史达祖《双双燕·咏燕》词："愁损翠黛双蛾，日日画阑独凭。"宋代郑子玉词《八声甘州慢·草》："最苦夕阳天外，愁损倚阑人。"④北人：北方人。靖康之变后，李清照从山东流落到江南，故自称北人。

[评析]

雨打芭蕉，在中国古典文学中是表达愁情的意象。不论是爱人之间的离愁别恨，还是乡愁或故国之思，更深夜静时，在一滴滴，一声声，充满哀怨，落在芭蕉叶上的雨点中，总是漫上离人的心头，演绎了一个个雨打芭蕉愁煞人的悲凉意境。晚唐词人温庭筠的《更漏子》下阕，当为这个意象之本："梧桐树，三更雨，不道离情正苦。一叶叶，一声声，空阶滴到明。"元代著名杂剧家白朴的悲剧《梧桐雨》中有一支《倘秀才》道："这雨一阵阵打梧桐叶凋，一点点滴人心碎了。"虽然写的是梧桐，但明显可见与温、李词的关系。事实上，雨落梧桐和雨打芭蕉是同类意象。易安这首词虽然可说本自温词，但其创造性是显而易见的。

"窗前谁种芭蕉树？"以问领起全词，引人遐想。芭蕉是江南特有的物种，这一问带有"不惯"见的感觉，表明抒情主人公本非南人；"谁种"，则表明此处原不是旧居所。漂泊流离的惆怅和凄凉，开篇就笼罩了全词。毫无疑问，这是易安南渡后的作品。

"阴满中庭，阴满中庭。"这个叠句重韵是李清照对《采桑子》原谱的改造。她把原谱的第三句和第四句"中仄平平（韵），中仄平平中仄平（韵）"（按："中"即可平可仄）添改为"中仄平平

（韵），中仄平平，中仄仄平平（韵）"，并承第二句为叠韵，形成如下格律：

中仄平平　中仄平平　中仄平平　中仄仄平平（韵）

阴满中庭，阴满中庭。叶叶心心，舒卷有馀情。

这个韵律的改造，想来并非易安在卖弄词艺，而是服从其表达感情的需要为之。我们知道，中国文学史上的第一部诗歌总集《诗经》所创造的重章叠韵，很好地表现了汉语韵律的特点，从而使诗歌的复沓达到在内容上强化感情、在音韵上婉转动听的效果。词这一文学体裁本来自民间，故在一些词调中亦有重韵形式。易安精于声律，在需要的时候按情而改，极为自然。"添字"这一韵律改动，形成"阴满中庭"二叠韵，突出了芭蕉枝肥叶茂的形象，抒情女主人公眼观芭蕉，愁绪满怀的身影，也同时跃然纸上，为下文张本：芭蕉有叶，叶叶有心，白日里看它们在风中舒卷，流溢的是北人说不尽的愁怀啊！

白日看窗前芭蕉，已是令人如此情怀难堪，那么夜晚呢？"伤心枕上三更雨，点滴霖霪，点滴霖霪。"这是一幅多么愁惨的画面：女主人公长夜独处，辗转无眠，更兼风雨时至，点点滴滴犹如打在心头。二叠韵同样强化了其情之难堪，真是愁上加愁，"怎一个愁字了得"！二叠韵犹未能了其愁，结句索性戛然而止："愁损北人，不惯起来听！""北人"为身处江南的北方人之自称，但玩味其意，这一指称并非通常的地理身份，而是词人的故国乡关之思，在词中沉痛的表现。

结句的"不惯"与开篇的"谁种"对应，白日夜晚，南来风物，处处令人怀念北国，窗前芭蕉迎风舒卷的"馀情"，难道还有比故国乡关之思更为沉重的吗？就在词人对芭蕉这一南国意象的白描中，一个悲伤哀婉的意境诞生，并赋予了夜雨芭蕉全新的意蕴。

孤雁儿（藤床纸帐朝眠起）

藤床纸帐①朝眠起，说不尽无佳思。沉香②断续玉炉③寒，伴我情怀如水。笛声三弄④，梅心惊破，多少春情意。　　小风疏雨萧萧地，又催下千行泪。吹箫人去玉楼空⑤，肠断与谁同倚。一枝⑥折得，人间天上，没个人堪寄。

[注释]

①纸帐：用藤皮茧纸缝制的帐子。明代高濂《遵生八笺》卷八载其制法："用藤皮茧纸缠于木上，以索缠紧，勒作皱纹，不用糊，以线折缝缝之。顶不用纸，以稀布为顶，取其透气。"唐代徐寅《纸帐》诗："几笑文园四壁空，避寒深入郑藤中。误悬谢守澄江练，自宿嫦娥白兔宫。几叠玉山开洞壑，半岩春雾结房栊。针罗截锦饶君侈，争及蒙茸暖避风。"宋代苏轼《自金山放船至焦山》诗："因眠得就纸帐暖，饱食未厌山蔬甘。"②沉香：沉水香，一种熏香的名称。③玉炉：或为用玉制作的香炉，或泛指精美的香炉。④三弄：古曲名，即《梅花三弄》。宋代贺铸《忆仙姿》词："半醉倚迷楼，聊送斜阳三弄。"元代李好古《张生煮海》第一折："今宵灯下弹三弄，可使游鱼出听无？"⑤此句用汉代刘向《列仙传·萧史》典故："萧史者，秦穆公时人也，善吹箫，能致孔雀、白鹤于庭。穆公有女字弄玉，好之，公遂以女妻焉。"后来二人飞升而去，"吹箫"遂成为缔结婚姻的典故。唐代岑参《感遇》诗："昔来唯有秦王女，独自吹箫乘白云。"宋代辛弃疾《满江红》词："人去后，吹箫声断，倚楼人独。"⑥一枝：梅花的别名。相传三国时吴国陆凯自江南寄梅花一枝给在长安的范晔，并赋赠花诗曰："折花逢驿使，寄与陇头人。江南无所有，聊赠一枝春。"后多以"一枝春"称梅。宋代黄庭坚《刘邦直送早梅水仙花》诗之一："欲问江南近消息，喜君贻我一枝春。"宋代陈师道《和豫章公黄梅》诗之一："寒里一枝春，白间千点黄。"

[评析]

南渡初期，由于赵明诚就职建康（今南京），李清照和他曾有过一段浪漫的日子。每当天降大雪时,她头戴斗笠,身披蓑衣,踏雪访胜,寻觅诗情。每有佳句,则必邀赵明诚唱和,而明诚总是因为才情不及而苦恼。(宋代周辉《清波杂志》卷八)可叹在世事艰危的时代,这妇唱夫随的日子并没有持续多少时日,赵明诚就一病而逝,剩下李清照犹如失伴孤雁,面对春花秋月,哀思无尽。这首词即作于这样的时期和心境之中。

《梅苑》、《三李词》这首词前有小序云:"世人作梅诗,下笔便俗。予试作一篇,乃知前言不妄耳。"据小序,词意似为咏梅,然而究其实,并不同于一般的咏梅作品。李清照在这篇词中并没有把梅花作为直接描写的对象,而是让她成为人间天上、悲欢离合的载体。所以,我们不妨把这首词看做悼亡词。

悼亡,在中国古代文学作品中是最动人的一类,可谓源远流长,佳篇不少。《诗经》中有《邶风·绿衣》,西晋潘岳有《悼亡诗》三首,唐代元稹有《遣悲怀》、《离思》,宋代苏东坡有《江城子》(十年生死两茫茫),明代归有光有《项脊轩志》,等等。这些作品都以深婉悱恻的笔调追思亡人,抒写了对亡人的深厚感情。但我们知道,悼亡题材自潘岳以来,一般为男性对妻子的追思,很少有女性对丈夫的怀念。这固然因为古代女性的作品流传甚少,但恐怕更多的原因,还在于她们有所顾忌吧。所以,李清照词中的这个题材,显得尤为珍贵。

《孤雁儿》词牌名来自无名氏词"听孤雁声嘹唳",可见李清照是有心选择这个词牌,用以抒写自己的离思,同时借梅花意象,寄托对亡夫的悼念。

"藤床纸帐朝眠起,说不尽无佳思。"词一开篇即直抵现实,抒写孤枕独眠之后的又一个清晨,女主人公心灰意冷的状态。心情不好,是谓"无佳思",这样的情怀"说不尽",可见她已经度过了,而且不知还将度过多少个这样的黑夜和清晨。抒情略无掩饰,并不词费于描摹，却为下文留了无限地步。残香断续，玉炉生寒并不仅只是写景，而是突出"伴我"，暗示孤寂。"情怀如水"本该是美好而恬静的心境，在这里却成为与断续残香、生寒玉炉对应的一个凄清意象。这样看来，女主人公可真是从外而寒自内心，或说是因内心之寒而触目生寒了。正是在这样的心境下，当不知何处飘来《梅花三弄》的笛声时，何止"梅心惊破"，女主人公的"多少春情意"亦不是暗生，简直就是惊魂了。这支古曲中有"青鸟啼魂"、"隔江长叹声"等段落，既切咏梅之题，也合悼亡之旨，想来精通声律的易安，不会是信手拈来。然而一样的"春情意"，对此时在女主人公说来不是温馨，却是"无佳思"的伤感。

过片由上阕的"多少春情意"生发开来，一句"小风疏雨萧萧地"，接连出以三个色彩灰暗的意象，渲染了春日清晨的落寞伤感。下句一个"又"字，再一个"催"字，加强了"千行泪"的力度，不难想象女主人公曾经历了多少这样的情境！由此而拈出"吹箫人去玉楼空"的典故，极其自然，极其贴切地表达了畸零人触景思人的痛楚。如果以萧史喻逝者，而今已人去楼空，梅花可以年年开放，而未亡人纵然"肠断"，也是无人能够领会的了。不仅无人能领会此景此情，就是有心如陆凯那样折来一枝寄赠，也是"人间天上，没个人堪寄"了！结句化用陆凯自江南寄梅花给范晔的典故，却反其意而用之，那种独立天地，四顾茫茫，无可告语，落寞惆怅的悲伤，又怎么可以和当年陆凯满怀友情温暖，欣然折梅的况味相比！全词止于其所当止，让无尽的哀思，缭绕于无人堪寄的梅花，意境深沉而悠远。

这首词有几个明显的特点：写景妙在点化，抒情妙在直接，情景之间的关系却不因此而有所疏离；词人在一首中调词里化用了三个典故，读来却不感觉隔膜，而是天衣无缝，宛若己出；咏梅和悼亡之间意脉贯通，既不黏不滞，又丝丝入扣。以上特点加上语言清浅,情意深长,遂成悼词之佳作。

南歌子(天上星河转)

天上星河①转,人间帘幕垂。凉生枕簟②泪痕滋,起解罗衣聊问夜何其。　　翠贴③莲蓬小,金销④藕叶希。旧时天气旧时衣,只有情怀、不似旧家时。

[注释]

①星河:银河。唐代白居易《长恨歌》:"迟迟钟鼓初长夜,耿耿星河欲曙天。"宋代苏轼《菩萨蛮》词:"风回仙驭云开扇,更阑月堕星河转。"②枕簟(diàn):泛指卧具。簟,竹席。唐代韩愈《新亭》诗:"水文浮枕簟,瓦影荫龟鱼。"宋代黄庭坚《次韵曾子开舍人游耤田载荷花归》诗:"扫堂延枕簟,公子气翩翩。"③翠贴:"贴翠"的倒装。这是一种服饰工艺,即用翠羽贴成各种花样,这里是贴成莲蓬样。宋代张玉孃《游春》诗:"贴翠自娄羞舞镜,送春无奈听啼规。"宋代程炎子《蜡梅》诗:"歌儿戏拍供檀板,妆女轻裁贴翠翘。"④金销:"销金"的倒装,也是一种服饰工艺,用金线嵌绣花样,这里指嵌绣莲叶纹。宋代陈世崇《元夕八首》:"看灯螃蟹月前供,迓鼓金销画领中。"

[评析]

天上银河转动,意味着时光渐渐流逝;人间帘幕低垂,意味着又一个无眠的长夜。要有多少愁绪不能释怀,才会与天空黯然相对?要有多少伤心事无可告语,方能让帘幕死气沉沉?开篇以天上人间对举,不是词人一时随兴生发的联想,而是人世间生离死别的写照。我们不能够确定这首词的具体写作年头,但可以肯定其完成于赵明诚去世之后。嫠妇长夜无眠的悲怆,蕴藏在不露声色的景物描写中,有别于易安以往直抒其情的爽朗。

人已去,伤怀时,顿觉"凉生枕簟"。不是秋凉,胜似秋凉,令人一时难知这是永夜泪痕滋生的寒意，还是乱离时世中孤枕独眠滋生的凄凉。"起解罗衣聊问夜何其"？原来女主人公是和衣而卧，夜已深方起来解衣。自觉应当是下半夜了，却又不能够确定，于是姑且自问此时何时。这样一个情形，暗传了多少孤独寂寞和无情无绪，何尝是通常的"慵懒"可以形容！"夜何其"来自《诗经·小雅·庭燎》："夜如何其？夜未央。""夜如何其？夜未艾。""夜如何其？夜绣晨。"原诗复沓渐进，表明长夜就要过去，黎明即将来临，这与词中的主人公所问，是多么不同。

那么，还是解衣睡下吧。然而双手已搭上了衣扣，伤时怀旧的愁绪又涌上心头。换头天衣无缝地描写"罗衣"：用翠羽贴成的莲蓬依然那么精巧，用金线嵌绣的荷叶也还在恰到好处地衬托。然而，"旧时天气旧时衣，只有情怀、不似旧家时"两句之中连用三个"旧"字，前两个抚今追昔，不胜酸楚；后一个语气断然，悲从中来。斗转星移，物是人非，人世最深沉的心灵创伤，人生最难堪的未亡情怀，全在这三个"旧"字中一泻无遗。词不避重字，但也要用得好，不作无意义的重复，并蕴含尽可能大的信息量才好——这三个"旧"字的艺术效果正是如此。

《南歌子》词牌要求的两个对仗句，在这首词中显得工稳而凝练，非对仗的词句，却是易安一贯的平易风格，于平易中包含着隽永的意味。

临江仙（庭院深深深几许）

原序：欧阳公作《蝶恋花》，有"深深深几许"之句，予酷爱之。用其语作"庭院深深"数阕，其声即旧《临江仙》也。

庭院深深深几许，云窗雾阁常扃①。柳梢梅萼渐分明，春归秣陵②树，人老建康③城。　　感月吟风多少事，如今老去无成。谁怜憔悴更凋零，试灯④无意思，踏雪没心情。

[注释]

①扃（jiōng）：门环、门闩等。这里指门窗关闭。语出自韩愈《华山女》诗："云窗雾阁事恍惚，重重翠幔深金屏。"②秣陵：今南京的别称。五代韦庄《解维》诗："又解征帆落照中，暮程还过秣陵东。"宋代文天祥《行宫》诗："神德倘存终有晋，秣陵未改已无秦。"③建康：亦今南京的别称。宋代辛弃疾有《水龙吟·登建康赏心亭》词，陆游有《夜泊龙庙回望建康有感》诗。④试灯：一般在农历正月十五日元宵节晚上张灯，以祈丰稔。元宵节前一日张灯预赏，谓之试灯。宋代吴文英《花心动》词："夜雨试灯，晴雪吹梅。"宋代王沂孙《一萼红》词："压酒人家，试灯天气，相次登临。"

[评析]

风雨飘摇、偏安一隅的南宋小王朝，总是让仓皇南渡的国民满怀忧虑，并让他们恢复中原的愿望一次次落空。李清照填这首词时，想来正是这样的心情。这是她词中不多的直接抒发国是日非之痛的作品，从"春归秣陵树，人老建康城"两句看，此词当作于南渡后期。词人以沉痛的笔调，表现出自己对朝廷的深深失望，而这样的思想感情具有普遍性，代表了当时人们渴望恢复中原的心声。

又一个春天来到了女词人的生命中，但她并不从对春色的描写入笔。因为这是一个特殊的春天，失去中原家国的她，正在南方古都建康城中，感受着以往不曾体验过的痛苦。"庭院深深深几许"，这个起句或许是写实，或许是信手拈来，易安直接套用了欧阳修名篇《蝶恋花》词的首句。妙在这个套用不仅吻合易安喜欢从身边景落笔的一贯风格，而且三个"深"字重叠，贴切地表达了易安对国事的忧虑。所以，这个套用很高明，达到了无痕迹的境地。"云窗雾阁常扃"一句，变化于唐代韩愈《华山女》中的两句："云窗雾阁事恍惚，重重翠幔深金屏。"但词人只取其"重重"之"深"而去其恍惚之状，增加了一个门窗常闭的意象。其实欧阳修词的第三句"帘幕无重数"，亦被易安化用于其中。词人笔下并无一语道及心情，女主人公抑郁忧愤的形象，却已呈现在我们眼前。门窗虽设而常闭，但她对春天的感受还是那么敏锐。柳梢青了，梅萼红了，古老秣陵城的春天来得是那么温婉，一切都是渐渐变得分明起来的，既不突兀，也不模糊。一个"渐"字，写透了江南之春的动态，也写透了女性细腻的感觉。然而春归秣陵，不是中原；春光虽美，人老南都。感受越细腻，痛苦越尖锐。读到"春归秣陵树，人老建康城"，我无语，却不能不赞叹易安词笔的魅力。

此时既然是以词笔抒写心中之痛，自然会联想起以往曾经有过的春风词笔，再对应于时下的处境，抚今追昔的心情，都化为一声长叹，自然地过渡到下阕："感月吟风多少事，如今老去无成。"一个"多少"，千种怀想；一个"老去"，万般无奈。女词人有心报国而无力回天，但"谁怜憔悴更凋零"呢？或许恢复中原的大业仍将蹉跎，或许自己平生心愿仍将付诸东流，而一个弱女子，又能怎样！很快就是正月十五，灯节将到，岂止觉得中原盛行的"试灯"，如今毫"无意思"，就是在春天的建康城"踏雪"觅诗寻梅，也是同样的"没心情"啊！总是精心营造结句，形成意味无限的艺术空间，易安此词同样止于其所当止，而对中原的怀念，对偏安的不满，对恢复的渴望，对老去的伤感，全都蕴蓄其中。这不是一个人的悲歌，而是一代人的伤感。由此可见，并不是所有的直抒和白描都了无意味。

《临江仙》词调一般要求上下阕各有一个对仗，易安的对仗工稳而自然，艺术张力强而毫无吃重之感。应当说，这是感情深厚的效果，而不仅仅是驾驭语言的能力。

忆秦娥（临高阁）

临高阁，乱山平野烟光薄。烟光薄，栖鸦归后，暮天闻角①。　　断香②残酒情怀恶③，西风④催衬⑤梧桐落。梧桐落，又还秋色，又还寂寞。

[注释]

①角：一种乐器，画角、号角，古代多为军中用来报昏晓，振士气。姜夔《扬州慢》词："渐黄昏、清角吹寒，都在空城。"陆游《钗头凤》词："角声寒，夜阑珊。"据王学初《李清照集校注》："闻"，南宋何士信编《草堂诗馀》杨金本作"残"，明代陈耀文编《花草粹编》作"吹"。②断香：若有若无的香气。后蜀毛熙震《菩萨蛮》词："屏掩断香飞，行云山外归。"宋代苏舜钦《丙子仲冬紫阁寺联句》："断香浮缺月，古像守昏灯。"③恶：指心情特别不好。④西风：《全芳备祖》缺此二字，王学初《李清照集校注》据《花草粹编》校补。⑤催衬：催着、帮着。

[评析]

这首词或题为《咏桐》，宋代陈景沂编辑的花谱类著作《全芳备祖》，将其归为李清照词，并收入"梧桐门"。明代陈耀文编《花草粹编》收录此词，佚名。（参阅王学初《李清照集校注》卷一）

这是一首秋来登高抒怀之作，上阕写景，下阕抒情，由景入情，情景交融。

"临高阁，乱山平野烟光薄。"发端直点登临，以峻急的起势，把画面聚焦到高阁之上，虽然并无一语涉及抒情主人公，她却已分明立于画面之中。这个切入点选择得当，为下文写景抒情留下了无限地步。登高望远，视野开阔，然视线一般由远而近，所以词人的落笔点先是远山，而后是平野。因相距甚远，故群山的高低起伏之态更见突出，一个"乱"字，恰切地勾画了远方群山给人的观感。远山下是平野，以"平"对"乱"，画面富于立体感。然而如果画面感太清晰，既不符合登临实情，也缺少艺术意味。词人深谙此道，故用水墨技法，为乱山平野抹上了一层淡淡的烟雾，不是浓得遮蔽了一切，此之谓"烟光"。这样，画面就具有了一种朦胧美、凄凉美，为全词抒发的情感，定下了基调。

下一个"烟光薄"，按词牌格律是叠韵，在声情上，则有强化开篇基调的艺术效果。薄暮中遥见旷野上乌鸦归飞，已令人不胜惆怅，哪堪又闻画角悲声，回荡在寂寥的天地，真是令人不禁悲从中来啊！飞鸦和角声，以动出静，暗示了主人公复杂的心情。

上阕写景，景中有情。下阕自然地由景物描写转入到对抒情主人公的描写。"断香残酒情怀恶"，直表其情怀之感伤。熏香快要燃尽，若有若无的香气恼人情怀；酒已残，愁情却并未减少。"恶"字直而欠雅，但非如此不足以表现情绪恶劣的程度。可见，力度，也是用词的一个标准。

情绪既极其低落，又值高阁上西风袭人，由此可以设想，梧桐叶在西风的催促下，一定已经飘落殆尽了吧！"衬"的语感比较特别，这个词有帮助之义，也即帮衬。说秋风不仅催促，而且帮衬梧桐叶落，表达了一股怨气。这种用法是很新颖的。叠韵"梧桐落"，进一步加深了愁惨的气氛，接着两个"又还"，前一个"又还"仍为设想之词：万物经秋，江山萧瑟，阁外秋色，想想即知情何以堪！后一个"又还"是真实切身的体验：独上高阁，远望满目悲凉，静坐满室寂寞，断香残酒，倍增伤感，人奈其何！词情结于重叠句式，戛然而止，留下了广阔的联想空间。

这首词描写了抒情主人公由外而内的两个情境，但对于她来说，内外皆不相宜，动静均觉难堪，词人对孤苦并未道破一字，一切却尽在不言中。就一阕小词而言，其意境可说是相当深邃的。

《忆秦娥》词格有仄韵和平韵，李清照用仄韵来填，声情尤显酸楚。上下阕各有一个叠韵，结以叠句，更增强了情调的感伤意味。

武陵春（风住尘香花已尽）

风住尘香①花已尽，日晚倦梳头。物是人非事事休，欲语泪先流。　闻说双溪②春尚好，也拟泛轻舟。只恐双溪舴艋舟③，载不动、许多愁。

[注释]

①尘香：尘土中含有落花或脂粉的香气。宋代陆游《丁酉上元》诗："翠袖成围欺月冷，毡车争道觉尘香。"②双溪：浙江金华市的水名，因双水分流而得名。③舴艋舟：一种小船。唐代张志和《渔父》诗："钓台渔父褐为裘，两两三三舴艋舟。"宋代方岳《上巳溪泛》诗："舴艋舟轻暖欲酣，鸬鹚杓重老何堪。"

[评析]

"物是人非事事休，欲语泪先流。"当李清照吟出这个名篇时，南来衣裳早已缀满了风尘。先是国破，接着家亡。先前夫妇唱和的情词虽有高下之别，但金石书画之同赏，毕竟是人生难逢的知己。但春色不管南北年复一年，人事却非昨日，已全然改变。孤身漂泊的女词人，只能追随着偏安皇帝的足迹避乱于金华。历尽乱离之苦，多少事何止欲说还休，未曾开言已是泪流满面！有多少痛楚堆积心头，才铸就了这般沉重的词句？

当我在今夜秋灯之下，反反复复地品读这一句时，思绪驰骋于千年前的暗夜，不由得想起了《红楼梦》中香菱品诗的话：就像口里含了几千斤重的一个橄榄。是的，李清照词中的点睛之笔，句句当得起曹雪芹这样的评价。譬如这一句，即由词人自身的经历和感悟，提炼出了人们面对同一境地时的普遍感情。

"风住尘香花已尽，日晚倦梳头。"词人起笔处，一个憔悴的中年女子，孑立于暮春的傍晚。残春的景色总是让人倍觉伤感，万紫千红的春花委地化尘，最易勾起似水流年的惆怅。易安此时只身流离转徙，触景伤情，开篇一句既是写实，亦为其华年正渐渐老去的暗喻。基于此，"日晚倦梳头"的懒散形象，将抒情主人公的心绪变得可以触摸。在那个讲究"妇容"的时代，一个女子竟然时至傍晚尚未梳头！非如此铺垫，不足以表现"物是人非事事休，欲语泪先流"的沉痛情怀。

虽说城中春事已尽，但女主人公对春信还是关心的。"闻说双溪春尚好，也拟泛轻舟。""闻说"并非实见，"也拟"只是心想；上阕归结于沉痛心情的直写，下阕却承以内心的意念——这是"倦"在另一情境下的延伸，也是"事事休"的变奏。词情至此，"欲语泪先流"的哽咽之声尚未止歇，暗自涌动的愁情，由"只恐"一词牵引，又漫涣而成无尽的悲哀。

"只恐"是下阕第三次出现的虚拟之词，它带出了一个夸张而贴切的比喻："只恐双溪舴艋舟，载不动、许多愁。"李煜以"恰似一江春水向东流"来称量不可实指的"几多愁"（《虞美人》），贺铸以"一川烟草，梅子黄时雨"把"几许"闲愁形象化；易安则以轻舟为体，以"载不动"对应，又以"许多"修饰"愁"，其愁之分量可谓压倒前人。不仅以分量压倒前人，李清照的这个言"愁"意象，可谓独出心裁。她结合金华的实地、实物来写，显得既夸张又贴切，被元代戏曲大家王实甫加以化用。王实甫描写崔莺莺和张生长亭送别时，这样描写莺莺的心情："遍人间烦恼填胸臆，量这些大小车儿如何载得起？"（《西厢记》第四本第三折）虽然这化用也堪称高明，但船儿变成车儿，易安的首创之功还是很明显的。

不必再分析这个名篇的修辞手段和白描手法，只说它的结构之特别。全词只有上阕"日晚倦梳头"一句为实写，以此张本，下面皆为对情绪和心理的抒写。然而在李清照高明的词笔下，抽象的情绪和心理全都被具体化了，成为鲜明真切的艺术形象，真是达到了化抽象为具体的至境。

"物是人非事事休，欲语泪先流。"无论开篇、过片还是结穴，当这首词所有的意象都指向这里时，夫复何言！

摊破浣溪沙（病起萧萧两鬓华）

病起萧萧①两鬓华，卧看残月上窗纱。豆蔻②连梢煎熟水③，莫分茶④。　枕上诗书闲处好，门前风景雨来佳。终日向人多酝藉⑤，木犀⑥花。

[注释]

①萧萧：头发花白稀疏的样子。宋代严羽《满江红·送廖叔仁赴阙》词："问相思、他日镜中看，萧萧发。"宋代陆游《白发》诗："萧萧白发濯沧浪，刺曲西南一草堂。"②豆蔻：多年生常绿草本植物，外形像芭蕉，果实呈扁球形，种子像石榴子，有香味。③熟水：用植物或其果实作原料煎泡而成的饮料，这里以豆蔻为原料。宋代方回《次韵志归十首》诗："未妨无暑药，熟水紫苏香。"宋代杨万里《舟过大水旁罗滩渴甚小饮》："熟水无多吃，烹茶未要来。"④分茶：宋元时期的煎茶方式，或可称为宋代茶道。注入茶汤后用箸搅动，使茶和水混合，面上变幻成种种花纹形状。宋代杨万里《澹庵座上观显上人分茶》诗："分茶何似煎茶好，煎茶不似分茶巧。""二者相遭兔瓯面，怪怪奇奇真善幻。"陆游《临安春雨初霁》诗："矮纸斜行闲作草，晴窗细乳戏分茶。"⑤酝藉：本指人宽和而有涵容。这里引申指花木的幽香。李清照

《玉楼春》词:"不知酝藉几多香,但见包藏无限意。"宋代洪咨夔《满江红》词:"飞絮急,青梅小。把风流酝藉,向谁倾倒。"⑥木犀:即桂花。宋代赵师秀《池上》诗:"一树木犀供夜雨,清香移在菊花枝。"宋代范成大《探木犀》诗:"秋半秋香花信迟,攀枝擘叶看纤微。昨朝尚作茶枪瘦,今雨催成粟粒肥。"

[评析]

这首词以思乡为基调,刻画了李清照晚年的自我形象。

甲骨文中的"土"字,其形象为万物生于大地。可见,中国人很早就以文字来表达对故乡热土的特殊感情。脚踩故乡的热土,人会觉得心中踏实。正因为如此,异乡漂泊的酸楚,即令在风华正茂的青春岁月,或春风得意的人生旅程,也会不时泛上心头。是的,唐代诗人王维的《九月九日忆山东兄弟》,作于他十七岁漫游长安之时,如果不是深刻的思忆,何能年纪轻轻,就提炼出"每逢佳节倍思亲"这一千古名句,引起千百年来世世代代游子的情感共鸣?至于年华老去,在迫不得已的异乡羁旅中,再雪上加霜地遭遇病苦,那其情就更为令人难堪了。欧阳修被贬为峡州夷陵(今湖北宜昌)县令时经历了"夜闻归雁生乡思,病入新年感物华"(《戏答元珍》)的伤怀,在他之前杜甫曾于"艰难苦恨繁霜鬓"的晚年孤身漂泊夔州,在落木萧萧中感慨"万里悲秋常作客,百年多病独登台"(《登高》),其情怀之沉痛尤有过之。观李清照的这首词,开篇即言"病起",复言"萧萧两鬓华",自我形象,其情其境,颇同于杜甫而胜于欧阳修。看来,人生的种种得意或失意,都会因漂泊而成别样况味啊!

当然,易安有易安的境遇,易安有易安的风格,其情怀的表现,也就和别人两样。不过,开篇勾勒的"萧萧两鬓华"这一自我形象,倒真是堪与老杜之"艰难苦恨繁霜鬓"相比,且不同于易安词笔惯以写景切入的路数。不难想象,在国破家亡之后的异乡,经历了太多的悲辛，当岁月的风霜毫不留情地染白稀疏鬓发时，易安的词笔也就难以流连风月了。女主人公病起尚不能下床，故"卧看残月上窗纱"。鬓已霜，月已残，这个"卧看"的嫠妇，不同于杜牧诗中那个"卧看牵牛织女星"（《七夕》）的调皮少女。窗纱上的残月只能使情怀更加凄凉，残月映照下的霜鬓，也只能使抒情主人公的形象更加萧索。仅此一笔，胜过万语千言。

"豆蔻连梢煎熟水，莫分茶。"前一句描绘出一幅安详的画面，一种安闲的神态。词笔这一转换，透露出女主人公历经磨难后的成熟。然而后一句上来，却又是无情无绪的懒散。"分茶"是宋代士大夫悠闲生活中的调味剂，也是宋代仕女优雅品味的表现，这应当是她惯熟的生活情调吧？但是，一个"莫"字虽然简洁却笔力千钧，断然与既往隔绝。那么，如今的生活状态，是不用再多言了。

"枕上诗书闲处好，门前风景雨来佳。"过片仍是病中形色：枕上品书，几多闲情逸致，偶然伫立门前，秋雨时至，风景尤好。这情景，淡然、超然。不过这淡然、超然中散发着多少惆怅？从艺术上来说，这样的描写达到了平淡的境界。在晚年易安的笔下，情感的浓度似乎有所稀释，但潜在的信息磁场却是更加强大了。"作诗无古今，惟造平淡难。"（梅尧臣《读邵不疑学士诗卷杜挺之忽来因出示之且伏高致辄书一时之语以奉呈》）这不仅是一种艺术境界的追求，其实也是一种人生境界的了悟。有如陶渊明在看够了动乱和权力更迭的血腥之后，归隐于田园的部分作品；有如李白在度过其或飞扬或沉郁的人生，一切都归于平静后写下的《独坐敬亭山》；易安又何尝不是如此？仅就这首词而论，开篇形象的萧索沉郁与后头情怀的淡定，乃至叙事的琐屑，在结构上都是渐渐行来的。

"终日向人多酝藉，木犀花。"收笔于桂花，在词人笔下曾是"揉破黄金万点轻，剪成碧玉叶层层"（《摊破浣溪沙》）的华丽显然已经散去，桂花终日向人却不再张扬其芬芳，她只是轻吐着淡淡的幽香。花如其人,这是人的感悟,人的心境。而这样的意象,也正表现了易安在人生波澜千叠之后的平淡。

《摊破浣溪沙》这个词牌又名《添字浣溪沙》,是《浣溪沙》的变调。平韵,上下阕各多了一个三字结句,格调显得相对轻快,但也可以反之,如李璟的同调词"菡萏香消翠叶残"。易安以这个词牌来表达相对安详的基调,但开篇两句的形象却暗蕴郁勃之情,格律韵调和语言形象之间的反差,开头两句与下文情调之间的反差,达成了一种颇为不同寻常的艺术效果,这是我们细品方知的。

鹧鸪天(寒日萧萧上琐窗)

寒日萧萧上琐窗①,梧桐应恨夜来霜。酒阑②更喜团茶③苦,梦断偏宜瑞脑④香。　　秋已尽,日犹长,仲宣怀远⑤更凄凉。不如随分⑥尊前⑦醉,莫负东篱⑧菊蕊黄。

[注释]

①琐窗:雕刻或绘有连环形花饰的窗子。唐代李贺《有所思》诗:"自从孤馆深琐窗,桂花几度圆还缺。"唐代李商隐《访人不遇留别馆》诗:"卿卿不惜琐窗春,去作长楸走马身。"②酒阑:酒筵将尽。《史记·高祖本纪》:"酒阑,吕公因目固留高祖。"裴骃《集解》:"阑,言希也。谓饮酒者半罢半在,谓之阑。"南唐冯延巳《采桑子》词:"酒阑睡觉天香暖,绣户慵开。"③团茶:用龙凤圆模特制的茶饼,兴于宋代,专供宫廷饮用。宋代苏轼《记梦回文二首》叙曰:"梦人以雪水烹小团茶,使美人歌以饮。"诗曰:"红焙浅瓯新活火,龙团小碾斗晴窗。"黄庭坚《奉谢刘景文送团茶》诗:"刘侯惠我大玄璧,上有雌雄双凤迹。"④瑞脑:见《醉花阴》注。⑤仲宣怀远:仲宣,汉末文学家王粲的字。他是"建安七子"之一,文思敏捷,尤擅诗赋,以《登楼赋》著称。《登楼赋》曰:"登兹楼以四望兮,聊暇日以销忧。"全赋表达了怀思远方故人之情和怀才不遇之感。⑥随分:随意、任意。宋代朱敦儒

《临江仙》词:"随分盘筵供笑语,花间社酒新篘。"宋代杨万里《冬日归自天庆观》:"逗晓清寒未苦严,轻霜随分点茅檐。"⑦尊前:在酒尊之前,即酒筵上。南唐李煜《虞美人》词:"笙歌未散尊前在,池面冰初解。"宋代晏几道《满庭芳》词:"漫留得,尊罍淡月西风。"⑧东篱:东晋陶潜《饮酒》诗之五:"采菊东篱下,悠然见南山。"自后人们以东篱代指菊花或栽种菊花的园圃。

[评析]

乡愁、悲秋与醉酒,是李清照中晚年词中常见的意象。南渡前词人曾说:"新来瘦,非干病酒,不是悲秋。"(《凤凰台上忆吹箫》)漂泊江南时的情形却是大异了。究竟是秋的萧瑟引动了乡愁,还是思乡的痛楚必得以沉醉来麻痹?我想是兼而有之吧。

秋阳透出的萧瑟之感,竟然连精美的雕窗也难以消减,更有夜来寒霜,使得梧桐叶片片凋零。触目所见,一派凄凉,"应恨"者,自然是观物之人了。草木有情,其实何尝不是人之移情呢?随着抒情主人公视线的转移和眼前之所见,"萧萧"二字的意蕴,令人感同身受,寂寥惆怅这一笼罩全篇的感情基调,也由此呈现。此景此情,自然引出借酒浇愁,酒阑梦断的昨夜。"更喜"者苦茶,然而其苦并未能解酒,可见沉醉的程度;"偏宜"者瑞脑香,然而其香更透露出寂寞清冷。上阕在写景忆事之间,已把主人公孤寂的心境写出。

"秋已尽,日犹长"——过片绝不是单纯地叙事,而深蕴了沉痛之情,我们不禁又有一问:究竟是长夜难熬呢,还是白日苦长?在李清照南渡后对时光的表达中,我们看到这已经没有什么区别了。因而,词人对王粲的《登楼赋》,体会到的是"更凄凉"的感觉。何以如此?原来王粲之"怀远",交织了怀才不遇的抑郁,怀乡思归的惆怅,而此时的词人,不仅家山万里,爱侣更是早已阴阳两隔,"怀远"之情如此,能不令人倍感沉痛?"已"、"犹"、"更"

三个虚词形成一种递进关系,一步步加重了抒情主人公的沉痛之感。但怎生是好?一如"琐窗"消减不了秋日的寂寥,"怀远"只能使心灵更加痛苦,那么只剩下一个无奈的选择了:"不如随分尊前醉,莫负东篱菊蕊黄。"无疑,这只能是貌似超脱,实则无奈的自我安慰罢了。

即令仍是东篱把酒,但暗香盈袖的美妙诗情,早就失落在南渡之后那日渐凄厉的西风之中。这个秋日的清晨,分明预告着此后一个个时日,也将总是如此痛苦,直到抒情主人公生命的终结——词情之沉痛,尤在于此。

清平乐(年年雪里)

年年雪里,常插梅花醉。挼①尽梅花无好意②,赢得③满衣清泪④。　　今年海角天涯,萧萧⑤两鬓生华⑥。看取晚来风势,故应难看梅花。

[注释]

①挼:两手自相揉搓。南唐冯延巳《谒金门》词:"闲引鸳鸯香径里,手挼红杏蕊。"宋代辛弃疾《满江红》词:"一笑折、秋英同赏,弄香挼蕊。"②无好意:心情不好。宋代欧阳修《渔家傲》词:"莲子与人常厮类,无好意,年年苦在中心里。"宋代石孝友《满江红》词:"立尽西风无好意,遥山也学双眉蹙。"③赢得:落得。唐代杜牧《遣怀》诗:"十年一觉扬州梦,赢得青楼薄幸名。"宋代范成大《念奴娇》词:"赢得长亭车马路,千古羁愁如织。"④清泪:悲伤的眼泪。宋代陆游《浪淘沙》词:"清泪浥罗巾,各自消魂,一江离恨恰平分。"宋代辛弃疾《谒金门》词:"近日醉乡音问绝,有时清泪咽。"⑤萧萧:头发花白稀疏的样子。宋代严羽《满江红·送廖叔仁赴阙》词:"问相思、他日镜中看,萧萧发。"宋代陆游《白发》诗:"萧萧白发濯沧浪,剡曲西南一草堂。"⑥生华:长出了白发。金代元好问《眼儿媚》

词:"乃公行坐文书里,面皱鬓生华。"

[评析]

如果花儿可以代表人的志趣,那么梅花就是李清照的写照;如果花儿可以象征人生的历程,那么是李清照选择了梅花。赏梅、咏梅,早在少女时期,梅花就和她结下了不解之缘。在人生的不同阶段,由于心态的不同,梅花在其笔下的意味各各有别,却异曲同工。

"年年雪里,常插梅花醉。"以梅花的风姿和词人对她终身不变的爱,本该在开篇有一个不凡的亮相,但易安只是以"年年"点流光,以"雪里"表节令,以"常插"写闲情,以"醉"状情态——平平道来,无一奇笔。然而高明的作家不但善于出人意表,也善于化平淡为神奇。李清照曾以"雪里已知春信至,寒梅点缀琼枝腻"(《渔家傲》)的尖新意象作为开篇,描写梅花傲雪开放、晶莹高洁的风采,这首词的起笔则换了一个角度,以平生赏梅的情事系人生不同阶段。注意到这首词写于词人晚年这一事实,我们就会感到其中实在是蕴含了太多的追忆,太多的眷恋,太多的惆怅,太多的辛酸!这首词的头两句,就呈现出一个情趣高雅、豪放爽朗的年轻女子形象。或许就在词人下笔之时,汴京(今开封)的春雪梅花,以及江宁(今南京)初春踏雪寻梅的情景,还有那已远去的爱人身影,一时之间都聚到了心头。于是,她在万千思绪中提炼出年年雪里插梅,对其风姿沉醉这样一幅鲜明的图景,从而确定了这首词以赏梅纪人生的词旨。你说,这样的开篇,是平淡还是神奇?

往昔的记忆越是美好,到晚年就越是容易引起伤感,这是人之常情。从回忆到现实,词笔转接利落而自然:"挼尽梅花无好意,赢得满衣清泪。"早年插梅,常常醉心,而今人憔悴,心绪恶,梅花还是一样的美,玩赏的心情却已大变。漫不经心间揉碎梅花,抒情女主人公心在何处?悲伤的眼泪落满了衣襟,是为逝去的华年而痛苦，还是忆起了曾经共同赏花的爱人，抑或是因为国破家亡无以北归而伤怀？词人都不必一一写出，读者尽可以从心想象。不过，这绝不是那个"夜来沉醉卸妆迟，梅萼插残枝"，"更挼残蕊，更捻馀香，更得些时"（《诉衷情》）的相思少妇，也不是那个向人道"醉里插花花莫笑，可怜春似人将老"（《蝶恋花》）的南渡初期自我形象。我们从下阕的意象，可以捕捉到其中潜藏的词人伤逝情感。

"今年海角天涯，萧萧两鬓生华。"原来女主人公心绪恶劣，泪洒衣襟，是因为经过了一生中的几十个"年年"，在"今年"这个两鬓斑白的垂暮时节，却只身一人，漂泊海角天涯。是啊，中国人自古讲究叶落归根，故国、故乡情结，是感情世界中非常重要的一角。南渡以来，有多少人做着恢复中原的好梦，盼望北归之路打开？然而，生命的年轮无情地碾过，一次次的失望，堆成了多少"北人"鬓角的清霜！对于易安这样敏感而深情的士族女性来说，其痛苦不知又要比别人强烈多少倍！年已垂暮而愿望不能达成，且看不到任何希望，这样的痛苦，对于经历过生活和爱情美好时光的易安来说，是极其难堪的。所以，当词人在词中书写自我形象时，就自然而然地在又一度春来，又一度梅花开放的时节，把垂暮老妇和当年那个"插梅"沉醉的年轻女性连在一起了。

如今的女主人公容颜憔悴，白发稀疏，对天气和季候的变化也更加敏感。"看取晚来风势，故应难看梅花。"当她看到晚来北风劲疾，就知道梅花要惨遭零落的命运了，又哪有心情再去踏雪寻梅，摘来插在瓶中欣赏呢？这个结句看起来是这般平淡，但其中潜藏着许多情感信息，可谓意味深长："晚来风势"回应上阕的"无好意"，"难看梅花"回应上阕的"满衣清泪"，突出了"今年"的恶劣心情。这是对迟暮人生的写照，也是对国事失望的隐喻。

全词对以往赏梅美好情景的描写只有开篇两句，今昔不同的赏梅心境却已形成一种强烈的对照,而词人在不同时期的自我形象,也就通过赏梅这一典型细节,鲜明地呈现于词中了。

以平淡而简洁的语言蕴深意,以白描手法刻画鲜明的人物形象,使这首词的风格显得格外质朴。在易安的晚年,词作艺术是更加臻于化境了。

新荷叶(薄露初零)

薄露初零①,长宵共、永昼分停②。绕水楼台,高耸万丈蓬瀛③。芝兰④为寿,相辉映、簪笏⑤盈庭。花柔玉净⑥,捧觞别有娉婷。　　鹤瘦松青⑦,精神与、秋月争明。德行文章,素驰日下声名⑧。东山高蹈⑨,虽卿相、不足为荣。安石须起,要苏天下苍生⑩。

[注释]

①薄露初零:薄,露多貌;露珠圆貌。零,落下。《诗经·郑风·野有蔓草》:"野有蔓草,零露漙兮。"《毛传》:"漙漙然,盛多也。"《郑笺》:"零,落也。"宋代欧阳修《夜闻风声有感奉呈原父舍人圣俞直讲》诗:"清霜忽以飞,零露亦漙漙。"在二十四节气中,秋分之前为白露,秋分之后为寒露。②分停:即停分,为押韵而倒装。停分,将总数平分为两份。唐代李山甫《项羽庙》诗:"停分天下犹嫌少,可要行人赠纸钱。"据停分和上文的"薄露初零",寿主的生日当为秋分。以我国旧历的秋季论,秋分这一天刚好是秋季九十天的一半,故称秋分。③蓬瀛:传说中的神山蓬莱和瀛洲。相传海上有三座仙山,《史记·封禅书》载:"自威、宣、燕昭,使人入海求蓬莱、方丈、瀛洲。此三神山者,其传在勃海中,去人不远。患且至,则船风引而去。盖尝有至者,诸仙人及不死之药皆在焉。"晋代葛洪《抱朴子·对俗》:"或委华骝而辔蛟龙,或弃神州而宅蓬瀛。"唐代许敬宗《游清都观寻沈道士得清字》诗:"幽人蹈箕颍,方士访蓬瀛。"④芝兰:芝草和兰草,皆为香草。此处用

来比喻寿主的德操之美和子孙兴盛。宋代张元干《满庭芳》词："芝兰盛,彩衣嬉戏,戏亲睦冠西宗。"⑤簪笏:簪,冠簪,用来插笔。笏,手版,用来记事。二者为古代仕宦者所用,用以比喻官员或官职。南朝梁代简文帝《马宝颂》序:"簪笏成行,貂缨在席。"唐代杜甫《与李十二白同寻范十隐居》诗之三:"不愿论簪笏,悠悠沧海情。"⑥花柔玉净:形容席上美女如云,捧杯献酒自有其人。⑦鹤瘦松青:古代以松鹤喻长寿。⑧日下声名:"日"指帝王,"日下"指京都。语出自南朝宋代刘义庆《世说新语·排调》:"荀鸣鹤、陆士龙二人未相识,俱会张茂先,坐。张令其语……陆举手曰:'云间陆士龙。'荀答曰:'日下荀鸣鹤。'"此指寿主为朝中高官,享有盛名。⑨东山高蹈:东山代指东晋望族谢安,号东山。《晋书·谢安传》载,谢安早年曾辞官隐居于会稽之东山,朝廷屡次征聘,方从东山复出,官至司徒,成为重臣。后世因以"东山"为典,指隐居或游憩之地。高蹈,亦为隐居之称。此处用以表明寿主此时虽未在朝,但将来前程必定无量。⑩"安石"二句:安石,谢安字。《世说新语·排调》载:谢安隐居东山时,朝廷屡次征召而不动,后出为桓宣武司马。将发新亭时,朝中众官来送行,中丞高灵借醉戏曰:"卿屡违朝旨,高卧东山,诸人每相与言:'安石不肯出,将如苍生何?'今亦苍生将如卿何?"谢安笑而不答。此处用以祝愿寿主东山再起,大济天下苍生。

[评析]

这是一首祝寿词(见孔凡礼《全宋词补辑》),当作于李清照南渡后期,寿主不详何人。

才华卓绝的李清照,其人如傲雪寒梅、凌霜菊花般清高,笔下无一点尘俗气。即令是祝寿之类的俗事入其词中,亦笔意高古,格调不俗,并在其间寄托了恢复中原、重整山河的希望。

词人开篇以侧笔入,却紧扣了寿主寿日的节令特点,不仅切题而简练,还营造了一个充满艺术情调的氛围。在白露、寒露之间的秋分时节,白日和黑夜的时光各占其半,词人用这引人遐想的意象,逐层渲染祝寿的喜庆景象。寿主的居所碧水环绕,楼台万丈高耸,有如蓬瀛仙境,更增添了喜庆祥和之感;满堂优秀子孙和达官贵人，同如花似玉、娉娉捧酒的侍女交相辉映，构成了一幅雍容华贵的景象，显示出寿主不是庸常之辈。

上阕充分渲染了祝寿的非凡景象，过片笔转寿主，集中描写其形象和"德行文章"，最后寄托自己的希望。

"鹤瘦松青，精神与、秋月争明"，这样的描写凝练而鲜明，并无一般祝寿语的陈词滥调。表现其德行文章，则从寿主以往的声名、时下的赋闲落笔，以东晋望族谢安的典故为主，表达了对寿主的祝福。更重要的是，结句"安石须起，要苏天下苍生"，寄托了词人对重振国家的期望，表现了她始终不忘中原故土，关心国家命运的胸怀。

在南渡后国家和自身命运的风雨飘摇中，李清照填了这样一首祝寿词，篇末的寄望传达了一个时代人们的共同期望，上阕对华贵景象的描写，是否也具有婉讽之意呢？正如"暖风熏得游人醉，直把杭州作汴州"（林升《题临安邸》）。

永遇乐（落日熔金）

落日熔金①，暮云合璧②，人在何处。染柳烟浓，吹梅笛怨③，春意知几许。元宵佳节，融和天气，次第④岂无风雨。来相召，香车宝马，谢他酒朋诗侣。　　中州⑤盛日，闺门多暇，记得偏重三五⑥。铺翠冠儿⑦，捻金雪柳⑧，簇带争济楚⑨。如今憔悴，风鬟霜鬓，怕见夜间出去。不如向、帘儿底下，听人笑语。

[注释]

①落日熔金：落日的颜色洒在大地上，好像熔化了的黄金。宋代张孝祥《西江月》词："落日熔金万顷，晴岚洗剑双锋。"宋代辛弃疾《西江月》词：

"千丈悬崖削翠，一川落日镕金。"②暮云合璧：暮色像玉璧般合成一块，笼罩了天地。宋代贺铸《寄题浔阳周氏濂溪草堂》诗："双珠交照乘，合璧倍连城。"南朝齐谢朓《三日侍华光殿曲水宴代人应诏》诗之六："荣光可照，合璧如规。"③吹梅笛怨："笛吹梅怨"的倒装，指笛子吹出《梅花落》幽怨的曲调。④次第：次序，转眼。唐代李白《寄东鲁二稚子》："念此失次第，肝肠日忧煎。"宋代柳永《玉山枕》词："露莎烟芰满池塘，见次第、几番红翠。"⑤中州：这里指北宋的汴京，即今开封。⑥三五：元宵节在正月十五，故称之。唐代王琚《美女篇》诗："二八三五闺心切，褰帘卷幔迎春节。"宋代柳永《归去来》词："初过元宵三五，慵困春情绪。"⑦铺翠冠儿：饰有翠羽的冠儿。⑧捻金雪柳：捻金，以金线捻丝做成的头饰。雪柳，一种绢或纸制成的头花，宋代妇女在立春日和元宵节时插戴。宋代辛弃疾《青玉案·元夕》词："蛾儿雪柳黄金缕，笑语盈盈暗香去。"宋代周必大《立春帖子·皇后阁》："新年佳节喜相重，屈指宵五日中。雪柳巧装金胜绿，灯球斜映玉钗红。"⑨簇带：盛妆。济楚：衣冠或事物整洁漂亮。宋代张炎《蝶恋花》词："济楚衣裳眉目秀，活脱梨园，子弟家声旧。"宋代真山民《闲居》诗："虚明两竹窗，济楚一书房。"

[评析]

南渡后期李清照流寓临安（今杭州），桑榆晚景本已凄苦难耐，在江南的风花雪月、四时节令中时时思念故人故国，其情更是难堪。这篇《永遇乐》以哀婉的笔调，抒发了她对故都中州（今开封）元宵佳节的感怀。那时的繁华和此时的冷清形成鲜明对照，激荡于词人心中的，又岂止是佳节对亲人的思念？国家兴亡之感，个人身世之悲，交汇于李清照凄风苦雨的暮年，使这首词读来令人倍感沉痛。

刘辰翁《须溪词·永遇乐》小序云："余自乙亥上元诵李易安《永遇乐》，为之涕下。今三年矣，每闻此词，辄不自堪，遂依其声，又托之易安自喻。虽辞情不及，而悲苦过之。"乙亥是公元1275年，上元即元宵佳节，这一年正值文天祥起兵。作为爱国志士，刘辰翁"为之涕下"，既与李清照同感思念故都之悲，更与文天祥共历故国沦亡之恨，其和作自然就"悲苦过之"了。刘辰翁对李清照的这首词不仅感同身受，悲苦且又过之，令那些否定易安词时代意义的论断不攻自破。

"落日镕金，暮云合璧，人在何处。"李清照词向来讲究起笔，元宵节在夜晚，故从傍晚写起。以"镕金"形容日落时分绚丽的景象，以"合璧"描绘暮色笼罩天地的状态，词人以贴切的比拟，渲染了元宵明月将上之前浓郁的节日氛围。但天上、人间之美带给词人的感受，不再有以往的快乐，而是一片痛楚和迷惘。这痛楚和迷惘之深重，竟至于让抒情主人公不知自己身在何处。说这只是词人使用的反诘手法未免太轻巧，这是冲口而出、无须思考的真实感觉，是今昔同一情境重现时意念的错置。就在这种感觉和错置中，无限感伤倾泻笔下，就连初春的烟柳，似乎都染上了浓郁的愁绪，而笛子吹出的《梅花落》，更是充满了无端哀怨。"春意知几许"——当第二问出现的时候，抚今忆昔的伤感，真是无以复加。春意之深浅，南北自然不同，但江南的春意，应当深于北都，这岂不是明知故问吗？当然不是！这一问暗接上一问，无疑强化了痛楚迷惘的感觉。

抒情主人公心中的痛楚和迷惘在渐次加深，而江南的元宵佳节，天气倒是融和了，但"次第岂无风雨"？风雨，只不过是词人的担心而已。还有一层：这担心实际上来自词人心底的痛苦，也是她推辞"来相召，香车宝马"和"谢他酒朋诗侣"的托词。心中充满对故都佳节的忆念，又如何能够坦然地游玩于没有未来的临安？词情由此自然地过片，转向对中州故都此日此时的怀想。"中州盛日，闺门多暇，记得偏重三五。""多暇"现"盛日"之悠闲，"记得"表世事沧桑之感慨。下面对当日盛妆的描写虽然极为概括，"铺翠冠儿，捻金雪柳，簇带争济楚"的华美形象，却是那么鲜明生动。惟其如此,"如今憔悴,风鬟霜鬓"的暮年对照,更显得酸楚悲凉。"怕见夜间出去"是今天的心情,一帘之隔那个繁华的世界,和她是多么格格不入。"不如向、帘儿底下,听人笑语"——一个愁绪萦怀、彷徨无主的词人自我形象,一片无边无际的悲凉和寂寞,关合了这首震撼千古的情词。

如果没有故都的繁华,不会有当下的凄凉;如果没有往昔的欢乐,不会有当下的痛苦。经历了这样一番沧桑巨变的女词人,用对照这一适于表现强烈反差的艺术手法,组合起诸多意象;从抒情主人公不同时期的心理体验和外在形象着笔,在过去和现在不同时空的同一节日中,寄托其家国身世之感——作品蕴藏的信息量之大,使其情感气场足以震古烁今。如果要找一个相当的词人和词作来对比,大概只有李煜亡国后的作品难较高下。

诗 选

浯溪中兴颂①诗和②张文潜③（二首）

其 一

五十年功④如电扫，华清⑤花柳咸阳草⑥。五坊⑦供奉斗鸡儿⑧，酒肉堆⑨中不知老。胡兵⑩忽自天上来，逆胡⑪亦是奸雄⑫才。勤政楼⑬前走胡马，珠翠踏尽香尘埃⑭。何为出战辄披靡⑮，传置荔枝马多死⑯。尧功舜德⑰本如天，安用区区⑱纪文字。著碑铭德⑲真陋⑳哉，乃令鬼神磨山崖㉑。子仪㉒光弼㉓不自猜，天心悔祸㉔人心开。夏为殷鉴㉕当深戒，简策汗青㉖今具在。君不见当时张说㉗最多机，虽生已被姚崇㉘卖。

其 二

君不见惊人废兴传天宝㉙，中兴碑上今生草。不知负国有奸雄，但说成功尊国老㉚。谁令妃子㉛天上来，虢、秦、韩国㉜皆天才。苑桑羯鼓㉝玉方响㉞，春风不敢生尘埃㉟。姓名谁复知安史，健儿猛将安眠死。去天尺五㊱抱瓮峰㊲，峰头凿出开元字。时移势去真可哀，奸人心丑㊳深如崖。西蜀万里尚能反㊴，南内一闭㊵何时开。可怜孝德如天大，反使将军㊶称好在㊷。呜呼！奴辈㊸乃不能道辅国用事㊹张后㊺尊，乃能念春荠长安作斤卖㊻。

[注释]

①浯（wú）溪：溪水名，在湖南省祁阳县西南。唐代诗人元结卜居于此，命名浯溪。中兴颂：元结撰《大唐中兴颂》，颜真卿书丹，刻于摩崖，尤负盛名。碑文后署"上元二年（761）秋八月撰，大历六年（771）夏六月刻"，文如下："天宝十四年（755），安禄山陷洛阳，明年，陷长安。天子幸蜀，太子即位于灵武。明年，皇帝移军凤翔，其年复两京，上皇还京师。於戏！前代帝王有盛德大业者，必见于歌颂。若今歌颂大业，刻之金石，非老于文学，其谁宜为？颂曰：噫嘻前朝！孽臣奸骄，为昏为妖。边将骋兵，毒乱国经，群生失宁。大驾南巡，百僚窜身，奉贼称臣。天将昌唐，繄睨我皇，匹马北方。独立一呼，千麾万旂，戎卒前驱。我师其东，储皇抚戎，荡攘群凶。复服指期，曾不逾时，有国无之。事有至难，宗庙再安，二圣重欢。地辟天开，蠲除妖灾，瑞庆大来。凶徒逆俦，涵濡天休，死生堪羞。功劳位尊，忠烈名存，泽流子孙。盛德之兴，山高日升，万福是膺。能令大君，声容沄沄，不在斯文。湘江东西，中直浯溪，石崖天齐。可磨可镵，刊此颂焉，于千万年。"碑文歌颂了唐肃宗平安禄山之乱而中兴大唐的史实。②和：唱和、应答他人诗词，体裁、韵脚有同者，也有不同者。李清照这两首诗与元结碑铭不同韵体，与张耒诗同韵同体。③张文潜：即宋代诗人张耒（1054—1114），他从学于苏轼，为"苏门四学士"之一。作有《读中兴颂碑》诗。诗云："玉环妖血无人扫，渔阳马厌长安草。潼关战骨高于山，万里君王蜀中老。金戈铁马从西来，郭公凛凛英雄才。举旗为风偃为雨，洒扫九庙无尘埃。元功高名谁与纪，风雅不继骚人死。水部胸中星斗文，太师笔下蛟龙字。天遣二子传将来，高山十丈磨苍崖。谁持此碑入我室，使我一见昏眸开。百年废兴增叹慨，当时数子今安在。君不见，荒凉浯水弃不收，时有游人打碑卖。"④五十年功：指唐玄宗在位时间。其在位四十四年，此为约数。⑤华清：唐代宫殿名，在陕西省西安市

临潼区骊山南麓，其地有温泉。天宝十五载（756）宫殿毁于兵火。⑥咸阳草：咸阳，在今陕西省境内，为秦始皇建都之地。唐代刘沧《咸阳怀古》诗："渭水故都秦二世，咸阳秋草汉诸陵。"⑦五坊：唐代为皇帝饲养猎鹰猎犬的官署，至宋初始废。《新唐书·百官志二》："闲厩使押五坊，以供时狩。一曰雕坊，二曰鹘坊，三曰鹞坊，四曰鹰坊，五曰狗坊。"《续资治通鉴·宋仁宗庆历五年》："自真宗封禅之后，不复校猎，废五坊之职。"⑧斗鸡儿：古代雄鸡之间斗架的一种游戏或比赛。唐玄宗喜好此道，玩物丧志。⑨酒肉堆：指生活奢华。⑩胡兵：中国古代称北边或西域的民族为胡，安禄山、史思明皆为胡人。胡兵指安、史兵马。⑪逆胡：古代称侵扰中原地区的北方少数民族，此指安禄山、史思明。⑫奸雄：指弄权欺世、窃取高位的人，如《三国志·魏志·武帝纪》载许劭对曹操说："子治世之能臣，乱世之奸雄。"⑬勤政楼：唐玄宗时建，因南面题有"勤政务本之楼"而得名。⑭香尘埃：使尘埃为之而香。⑮披靡：指军队溃败。⑯传置荔枝马多死：荔枝，果实熟时外皮为紫红色，果肉莹白，其味甘美。《新唐书》卷七十六《杨贵妃传》载："妃嗜荔枝，必欲生致之，乃置骑传送，走数千里，味未变，已至京师。"许多骏马因而累死。唐代杜牧《过华清宫绝句》三首其一："长安回望绣成堆，山顶千门次第开。一骑红尘妃子笑，无人知是荔枝来。"⑰尧功舜德：尧帝和舜帝的功德。⑱区区：小、少。形容微不足道。⑲著碑铭德：撰写碑文、刻写碑石以铭记功绩。⑳陋：此指浅薄无聊。㉑磨山崖：《大唐中兴颂》碑立于浯溪磨山崖。㉒子仪：郭子仪，唐代名将，平定安史之乱的功臣。㉓光弼：李光弼，唐代名将，平定安史之乱的功臣。㉔天心悔祸：指上天不想重复其错误。语出自《左传》隐公十一年："天其以礼，悔祸于许。"㉕夏为殷鉴：《诗经·大雅·荡》："殷鉴不远，在夏后之世。"泛指可以作为后人鉴戒的往事，所谓前事不忘，后事之师。㉖简策汗青：简策，古代称连接成册的竹简。汗青，古代在竹简上书写，要先以火烤竹去湿，如出汗一般，再刮去竹青部分，使便于书写和防蛀，称为汗青，后世因把著作叫做汗青。简策汗青，泛指史册。㉗张说、姚崇：唐代政治家，同为唐玄宗时名相。张说心思细密，办事干练。二人政见不合，嫌隙甚深。据郑处诲《明皇杂录》卷上载，姚崇病危时对儿子说：张说丞相与自己不和。张丞相向来奢华，尤其喜欢华美的服饰和宝物。我死后他一定会来吊唁。你们把我平生服饰玩物中最宝贵的放在我的灵帐前。如果张说不看，你们就赶快处置家事吧，不然要有灭族之祸。假若他注意到这些东西，那就把他喜欢的给他送去，乘机请他为我写神道碑（即墓志铭）。拿到就赶快送给皇帝过目，然后尽快镌刻。张丞相考虑问题通常比我慢，几天后他一定会反悔。假若他要收回碑文，就告诉他已进呈皇帝过目，并带他看刻好的石碑。其后一切果然和姚崇预料的一样，张说非常后悔，抚胸说：死去的姚崇还能算计活着的张说，我今天才知道我的才能不如他啊！张说写的这篇墓志铭"叙述核详，时为极笔"。李清照用此典说明心机多如张说，尚中了死去的姚崇的计谋，何况唐玄宗这样的昏君呢！㉘姚崇：见上注。㉙天宝：唐玄宗的年号，安史之乱发生于此时期。㉚国老：致仕退休的朝中卿大夫，此指郭子仪和李光弼等平定安史之乱的功臣。㉛妃子：指杨贵妃。㉜虢、秦、韩国：指杨贵妃的姊妹分别被封为国夫人。㉝苑桑羯鼓：用上苑桑木做成的鼓，极言其珍贵。苑，上苑，即皇家花园。羯鼓，腰部细，两端大，据说起源于羯族。唐玄宗尤擅击之，人称"八音领袖"。㉞玉方响：方响，乐器名。玉方响，极言其名贵。㉟"春风"句：此句指唐玄宗和杨贵妃作乐时，春风也不敢吹起尘埃。按：唐玄宗有《秋风高》乐曲。㊱去天尺五：极言其高。㊲抱瓮峰：不详，疑即瓮肚峰。《太平广记》卷三百九十七载："华岳云台观，中方之上，有山崛起，如半瓮之状，名曰瓮肚峰。玄宗尝赏望，嘉其高迥，欲于峰腹大凿开元二字，填以白石，令百余里外望见之。谏官上言，乃止。"㊳奸人心丑：指奸臣心思险恶。㊴西蜀万里尚能反：安史之乱时唐玄宗曾逃往西蜀（今四川）。反，通"返"。㊵南内一闭：唐代长安的兴庆宫位于大明宫（东内）之南，故名南内。原为唐玄宗听政处，安史之乱平定后他由西蜀回到长安，被肃宗迁往西内，故说"南内一闭"。㊶将军：指高力士，天宝七载（748）封骠骑大将军。㊷称好在：好在，好生、别乱来。《新唐书·宦者列传下》载："会帝属疾，辅国即诈言皇帝请太上皇按行宫中，至睿武门，射生官五百遮道，太上皇惊，几坠马，问何为者，辅国以甲骑数十驰奏曰：'陛下以兴庆宫湫陋，奉迎乘舆还宫中。'力士厉声曰：'五十年太平天子，辅国欲何事？'叱使下马，辅国失辔，骂力士曰：'翁不解事！'斩一从者。力士呼曰：'太上皇问将士各好在否！'"李清照用此典故，感慨唐玄宗竟然落到要高力士来保护的地步。按：辅国即李辅国,玄宗时太监。㊸奴辈:指李辅国。㊹辅国用事:指李辅国得到肃宗宠信而专权。㊺张后:肃宗的皇后,与李辅国勾结专权,后为其所杀。㊻荠菜长安作斤卖:传说高力士因遭李辅国忌恨而被流放边地,见园中有荠菜,当地人不会吃,于是采来吃,味道很好,便赋诗道:"两京称斤卖,五溪无人采。夷夏虽有殊,气味应不改。"李清照用此典故,意为人们只知道责备玄宗用人不当,却不知道肃宗也有宠信李辅国和张后之弊。

[评析]

　　词中的李清照,以离愁别恨的抒写,清新细腻的词风,早就被人们定位为婉约词派的正宗。诗中的李清照带给人们的,却是另外一番感受。如果说她的词主要表现了个人的情感天地,那么,她的诗则多半表现对时事和政治的深切关注,对历史和现实的敏锐思考。她对历史典故的运用极为熟练,表现了深厚的学养,刚健清朗的诗风,更是不让须眉。即如这两首诗,宋人周辉在《清波杂志》(卷八)中就有评论说:"浯溪《中兴碑颂》,自唐至今,题咏实繁",李清照"以妇人而厕众作,非深有思致者能之乎"?这样说固有封建文人对女性的偏见,但也从反面证明,李清照这两首诗在当时就具有一定的地位和影响。

　　黄盛章的《赵明诚李清照年谱》认为,李清照这两首诗当作于北宋哲宗元符三年(1100)左右,笔者认为未必。理由是,张文潜(耒)的《读中兴颂碑》诗虽然作于这一年,但李清照这时年仅十七岁。一个少女无论有多么关心时事和朝中党争,也令人难以相信她能够作出这样老辣的咏史诗。如果说这两首诗作于南渡前后,则比较合理。事实上,南渡前后的局势带给诗人的冲击和思考,要远远大于北宋中后期因党争而引发的朝政危机。唱和诗并不一定要作于当时,这是常识。而易安在这两首诗中对盛唐发生安史之乱,唐王朝一败涂地的原因作了深刻的剖析,对唐明皇之昏聩和下场进行了嘲讽,对张说、姚崇两重臣不和,以及李辅国等佞臣误国进行了鞭挞。根据诗中的意象和史实，如果我们说诗人借古讽今，是影射北宋末年朝政腐败，君主无能，臣僚尔虞我诈，致使大宋中原失据的现实，不是比说她影射党争，表现对北宋末年朝政的担忧更为合理吗？

  第一首诗从唐明皇五十年盛世功业，竟然毁于一旦落笔，批判了他耽于享乐、治世无方的昏庸。接着以生动鲜明的意象，描绘了安史之乱的景象，而后以"传置荔枝马多死"这个细节，总结了导致王朝军队无力抵抗的原因。或许人们可以批评其合理性，然而诗歌的概括性和诗人的敏锐，也正是体现在这些地方。诗人并指出，安史之乱的平定，得力于大将的"不自猜"，而君主也要保持圣明，才不至于丧失江山。"夏为殷鉴当深戒，简策汗青今具在"，是这首诗的主旨之所在。

  第二首诗着重分析奸臣误国的历史教训，指出元结碑文"不知负国有奸雄，但说成功尊国老"，而历史的反面经验恰恰更值得记取。否则，就只能像唐明皇那样，"西蜀万里尚能反，南内一闭何时开"，落到要靠太监来维护帝王之尊的地步了。

  这两首诗概括凝练，一气呵成。在每一首的开篇，女诗人都以气势磅礴的意象笼罩全诗，而后以风驰电掣般的笔致，在跌宕起伏的感情中，出色地完成了对重大历史事件的诗性表达。她对现实的影射、讽刺和鞭挞，却暗藏于纷至沓来、令人应接不暇的历史典故之中，真可谓笔力千钧而不着痕迹。

  咏史诗必要涉及历史典故，在篇幅较长的诗歌中，繁多地使用典故在所难免，但用得不好，往往令人易生厌倦之感。这两首诗所用典故虽博却很贴切——这不仅缘于诗人对典故的熟练把握，还因为她能够把典故和思考，化为鲜明的艺术形象，用明朗清新的语言表现出来。这样的例子在诗中甚多，可说是用典的范例。

晓 梦

晓梦随疏钟①，飘然跻②云霞。因缘③安期生④，邂逅⑤萼绿华⑥。秋风正无赖⑦，吹尽玉井花⑧。共看藕如船⑨，同食枣如瓜⑩。翩翩垂发女，貌妍语亦佳。嘲辞⑪斗诡辩，活火⑫烹新茶。虽乏上元术⑬，游乐亦莫涯⑭。人生能如此，何必归故家？起来敛衣⑮坐，掩耳⑯厌喧哗。心知不可见，念念犹咨嗟⑰。

[注释]

①疏钟：稀疏的钟声。宋代蒋捷《柳梢青》词："淡月里、疏钟渐撞。"唐代许浑《天街晓望》诗："叠鼓催残月，疏钟迎早霜。"②跻：登，上升。一本作"踯"。③因缘：佛教用语，本指产生结果的直接原因和促成其结果的主客观条件，引申为人生际会、缘分。唐代刘禹锡《宿诚禅师山房题赠二首》诗："法为因缘立，心从次第修。"宋代辛弃疾《醉花阴》词："何日跨飞鸾，沧海飞尘，人世因缘了。"④安期生：亦称"安期"，秦、汉间仙人名。汉代刘向《列仙传》说秦始皇东游，与语三日夜，赐金璧数千万，皆置之阜乡亭而去，留书云"求我于蓬莱山"。后始皇遣使入海求之，未至蓬莱山，遇风波而返。宋代陆游《长歌行》："人生不作安期生，醉入东海骑长鲸。"⑤邂逅：不期而遇。《诗经·唐风·绸缪》："今夕何夕，见此邂逅。子兮子兮，如此邂逅何！"唐代韩愈《落叶一首送陈羽》诗："飘飘终自异，邂逅暂相依。"⑥萼绿华：传说中的仙女，省称萼绿。南朝梁代陶弘景《真诰·运象》载，萼绿华自言是九嶷山中得道女子，本姓罗。晋穆帝时，夜降羊权家，赠权诗一篇，火浣布手巾一方，金玉条脱各一枚。唐代白居易《霓裳羽衣歌》："上元点鬟招萼绿，王母挥袂别飞琼。"李商隐《重过圣女祠》诗："萼绿华来无定所，杜兰香去未移时。"⑦无赖：顽皮。宋代秦观《浣溪沙》词："漠漠轻寒上小楼，晓阴无赖似穷秋。"辛弃疾《清平乐·村居》词："最喜小儿无赖，溪头卧剥莲蓬。"⑧玉井花：玉井在太华山上。唐代韩愈《古意》诗："太华峰头

玉井莲，开花十丈藕如船。"宋代李觏《和王刑部游仙都观》诗："几函道藏金壶墨，一片秋容玉井花。"《水浒传》第五十九回："傍人遥指，云池波内藕如船；故老传闻，玉井水中花十丈。"⑨藕如船：见上条玉井花注。⑩枣如瓜：《史记·封禅书》："安期生食巨枣，大如瓜。安期生，仙者，通蓬莱中，合则见人，不合则隐。"宋代苏轼《次韵致政张朝奉仍招晚饮》诗："曾经丹化米，亲授枣如瓜。"宋代杨万里诗《贺皇太子九月四日生辰》二首之一："清晓寿觞天上至，蟠桃如瓮枣如瓜。"⑪嘲辞：嘲谑之语。宋代宋祁《送史温虞部佐郡四明》："外署清郎出佐州，嘲辞不畏上山头。"⑫活火：明火，有火苗的火。宋代苏轼《汲江煎茶》诗："活水还须活火煮，自临钓石取深清。"宋代陆游《夏初湖村杂题》诗："寒泉自换菖蒲水，活火闲煎橄榄茶。"⑬上元术：上元为中国古代神话中的仙女，名阿环。传说她是西王母之小女、三天真皇之母，任上元之官，统领十方玉女名录，故称上元夫人。曾授汉武帝《六甲灵飞招真十二事》。事见《汉武帝内传》。唐代顾况《梁广画花歌》："王母欲过刘彻家，飞琼夜入云軿车……上元夫人最小女，头面端正能言语。""上元术"一本作"助帝功"。⑭莫涯：无涯，无尽。宋代梅尧臣《次韵和刘原甫紫微过予饮酒》诗："后从江韩来，襧带欢莫涯。"宋代王令《上杭帅吕舍人》诗："肉骨非难力，铭心谢莫涯。"⑮敛衣：整饬衣衫，以表恭敬。宋代欧阳修《送吕夏卿》诗："尚书礼部奏高第，敛衣襆砚趋严宸。"⑯掩耳：谓厌倦尘世。⑰咨嗟：叹息。屈原《天问》："何亲揆发，何周之命以咨嗟？"唐代韩愈《晚菊》诗："少年饮酒时，踊跃见菊花。今来不复饮，每见恒咨嗟。"

[评析]

李清照纪梦的词有《渔家傲》（天接云涛连晓雾），纪梦的诗则有《晓梦》。后者的知名度虽然远不如前者，但也是不可多得的佳作。

从心理学上来说，梦是人睡眠时残留在大脑里的外界刺激，或身体内外各种刺激所引起的心理活动，所以俗话说，日有所思则夜有所梦。梦总是以景象呈现出来的，因此，梦中的情形也称为梦境，或称梦幻。在文学作品中，作家们往往通过对梦境的描写，来反映人们在现实生活中的苦闷，表现对理想的追求和对自由的向往。当然文学作品中的梦既可能是真实的，也可能只是一种表现形式，但无疑都有现实基础。

这首诗的写作年代不详，但诗中的意象带有超凡出尘、豪迈洒脱的特点，而无辛酸苦痛、叹逝伤往之迹，大约作于南渡前。出身书香门第，嫁得佳婿的李清照，在南渡前的现实生活中，除了相思离别之愁，似无多少不适，那么这梦所表达的追求是什么呢？诗的末尾几句已揭示题旨："人生能如此，何必归故家？起来敛衣坐，掩身厌喧哗。心知不可见，念念犹咨嗟。"即令身处温柔富贵之乡，花柳繁华之地，久而久之，大约也会心生厌倦之感吧？所以，我们大可不必拔高这首诗的思想境界，诗人只不过是表现了对"喧哗"的厌恶，对远离世俗的平淡生活之向往罢了。和李白的纪梦名篇《梦游天姥吟留别》相比，它显然缺乏对现实的批判，对权贵的傲岸，对自由的礼赞。这样说并非贬低易安这首诗的成就，本来，这原是两个不同时代、不同人生背景下的作品，没有对比的必要。但时见论者将它们拉扯在一起，故略赘三言两语。

在艺术表现上，这首诗以超现实的手法，创造了一个奇情幻彩的世界，用来寄托抒情主人公追求平淡生活的理想。诗人从入梦起笔，悠远断续的钟声，飘然飞升于云霞之上，贴切地表现了梦中人奇妙的感觉。接着由邂逅两个传说中的仙人，展开了对神仙世界的描绘。乘着秋风而进，玉井莲花落后，香藕巨如船儿，和神仙共食的枣子，竟然大如瓜。美丽的仙女翩翩起舞，娇音婉转，妙语如珠。她们一面斗口，一面烹煮新茶，无拘无束，其乐无穷。于是诗人感叹，虽然难以像汉武帝那样求得上元夫人的法术，但能够如此自由自在地生活，也就不必回到人间了。

写梦中游历仙境，李清照诗中的用语是那么准确而富有意味。

如以"飘然"状梦中步态,贴切而又生动;用"无赖"拟秋风,透着对秋的喜爱。

一笔笔的描绘,呈现出一个远离尘世的幻境,最终归结为对神仙世界的向往。是不是可以说,这其实是一首游仙诗呢?自西晋郭璞创为此体以来,游仙诗代有人作。表达高蹈出尘的情趣和追求,是其明显的特点。既言"敛衣",复言"掩身",易安这首诗的仙游之意最终显现出来,鲜明地点破了一系列仙境意象的内涵。

感 怀

宣和辛丑[①]八月十日到莱[②],独坐一室,平生所见,皆不在目前。几上有《礼韵》[③],因信手开之,约以所开为韵作诗,偶得"子"字,因以为韵,作感怀诗云。

寒窗败几无书史,公路[④]可怜合至此。青州从事[⑤]孔方君[⑥],终日纷纷喜生事[⑦]。作诗谢绝聊闭门,燕寝凝香[⑧]有佳思。静中吾乃得至交,乌有先生子虚子[⑨]。

[注释]

①宣和辛丑:即宋徽宗宣和三年(1121)。②莱:莱州,今山东省莱州市(原名掖县),时赵明诚出为莱州守。③《礼韵》:宋代官颁韵书《礼部韵略》的简称。共五卷。宋时科举考试以此为据,其实是《广韵》的略本。④公路:汉末袁术,字公路。《三国志·袁术传》裴松之注引《吴书》:"术既为雷薄等所拒,留住三日,士众绝粮,乃还至江亭,去寿春八十里。问厨下,尚有麦屑三十斛。时盛暑,欲得蜜浆,又无蜜。坐棂床上,叹息良久,乃大咤曰:'袁术至于此乎!'因顿伏床下,呕血斗余,遂死。"易安用以比喻莱州官所空无所有。⑤青州从事:美酒的代称。语出自刘义庆《世说新语·术解》:

"桓公有主簿善别酒,有酒辄令先尝。好者谓'青州从事',恶者谓'平原督邮'。青州有齐郡,平原有鬲县。从事言到脐,督邮言在鬲上住。"意为好酒的酒气可直到脐部。从事、督邮均为官名。后因以"青州从事"称美酒。唐代皮日休《醉中寄鲁望一壶并一绝》诗:"醉中不得亲相倚,故遣青州从事来。"宋代苏轼《真一酒》诗:"人间真一东坡老,与作青州从事名。"⑥孔方君:指钱,亦称孔方兄。古钱外廓圆,内孔方,故名。宋代苏轼《赠王仲素寺丞》诗:"虽无孔方兄,顾有法喜妻。"宋代黄庭坚《戏呈孔毅父》诗:"管城子无食肉相,孔方兄有绝交书。"君,一本作"兄"。⑦生事:指酒醉容易滋生事端。⑧燕寝凝香:一本作"虚室香生"。燕寝,本指帝王寝息之所,后亦指地方官员之公馆。赵明诚为莱州守,故云。凝香,香气凝结。唐代韦应物《郡斋雨中与诸文士燕集》诗:"兵卫森画戟,燕寝凝清香。"宋代向子諲《浣溪沙》词:"不尽秋香凝燕寝,无边春色入尊罍。"⑨乌有先生子虚子:汉代司马相如《子虚赋》中虚拟的人事,意为无有其人其事。《史记·司马相如列传》载,汉武帝读《子虚赋》而善之,"乃召问相如……相如以'子虚',虚言也,为楚称;'乌有先生'者,乌有此事也,为齐难"。宋代苏轼《章质夫送酒六壶书至而酒不达戏作小诗问之》诗:"岂意青州六从事,化为乌有一先生。"

[评析]

宋徽宗宣和三年(1121),赵明诚在莱州守任上。他在屏居青州后何时得到这个职守?不详。他和李清照分别了几年?亦不详。从小序可知,这一年八月,李清照独自来到莱州与赵明诚团聚,作此诗。

据小序,此诗完全得之于偶然。易安在赵明诚任所中独坐一室,平生把玩的东西皆不在面前,案上只有韵书一部,故信手翻来,心中约定翻到何韵即以之作诗,故成此《感怀》。

按理说,易安和赵明诚分离后才团聚,不该让她"独坐一室",寂寞无聊如此。是赵明诚公务太繁忙,无暇顾及妻子,还是另有其因?仅这个小序,就足够让今天的许多探秘者忙活了。但从诗中我

诗选　149

们虽看不出李清照有什么怨情，亦看不出有什么欢情，除了寂寞还是寂寞。这份寂寞的信息密码究竟是什么？笔者不愿作捕风捉影的臆测，所以还是就诗论诗吧。

官署显然相当清寒，门窗破败，空无所有，这令诗人联想起袁术当年的处境。但这样的思绪并未停留多久，即离开眼前的清冷景象，转而以议论抒发自己的胸怀。酒和财是世人最热衷的两件东西，但追求过度，往往容易滋生事端，让人不得清静。平平淡淡的一笔，酒财二字的本质，已在诗人笔下揭出。

那么，什么才是诗人想要追求的生活境界呢？"作诗谢绝聊闭门，燕寝凝香有佳思。"因避免"生事"而"闭门"，言外之意是远离尘俗的干扰。那么，作诗就是打发寂寞时光最好的方式了。心静，则"寒窗败几"可以变为"燕寝凝香"；心静，则"佳思"时至，可以作诗填词。总之，谢绝尘俗，追求一份清静简单的生活，是诗人此时的想法。对于一向喜欢佳酿的诗人来说，其中固然有借酒消愁的因素，但这可能也是她久已求之而不得的理想吧。既然要摒弃一切尘俗纷扰，那可以成为"至交"的，就只有"乌有先生子虚子"了。

子虚乌有，本是虚构，"至交"等于无交，等于面对彻底的孤独寂寞。这是易安孤高傲世精神的表现呢，还是出于面对现实的旷达？

这首诗虽得之偶然，但感怀言志，也是触景生情，小序和诗歌浑然一体，格调高古。

咏　史

两汉①本继绍②，新室③如赘疣④。所以嵇中散⑤，致死薄殷周⑥。

[注释]

①两汉：指西汉（前206—25）和东汉（25—220）。②继绍：继承。唐代白居易《为崔相陈情表》："德宗皇帝念臣亡伯位高无后，以犹子之义，命臣继绍，仍赐臣名。"③新室：西汉末年，王莽代汉称帝，国号曰"新"，后人因而称其王朝为"新室"。《汉书·律历志下》："王莽居摄，盗袭帝位，窃号曰新室。"④赘疣：皮肤上长的肉瘤，比喻多余无用，应当除去的东西。屈原《九章·惜诵》："反离群而赘疣。"《庄子·大宗师》："彼以生为附赘县疣，以死为决溃痈。"⑤嵇中散：即嵇康（224—263），三国时魏国文学家、思想家、音乐家。字叔夜，谯郡铚（今安徽宿州西南）人。与魏宗室通婚，拜中散大夫而不就职，世称嵇中散。为"竹林七贤"之一，在当时与阮籍齐名，并称"嵇阮"。有《嵇中散集》。⑥致死薄殷周：嵇康曾发表《与山巨源绝交书》，声言"非汤武而薄周孔"，后遭钟会构陷，为司马昭所杀。殷周，指殷汤王和周武王。

[评析]

这首诗当作于南渡初期。据王学初《李清照集校注》本诗下注，此诗原无题，据宋代朱熹的《朱子语类》辑出，"上两句与下两句并不连接，盖从一首中先摘二句，继又另摘二句。各本多以四句连接为一句，非是"。观其语意，以正统论为旨，亦吻合于对当时史实的影射，或可视为一首完整的诗。

朱熹引李清照这首诗，赞扬道："如此等语，岂女子所能。"（《朱子语类》卷一百四十）其实《夏日绝句》的胆识，乃至易安所有咏史诗的胆识，皆非一般俗士可比，又岂止这一首呢？

今人王璠认为，这首诗的主旨，是对伪楚和伪齐两个傀儡政权的嘲讽和蔑视（《李清照研究丛稿·李清照的诗》），此言有理。伪楚和伪齐，是靖康之变后金朝先后扶植的政权，易安作诗以讽刺之，亦在情理之中。

中国古代的正统观念，实际上既存在于维护帝王的一家一姓之天下，也存在于维护以汉族为主的华夏政权。可以说前者是内部的，后者则是对外的。后者在中国历史发展的特定阶段，往往是爱国主义的表现，因此，从历史唯物主义的角度看，有其存在的合理性。再说，从一个民族的角度出发，这一种正统论的境界，也高于维护一家一姓之天下。也正是在这个意义上，南宋文学、元代文学、明末文学中的爱国主义主题，在我们今天看来也是有其历史价值的。那么，对李清照的这首诗，也应作如是观。

借古讽今，是咏史诗最基本的表现手法，所以必然要发议论。议论发得高不高明，自然首先关乎胆识，而后才关乎艺术技巧。

易安这首诗在材料的选择上，是以正统论来影射外族入侵后所建立的傀儡政权，符合咏史诗寄托遥深的特点。难怪朱熹也要击节赞赏了！

易安认为，西、东两汉虽非一朝，却还不失为绍继，而王莽建立的新朝，就只能算做"赘疣"了。这里其实存在一个递进关系：新朝这个汉族政权尚且只能算做"赘疣"，要除去方好，那么伪楚和伪齐两个傀儡政权呢？岂不是更应当除去？诗人无一语见痕迹，其弦外之音却更有力度。后两句可以看做一个转折："所以嵇中散，致死薄殷周。"嵇康通婚于魏宗室，但他公然宣布不与司马氏政权合作，并非仅只因这姻亲关系，而是出于维护正统的大义。当金兵的铁蹄踏碎中原山河的时候，煌煌大宋，是否应当有一批像嵇康这样不畏强权的人物，而不是如同伪楚和伪齐那样的傀儡，一味地卑躬屈膝呢？依然是弦外之音，诗人对现状的愤激和失望，鞭挞和批判，却是更加着力了。

如果说易安以其胆识，发表了上述过人的议论，那么诗歌的议论，是要诉诸形象，方为佳作的。我们知道，宋诗尚议论，因而招致了严羽《沧浪诗话》以来文学史上的唐宋诗优劣之争。但是，诗歌艺术成就的高下，本不在于是否可以发议论，而在于如何发议论，这在今天已经成为人们的共识。易安这首诗之议论，明人王世贞认为"是佳境，出宋人表"（《艺苑卮言》卷四），大概不仅赞其胆识，更因为易安选择了两个形象来说话吧？一个是王莽，一个是嵇康。因此，不着一字，尽得风流。

夏日绝句

生当作人杰①，死亦为鬼雄②。至今思项羽③，不肯过江东④。

[注释]

①人杰：才智杰出的人。宋代文天祥《酹江月》词："乾坤未老，地灵尚有人杰。"②鬼雄：鬼中之雄杰。出自屈原《九歌·国殇》，用来赞誉为国捐躯者："身既死兮神以灵，子魂魄兮为鬼雄。"王逸注："言国殇既死之后，精神强壮，魂魄武毅，长为百鬼之雄杰也。"宋代陆游《狂夫》诗："千载鬼雄皆国士，直令穷死未须哀。"清代赵翼《题褒忠录》诗："想见强魄如鬼雄，不屑人间泪如雨。"③项羽：下相（今江苏宿迁西南）人，名籍，字羽。秦亡后与刘邦争夺天下，最终失败。自封西楚霸王。④不肯过江东：指因事业失败而无面目见故人，语出自《史记·项羽本纪》。刘邦在垓下包围了项羽军，项羽奋勇突围来到乌江边，乌江亭长准备好船在那里等待，劝他渡江，项羽笑曰："天之亡我，我何渡为！且籍与江东子弟八千人渡江而西，今无一人还，纵江东父兄怜而王我，我何面目见之？纵彼不言，籍独不愧于心乎？"最终拔剑自刎。

[评析]

此诗一题为《乌江》，是李清照诗中传诵最广，压倒须眉的杰作，当作于南渡初期。宋高宗建炎三年（1129）春，赵明诚罢江宁（今南京）守，夫妇二人买舟上芜湖寻觅移居之地。大约是在途经乌江时易安感慨系之，写下了这个名篇。

这是一首咏史诗，也是一首言志诗；这是一支英雄的颂歌，也是女诗人在特定历史条件下的心声。在中国古典诗词中，咏史和言志，既往和当时，往往不可分割，两位一体，诗歌的内涵也因此而更加丰富和深刻。

这首绝句所歌咏的历史英雄，是在秦王朝灭亡之后，与汉王朝的建立者刘邦交锋近五年，最终以失败告终的西楚霸王项羽。这个曾经叱咤风云的失败了的英雄，决不会想到在他身后千余年，有一个以婉约词著称的女词人，在司马迁之后成为他的知音。是的，因为失败，楚霸王招致了太多不公的冷语和讥笑，有多少人理解他的气概，理解他的英雄末路？

"生当作人杰，死亦为鬼雄。"女诗人以铿锵有力的音调，振聋发聩的气魄，一开篇就展露出惊人的胆识，不仅表现了对楚霸王人生观的深刻理解，更张扬了宁为玉碎，不为瓦全的人生哲学。活着，决不庸碌委琐；临死，决不低下高贵头颅。在《史记·项羽本纪》中，司马迁塑造了一个叱咤风云、气盖一世的英雄形象。项羽有致命的弱点，这使他终归失败。但司马迁突出的主要是其过人的才气、磊落的人格、英气勃勃的精神，以及"力拔山兮气盖世"的英雄本色。巨鹿之战、鸿门宴、垓下之围、乌江自刎，无一不闪烁着项羽英雄人格的光彩。这英雄，起事时排山倒海，如雷霆万钧；穷途末路时悲歌一曲，溃围、斩将、刈旗，死得如此悲壮。李清照诗的开篇两句，非常精当地概括了《项羽本纪》的主旨。可以说，她不但是项羽，也是太史公不可多得的知音。

当然，作为一首咏史诗，李清照的这个提炼不会无的放矢。我想，如果她不是处于南渡初期那样的时代环境，也难以写出气魄如此宏大的诗句。读一读陆游、辛弃疾、文天祥的慷慨悲歌，不难理解出身于士大夫阶层的女诗人，在中原故土失据后，于乌江凭吊时所产生的激昂情绪，或说是愤激心情。

是的，只有在特定的时代氛围中，易安对项羽精神的无限神往和钦佩，才会凝为后面两句："至今思项羽，不肯过江东。"如果朝廷奋发图强，用不用仓皇南渡？如果临安朝廷君主不醉生梦死，能不能早日收复失地？这个时代缺失的是什么？在易安看来，就是项羽那种宁可拼却一死，也不苟且偷生的英雄气概！

这首短短二十字的小诗，能够穿越历史的风云，至今激励人心，其意义早已超越了当时的历史语境，以及诗人临江凭吊时的心境。这是因为，易安赋予这首小诗的深刻内涵虽然发于当时，却源于中国优良文化传统和道德精神、人生哲学的深厚积淀。尺幅万里，我们把这个对文学艺术效果最大化的评价，拿来送给这首小诗，应是当之无愧的吧。

最后还要提到，明代著名诗人唐寅有一无题联语："铁肩担道义，生为人杰；巨笔著文章，死亦鬼雄。"

钓 台①

巨舰②只缘因利往，扁舟③亦是为名来。往来有愧先生德④，特地通宵过钓台⑤。

［注释］

①钓台：指位于浙江省桐庐县城南富春山麓的严子陵钓台，是富春江的主要名胜景点，因东汉严子陵隐居于此而得名。②巨舰：大船。唐代许敬宗《奉和春日望海》诗："连云飞巨舰，编石架浮梁。"宋代朱熹《泛舟》诗："昨夜江边春水生，蒙冲巨舰一毛轻。"③扁舟：小船。唐代杜甫《送裴二虬尉永嘉》诗："扁舟吾已具，把钓待秋风。"唐代李商隐《安定城楼》诗："永忆江湖归白发，欲回天地入扁舟。"④先生德：指严子陵之德。宋代范仲淹做桐庐守时，建严先生祠堂于钓台，并在记中写道："云山苍苍，江水泱泱。先生之风，山高水长。"⑤通宵过钓台：据说严子陵不为名利所动的气节，使后人自愧不如，故过钓台者常于夜间往来，以示愧对。事见明代郎瑛《七修类

稿》卷三十。

[评析]

名利观,从来都是一个民族、一个人价值观的重要组成部分。孔、孟、老、庄以来,中国古代士大夫阶层,形成了砥砺气节而轻视名利的优良传统。东汉时代的隐士严子陵,因而成为一个文化人格符号,成为历代诗人歌颂的对象。

诗题之钓台,即指位于浙江省桐庐县城南富春山麓的严子陵钓台。严子陵名光,是东汉初期的隐士。他少年时曾与刘秀同游,但刘秀即位后他不愿出仕,遂更名隐居,垂钓于此。刘秀再三盛礼敦请,授谏议大夫,严光辞而不就,年八十而老死家中。

李清照这首小诗作于宋高宗绍兴四年(1134)。这一年她由临安避乱金华,途经钓台,根据无名氏的一首诗歌改写成此诗。明代郎瑛在《七修类稿》卷三十中记载,严子陵钓台在富阳江之涯,有过台而咏者曰:"君为利名隐,我为利名来。羞见先生面,黄昏过钓台。"

作为一个当时已年过半百的女性,李清照改写这首诗,既有怀古自励之意,在南渡王朝"临安"的局面下,亦有对现实的讽刺。是的,她不可能如严光那样去隐居,以求洁身自好,即令能,对整个大局又有多少意义呢?而偏安王朝中那些只知道谋取个人名利,不以国家前途为虑的人,又有几人在与钓台为邻时,"往来有愧先生德,特地通宵过钓台"呢?郎瑛在记载了无名氏的诗之后评论说:"若自知为利名而夜过钓台,则尚德之心深矣。"(引录出处同上)但凡南宋朝中高官有一点"尚德之心",易安又何至于在金华八咏楼上,临风浩叹"江山留与后人愁"呢!如此说来,这首小诗的意义,就远不止于一般论者所言,仅为易安"自愧"了。究其实,易安何愧之有?!

李清照的改写,在内容上比原作似无多大变化,但在形式上变五言为七言，并把原诗的直接议论赋予了"巨舰"和"扁舟"两个意象，从而形成一个鲜明的对比，不仅增强了诗歌的形象性，而且使诗歌的意蕴更为含蓄，讽刺的意味自然也就更加深长了。

有论者认为易安这首诗实无创新，只是改写了他人的作品，其实不然。宋代江西诗派主张"夺胎换骨，点铁成金"，即袭前人之意而改造其语，自古论家多不以为然。比如金代的王若虚就说，黄庭坚论诗"有夺胎换骨，点铁成金之喻，世以为名言，以予观之，特剽窃之黠者尔……夫既已出于前人，纵复加工，要不足贵"(《滹南诗话》卷下)。但王若虚同时也看到，"虽然物有同然之理，人有同然之见，语意之间，岂容全不见犯哉？"这就涉及如何看待创新的问题了。

其实只要为我所用，改写也是一种创新。做到"为我所用"，又比原作艺术性更高，令人觉得"青出于蓝而胜于蓝"，这难道还算不上创新吗？比如，宋代葛立方在《韵语阳秋》(卷一)中说到几个例子："水田飞白鹭，夏木啭黄鹂"是李嘉祐的诗，但王维衍之为七言："漠漠水田飞白鹭，阴阴夏木啭黄鹂。"这样，其意味更加悠远了。"九天阊阖开宫殿，万国衣冠拜冕旒"是王维的诗，杜甫删之为五言句："阊阖开黄道，衣冠拜紫宸。"这一改，使原诗的语言更加精工了。我们说，这也是创造。改写的立足点应是创新，而我们在鉴赏中遇到改写，也要注意分析改作最终达到的艺术境界是否比原作高，这样鉴赏才能深入和公允。

偶　成

十五年前花月底，相从曾赋赏花诗。今看花月浑[①]相似，安得[②]情怀似昔时。

[注释]

①浑：完全相似。②安得：怎么能够。

[评析]

赵明诚逝于宋高宗建炎三年（1129），按首句所说"十五年前"，此诗当作于宋高宗绍兴十三年（1143）左右，李清照时年六十来岁。

从十八岁到四十六岁，易安和赵明诚一道走过了二十八年的时光。青春岁月的浪漫和轻愁，屏居青州前期的金石书画之乐，后期离多聚少的孤苦相思，靖康之变后、南渡初期江宁（今南京）短暂的美好生活，赵明诚病重时急赴建康（今南京）的惶急……无论是欢乐还是痛苦，当这一切都已成为过去，并随着时间的推移积淀在心底，时间往往会滤去当时的种种痛苦，只留下美好的记忆，从而引起生者对逝者更为绵长的思念。易安在晚年思忆赵明诚的这首诗，印证了这样一种心境。

"十五年前花月底，相从曾赋赏花诗。"如果求之于李、赵生平事迹，这应当是南渡初期赵明诚为江宁守时节。周辉的《清波杂志》卷八云，他听李清照的族人说，赵明诚在建康时，易安每逢天降大雪，即顶笠披簑，踏雪觅诗。得到佳句则必邀明诚唱和，明诚每苦之。为何明诚要苦之？想来是因为才情不及易安吧？流传甚广的赵明诚和《醉花阴》而终不及的故事，可为这则笔记作注。（见《醉花阴》评析）可以说在南渡的头三年，国家的命运是不济的，但在李清照南渡和赵明诚团聚后，他们夫妇在动荡的时局中，曾拥有过一段短暂而美好的岁月，让易安在晚年只身漂泊时回忆。此诗开篇即直指"十五年前"，可见这段夫妇"相从"的时光，对诗人来说是多么珍贵。

"今看花月浑相似，安得情怀似昔时。"触景生情，今昔对比，花月还是十五年前那样美好，然而情怀却已大相径庭！从那以后，抒情女主人公究竟独自经历了多少忧患，无须说出，尽在不言中。"安得"一词以强烈的感情色彩，透露了许多只可意会，难以言传的信息。花月并未因时光而改变美好的容颜，观者"昔时"的情怀却已不可再得，其中的辛酸还堪再提起吗？这个今昔对比力透纸背，余味无穷。

春　残

春残何事苦思乡，病里梳头恨发长。梁燕①语多终日在，蔷薇风细一帘香。

[注释]

①梁燕：梁上的燕子。宋代欧阳修《蝶恋花》词："梁燕语多惊晓睡，银屏一半堆香被。"

[评析]

看来是在南渡后的一场大病中，春残的景象触动了李清照的乡情，使她写下这首小诗。

春天到来的欣喜，或许正是春残伤悲的根源。诸如："泪眼问花花不语，乱红飞过秋千去。"（欧阳修《蝶恋花》）"无可奈何花落去，似曾相识燕归来。"（晏殊《浣溪沙》）在现代人看来，春去春来，花开花落是自然之理，何来伤悲？因何流泪？然而在古典诗词所表现的情感世界中，残春并不只是自然界的众美凋零，正是在万花纷谢的时刻，人们感悟了对美好事物的眷恋，对青春年华的珍惜。何况当时易安所处光景，既是"春残"，又是"病里"。更何况，易安之漂泊异乡，是因为中原山河沦丧。易安此病，看来是在赵明诚逝后。

"春残何事苦思乡"，起首一句明知故问，加重了感情表现的张力。残春景象，万千愁绪，在诗人笔下都归结于一个"苦"字，对故乡的思念，就不是一般的"愁"可以相比的了。病，使思乡的心情愈发强烈，所以连平日里精心呵护的长发，此时梳理起来也不免恨其太长。发丝千缕，大概比不上乡情万缕吧？"梳发"这个意象既可能是诗人写实，亦可能是隐喻。其实到了晚年，易安的思乡之苦，即令在词中，亦多半是直抒其情了。如《菩萨蛮》："故乡何处是？忘了除非醉！"

不仅恨秀发太长，而且连燕语呢喃的温柔，也翻为"梁燕语多终日在"的厌倦。帘外蔷薇随着微风送来满室清香，诗情到此戛然而止，余音绕梁，不知诗人是喜还是愁。

清代陆昶评论这个结句"甚工致，却是词语"（《历朝名媛诗词》卷七）。诗语词语，究竟有多大的区别？在文学史上这个问题的争论旷日持久，易安自己对此也颇有成见，倡导词"别是一家"。然而在艺术实践中，大致划分是可以的，拘泥恪守，则为其所不取。现在一些批评家还沿袭旧说，岂不辜负易安？

五代"花间派"词人韦庄，也有一首思乡的小诗，题为《江外思乡》。诗云：

> 年年春日异乡悲，杜曲黄莺可得知。
> 更被夕阳江岸上，断肠烟柳一丝丝。

同样是春的背景，但易安写残春，韦庄写早春；一样的思乡情怀，但易安并未道明感情色彩，韦庄则直言其悲；结句意象的风格大体一致，但易安意在言外，韦庄点明"断肠"。总之，易安诗比韦庄诗更为含蓄蕴藉，但两首诗同样婉约。可见，在创作实践中，除格律外，诗词原无明显的界限。不过，在易安的诗歌中，这类风格的大概仅此一首。

上枢密韩肖胄①诗（二首）

绍兴癸丑②五月，枢密韩公、工部尚书胡公③使虏，通两宫④也。有易安室⑤者，父祖皆出韩公门下⑥，今家世沦替⑦，子姓⑧寒微，不敢望公之车尘⑨。又贫病，但神明⑩未衰落。见此大号令⑪，不能忘言，作古、律诗各一章，以寄区区⑫之意，以待采诗者⑬云。

三年⑭夏六月，天子视朝久。凝旒⑮望南云⑯，垂衣⑰思北狩⑱。如闻帝若曰，岳牧与群后⑲。贤宁无半千⑳，运已遇阳九㉑。勿勒㉒燕然铭㉓，勿种金城柳㉔。岂无纯孝㉕臣，识此霜露悲㉖。何必羹舍肉㉗，便可车载脂㉘。土地非所惜，玉帛如尘泥。谁当可将命，币㉙厚辞益卑。四岳㉚佥㉛曰俞㉜，臣下帝所知。中朝第一人㉝，春官㉞有昌黎㉟。身为百夫特㊱，行足万人师。嘉祐㊲与建中㊳，为政有皋夔㊴。匈奴畏王商㊵，吐蕃尊子仪㊶。夷狄㊷已破胆，将命公所宜。公拜手稽首㊸，受命白玉墀㊹。曰臣敢辞难，此亦何等时。家人安足谋，妻子不必辞。愿奉天地灵，愿奉宗庙威㊺。径持紫泥诏㊻，直入黄龙城㊼。单于定稽颡㊽，侍子当来迎。仁君方恃信㊾，狂生㊿休请缨○51。或取犬马血○52，与结天日盟○53。胡公清德人所难，谋同德协○54心志安○55。脱衣已被汉恩暖○56，离歌○57不道易水寒○58。皇天久阴后土湿○59，雨势未回风势急。车声辚辚马萧萧○60，壮士懦夫俱感泣。闾阎○61嫠妇○62亦何如，沥血投书○63干记室○64。夷房○65从来性虎狼○66，不虞预备○67庸何伤○68。衷甲○69昔时闻楚幕，乘城○70前日记平凉○71。葵丘○72践土○73非荒城，勿轻谈士[74]弃儒生[75]。露布[76]词成马犹倚[77],崤函关出鸡未鸣[78]。巧匠何曾弃樗栎[79],刍荛之言[80]或有益。不乞隋珠[81]与和璧[82],只乞乡关[83]新信息。灵光[84]虽在应萧萧[85],草中翁仲[86]今何若。遗氓[87]岂尚种桑麻,残虏如闻保城郭。嫠家[88]父祖生齐鲁[89],位下名高人比数[90]。当时稷下[91]纵谈时,犹记人挥汗成雨[92]。子孙南渡今几年,飘流遂与流人[93]伍。欲将血泪寄山河,去洒东山[94]一抔土[95]。

又

想见皇华[96]过二京[97],壶浆[98]夹道万人迎。连昌宫[99]里桃应在,华萼楼[100]前鹊定惊。但说帝心怜赤子[101],须知天意念苍生[102]。圣君大信明如日,长乱何须在屡盟[103]。

[注释]

①韩肖胄:宋高宗绍兴三年(1133)出使金国,慰问被囚的徽、钦二帝。时任尚书吏部侍郎、端明殿学士、同签枢密院事。②绍兴癸丑:宋高宗绍兴三年。③胡公:名胡松年,作为副史随同韩肖胄出使。④通两宫:通,一同问候。两宫,即徽、钦二帝。⑤易安室:李清照自称。室,类同于堂、斋,而非赵明诚妻室之谓。⑥皆出韩公门下:皆出,都出于。韩公,指韩肖胄的曾祖韩琦,北宋名相。门下,李清照的祖父、父亲均曾被韩琦引荐。⑦家世沦替:家业凋零,没落。⑧子姓:子孙的地位。⑨望公之车尘:望尘而拜,指追随、敬拜。语出自《晋书·潘岳传》:"岳性轻躁,趋势利,与石崇等谄事贾谧,每候其出,与崇辄望尘而拜。"⑩神明:指人的精神和智慧。《荀子·劝学》:"积善成德,而神明自得,圣心备焉。"⑪大号令:指朝廷此次派使者北上使金之事。⑫区区:小、少,形容微不足道。汉代贾谊《过秦论上》:"区区之地。"⑬以待采诗者:古代有专门的采诗人员,采集民间诗歌,以供统治者观风俗、知得失。《汉书·艺文志》:"古有采诗之官,王者所以观风俗,知得失,自考正也。"宋代梅尧臣《田家语》诗序:"因录田家之言次为文,以俟采诗者云。"⑭三年:即宋高宗绍兴三年。⑮凝疏:疏为古代帝王冕上前后悬

垂的玉穗。凝，静止不动。形容帝王态度肃穆专注。⑯南云：南天之云。古代帝王南向而坐，故有此说。⑰垂衣：称颂帝王实行无为而治，天下太平。《周易·系辞下》："黄帝、尧、舜垂衣裳而天下治，盖取诸乾坤。"⑱北狩：本义指狩猎北方，后为皇帝被掳到北方去的婉词。宋代王明清《挥麈录》卷四："逮二圣（宋徽宗、钦宗）北狩，彭以无名位，独得留内庭。"⑲群后：泛指公卿。张衡《东京赋》："于是孟春元日，群后旁庆。"《昭明文选》李善注："群后，公卿之徒也。"⑳半千：贤才兴盛之时。《孟子·公孙丑下》记载："五百年必有王者兴，其间必有名世者。"㉑阳九：古代指多灾多难的岁月。㉒勒：刻石为碑。㉓燕然铭：燕然，山名，在今蒙古国境内。《后汉书·窦宪传》载，东汉永元元年（89），车骑将军窦宪领兵出塞，大破北匈奴，登燕然山刻石勒功，记汉威德。宋代范仲淹《渔家傲》词："浊酒一杯家万里，燕然未勒归无计。"㉔金城柳：指世事兴衰。《晋书·桓温传》："温自江陵北伐，行经金城，见少为琅邪时所种柳皆已十围，慨然曰：'木犹如此，人何以堪！'攀枝执条，泫然流涕。"㉕纯孝：至孝。《左传》隐公元年："颍考叔，纯孝也。爱其母，施及庄公。"㉖霜露悲：指因怀念父母或祖先而产生的悲伤。《礼记·祭义》："霜露既降，君子履之，必有凄怆之心，非其寒之谓也。"㉗羹舍肉：《左传》隐公元年："颍考叔为颍谷封人，闻之，有献于公。公赐之食，食舍肉。公问之，对曰：'小人有母。皆尝小人之食矣，未尝君之羹。请以遗之。'公曰：'尔有母遗，繄我独无。'颍考叔曰：'敢问何谓也？'公语之故，且告之悔。对曰：'君无患焉。若阙地及泉，隧而相见，其谁曰不然？'公从之。……遂为母子如初。"㉘车载脂：古人谓用油脂涂抹于车轴上，车子可以走得快一些。《诗经·卫风·泉水》："载脂载辖，还车言迈。"㉙币：此指上贡给金朝的财物。㉚四岳：四方诸侯之长。相传尧臣羲和的四个儿子，分管四方诸侯，所以叫四岳。㉛佥：全，都。㉜俞：叹词，表示帝王允许臣下的请求。㉝中朝第一人：指唐代人李揆。《新唐书·李揆传》："揆至蕃，酋长曰：'闻唐有第一人李揆，公是否？'揆畏留，因绐之曰：'彼李揆，安肯来邪？'"㉞春官：《周礼》六官之一，掌礼法和祭祀。㉟昌黎：即唐代韩愈，常据先世郡望自称昌黎（今河北省昌黎县）。㊱百夫特：杰出的人物。语出自《诗经·秦风·黄鸟》："维此奄息，百夫之特。"郑笺："百夫之中最雄俊也。"

诗选　163

㊲嘉祐：宋仁宗赵祯的年号。㊳建中：即建中靖国，宋徽宗赵佶的年号。㊴皋夔：皋陶和夔的并称。传说皋陶是舜帝时的刑官，夔是舜帝时的乐官。后世常借以指贤臣。㊵王商：汉成帝之母王太后之弟，曾为相。匈奴单于来朝，仰视其威武之貌，大畏之。事见《汉书》本传。㊶子仪：唐代名将郭子仪。回纥、吐蕃入侵，子仪出阵，回纥惊言："今公存，天可汗存乎?"事见《新唐书》本传。㊷夷狄：泛称边远地区的少数民族。㊸稽首：古时的一种跪拜礼，叩头至地，是九拜中最为恭敬的礼节。㊹白玉墀：宫殿前的玉石台阶，代指宫殿。㊺宗庙威：宗庙，指天子或诸侯祭祀祖先的专用殿堂，为国家社稷的象征。威，神威。㊻紫泥诏：指皇帝的诏书，用紫泥缄封。㊼黄龙城：金地名，在今吉林省农安市，泛指金国大本营。㊽稽颡：古代跪拜礼，以额触地，表示极度的虔诚。㊾恃信：依仗信誉。㊿狂生：狂放不羁的人。(51)请缨：自愿请求杀敌报国。《汉书·终军传》："军自请，愿受长缨，必羁南越王而致之阙下。"(52)犬马血：指用犬马之血盟誓。《史记·平原君列传》："毛遂谓楚王之左右曰：'取鸡狗之血来。'"(53)天日盟：对天盟誓。(54)谋同德协：同心同德。(55)心志安：意志坚定。(56)脱衣已被汉恩暖：典故出自《史记·淮阴侯列传》，韩信对项王说，他之所以背楚而归汉王（刘邦），是因为项王轻视他，言不听话不从。而汉王待他则"解衣衣我，推食食我，言听计用，故吾得以至于此"。(57)离歌：离别、送行时唱的歌。(58)易水寒：易水，水名。在河北省西部。荆轲准备刺秦王，燕太子丹在易水饯别，荆轲悲歌："风萧萧兮易水寒，壮士一去兮不复还。"事见《战国策·燕策三》。(59)皇天久阴后土湿：描写使者将行时送行人众的情绪。宋玉《九辩》："皇天淫溢而秋霖兮，后土何时而得干。"(60)车声辚辚马萧萧：移用杜甫《兵车行》："车辚辚马萧萧。"形容车声和马鸣声。(61)闾阎：里巷内外的门，后多借指里巷，泛指民间。(62)嫠（lí）妇：寡妇。《左传》昭公十九年："初，莒有妇人，莒子杀其夫，已为嫠妇。"(63)沥血投书：指用血写成书信投递。极言发自内心。(64)干记室：干，进谒。记室，大致相当于现代的秘书。此为李清照谦语，谓将其书投给韩肖胄的随行秘书。(65)夷虏：指金王朝。(66)性虎狼：本性如虎狼般残暴。(67)不虞预备：防备意外。不虞，出乎意料之事。(68)庸何伤：有什么害处呢。庸，表反问语气。(69)衷甲：衷，意同"中"。把铠甲穿在衣服里面，使敌人不备。《左传》襄公二十七年：

"辛巳，将盟于宋西门之外，楚人衷甲。"杜预注："甲在衣中。"⑩乘城：登上城楼。⑪平凉：地名，在今甘肃省境内。马燧，唐代名将。唐贞元三年(787)五月，因轻信吐蕃求和之请，与其相盟于平凉，吐蕃埋伏重兵袭击，招致平凉败盟之耻。⑫葵丘：春秋时宋国地名，在今河南省境内。《左传》僖公九年："夏，公会宰周公、齐侯、宋子、卫侯、郑伯、许男、曹伯于葵丘。""九月戊辰，诸侯盟于葵丘。"史称葵丘之盟，齐桓公于此始霸诸侯。⑬践土：地名，在今河南省境内。晋文公曾和齐、宋、郑、卫等国会盟于此。⑭谈士：游说之士、善辩之士。晋代陶潜《拟古》诗之六："稷下多谈士，指彼决吾疑。"⑮儒生：原指遵从儒家学说的人，后来泛指读书人。《史记·郦生陆贾列传》："沛公不好儒……未可以儒生说也。"⑯露布：军旅文书。此指告捷文书。《周书·吕思礼传》："沙苑之捷，命为露布，食顷便成。"⑰马犹倚：语出自《世说新语·文学门》："桓宣武北征，袁虎时从，被责免官。会须露布文，唤袁倚马前令作。手不辍笔，俄得七纸，殊可观。东亭在侧，极叹其才。袁虎云：'当今齿舌间得利。'"⑱靖函关出鸡未鸣：《史记·孟尝君列传》载，孟尝君离开秦国后，纵马疾驰而去，夜半来到函谷关前。秦昭王后悔释放孟尝君，但他已离去，于是使人快马传信追赶。关法规定鸡鸣才能让人出，孟尝君恐追兵来到，幸而门客中有人学鸡鸣，于是所有的鸡一时齐鸣，守关者以为天亮了，遂开关让他们逃出。不过一顿饭的工夫，秦兵果然追至关前，知道孟尝君已出关，乃还。⑲樗栎：不成材的树木。比喻人的才能低下。语出自《庄子·逍遥游》："吾有大树，人谓之樗，其大本拥肿而不中绳墨，其小枝卷曲而不中规矩，立之涂，匠不顾。"《人间世》："匠石之齐，至于曲辕，见栎社树……匠石曰：'散木也，以为舟则沉，以为棺椁则速腐，以为器则速毁，以为门户则液樠，以为柱则蠹。是不材之木也，无所用。'"⑳刍荛之言：割草打柴人所说的话。指普通百姓的浅陋言辞，也用作说话者自谦。刍荛，割草打柴之人。语出自《诗经·大雅·板》："先民有言，询于刍荛。"㉑隋珠：即隋侯之珠，用来比喻珍贵的物品。隋为古国名。典出自《庄子·让王》："今且有人于此，以隋侯之珠，弹千仞之雀，世必笑之。是何也？则其所用者重，而所要者轻也。"《淮南子·览冥训》："譬如隋侯之珠、和氏之璧，得之者富，失之者贫。"㉒和璧：即和氏璧。典出自《韩非子·和氏》。春秋时楚国人卞和,在山中得一块璞石,把它献给楚厉王和武王。二王不识其玉,反而相继断其左足和右足。到文王时,卞和抱玉哭于荆山之下,文王使人剖开璞石,果真得到宝玉,名之为"和氏璧"。⑧乡关:故乡。唐代崔颢《黄鹤楼》诗:"日暮乡关何处是,烟波江上使人愁。"⑭灵光:汉代鲁恭王的宫殿名,故址在今山东省曲阜市东。汉王延寿《鲁灵光殿赋》序:"鲁灵光殿者,盖景帝程姬之子恭王馀之所立也……遭汉中微,盗贼奔突,自西京未央、建章之殿,皆见隳坏,而灵光岿然独存。"后世因而用来比喻硕果仅存的人或事物。⑧萧萧:光景萧条。⑧翁仲:传说秦代阮翁仲身长一丈三尺,秦始皇命他守边,匈奴人非常惧怕他。他死后,秦始皇下令仿照其形状铸成铜人,置于咸阳宫司马门外。后人用来泛指铜像或石像,也专指墓前的石人。⑧遗氓:遗民。氓,民。⑧嫠家:寡妇,李清照自称。⑧齐鲁:指春秋战国时齐、鲁两国,故地在今山东省一带。⑨比数:可以并列、相提并论。《汉书·司马迁传》:"刑馀之人,无所比数,非一世也,所从来远矣。"⑨稷下:地名,战国时齐国都城临淄稷门附近地区,今山东淄博市临淄区。齐威王、宣王曾在此建学宫,广揽游说之士讲学纵论,稷下遂成为当时的学术中心。汉代应劭《风俗通·穷通·孙况》:"齐威、宣王之时,聚天下贤士于稷下,尊宠之。"⑨挥汗成雨:形容当时齐国首都临淄人众拥挤,以至于用手抹汗,洒下去就跟下雨一般。语出自《战国策·齐策一》:"连衽成帷,举袂成幕,挥汗成雨。"⑨流人:因失去家国而流亡的人。⑨东山:春秋战国时鲁国山名。《孟子·尽心上》:"孔子登东山而小鲁,登泰山而小天下。"后人故以东山代指鲁地。⑨一抔土:一捧之土,后亦指坟墓。《史记·张释之冯唐列传》:"假令愚民取长陵一抔土,陛下何以加其法乎?"长陵为汉高祖陵。唐代骆宾王《讨武曌檄》:"一抔之土未干,三尺之孤安在?"⑨皇华:对奉命出使或出使者的赞颂。典出于《诗经·小雅·皇华》诗序:"皇皇者华,君遣使臣也。送之以礼乐,言远而有光华也。"⑨二京:指出使金国要途经南京(今河南商丘)、东京(今河南开封)。⑨壶浆:将茶水、酒浆以壶盛之,以慰劳义师。《孟子·梁惠王下》:"以万乘之国,伐万乘之国,箪食壶浆,以迎王师。"《公羊传·昭公二十五年》:"国子执壶浆。"⑨连昌宫:唐代宫殿名。唐高宗显庆三年(658)建,故址在今河南省宜阳县。唐代元稹《连昌宫词》:"连昌宫中满宫竹,岁久无人森似束。又有墙头千叶桃,风动落花红簌簌。"⑩华萼楼:唐玄宗时建。唐代元稹《连昌宫词》:"往来年少说长安,玄武楼成华萼废。"⑩赤子:婴儿,这里指人民。《汉书·循吏传·龚遂》:"其民困于饥寒而吏不恤,故使陛下赤子,盗弄陛下之兵于潢池中耳。"⑩苍生:指百姓。史岑《出师颂》:"苍生更始,朔风变律。"《昭明文选》刘良注:"苍生,百姓也。"⑩屡盟:一再订立盟约。语出自《诗经·小雅·巧言》:"君子屡盟,乱是用长。"郑玄笺:"屡,数也。盟之所以数者,由世衰乱,多相背违。"

[评析]

宋高宗绍兴三年,贫病交加的李清照进入了知天命之年。南渡数载,年已半百,山河依旧破碎,心,仍未冷却。就在这一年,赵构派遣枢密院事韩肖胄和工部尚书胡松年出使金国,一并慰问被囚的徽、钦二帝。李清照闻此消息,按捺不住胸中涌动的热情,提笔写下了一古一律,表达自己复杂的心境。古风荡气回肠,律诗精警沉稳,形成了南宋文学史上一曲爱国精神的壮歌,与陆游、辛弃疾的爱国诗词交相辉映。

"南渡衣冠少王导,北来消息欠刘琨。""南来尚怯吴江冷,北狩应悲易水寒。"李清照这两联诗虽为断句,她对南渡王朝无所作为的谴责和愤激情绪,却氤氲纸上。因此,当时就有人认为这是诗人"作诗以诋士大夫",而"后世皆当为口实矣"(宋代庄季裕《鸡肋篇》卷中)。可以想见,她的这两首诗虽然因时事而引发,但诗中激荡的感情,一定不是偶然的,诗人精到的政治见解,也一定经过了长期的深思熟虑。

是的,诚如诗人所说,她只不过是一个"家世沦替"的"闾阎嫠妇",原没有资格对朝廷使臣谈论国家大事。然而在朝廷使者即将出行之际"沥血投书",并铿锵宣誓"欲将血泪寄山河,去洒东山一抔土"——这样的女性,岂不羞杀那些所谓的士大夫!

古风不受字数、平仄的限制,韵脚也可以自由转换,故更为适宜抒发起伏跌宕的感情，表达复杂的思想和见解。在这首古风中，易安分几个层次，以感情的流向为意脉，以理性的分析现义理，表达了她对国家前途和命运的担忧，对当时形势的看法，并提出了应对的策略。

如此深厚的感情，如此博大的内容，应当从哪里写起呢？

诗人直接从朝廷派遣使者出使金国、探望二帝这件震动朝野的大事入笔，先叙出使缘由。颇有意味的是，她纵笔描写了当下国势的艰危，然后在这个背景上以婉讽的方式，表达对朝廷此举的真实看法：朝中贤士岂无"半千"，但国运如此，"纯孝"又有什么意义呢？杀敌建功，收复失地，这才是遗民最深切的企盼啊！"土地非所惜，玉帛如尘泥。"一味割地、献纳以求和，难道是堂堂大宋应当有的作为吗？

"谁当可将命，币厚辞益卑。"这是一个过渡，诗人由使命一事，转而着笔于使者的声威，并表达自己的期望。唯有足当使命者，才能改变以往厚币卑辞的状态，从而振颓波，挽国运。这样就把笔触自然地转向了对使臣的描写。不惜笔墨地夸赞其人，正是诗人对这次行动寄予希望的表现。须知，一个"间阎嫠妇"，只能用这样的方式来委婉地表达自己的心思。所以，在她的笔下，历史上面对外敌时，以其英武之气慑服对方的典故被一个个地拈来，这与其说是对使臣的勉励，不如说是诗人、也是南渡人民对他们此行的殷切期望。"离歌不道易水寒"，"壮士懦夫俱感泣"——壮行，可以感极而泣，却不必唱悲歌！在女诗人的心中，使臣此行不是"壮士一去兮不复还"，而是要像韩信报答汉王，荆轲奋勇赴死那样，不辱国家使命。

想象使臣即将出发的场面，诗人顾不上自己此时"间阎嫠妇"的低下身份而"沥血投书"，把自己思之已久的"刍荛之言"进献使臣。这番话分两层来说。第一层意思，表现了诗人对宋、金两国时势的深刻了解："夷虏从来性虎狼，不虞预备庸何伤。"易安奉劝使臣不要再相信金国的诚意，而要记取历史的教训。第二层意思，是请使者北去，一定要带回中原故土的新信息，以安慰"流人"的思乡之苦，所谓"不乞隋珠与和璧，只乞乡关新信息"。这岂止是个人的乡思？故都宫殿，旧日城郭，遗民生涯……南渡以来，金人铁蹄之下的哪一件事，不牵动着诗人的心神？而在南方，"北人"这漂流的岁月，又何时可以结束？

"欲将血泪寄山河，去洒东山一抔土。"结句表达了何等强烈的爱国心声啊，这岂止是诗人一个人的心声？！"人生自古谁无死，留取丹心照汗青。"宋末爱国诗人文天祥在《过零丁洋》中表达的心声，超越时空，和易安的心愿，合成了对挚爱祖国忠诚不变的交响曲。如果李清照身为男子，有出使的机会，或处于文天祥这样的境地，她会怎么做？这首古风铿锵有力，掷地有声的结句，为我们作出了明确的回答。一个年已半百的女性，在国难当头的时刻发出这样的呐喊，我们今天读来也要向她致敬！

比起《浯溪中兴颂诗和张文潜》，这首古风的用典更为繁多，简直到了纷至沓来，让人应接不暇的地步。这并不是李清照在卖弄学问，我想她之所以这样写，有两个缘故：一是以她当时的身份和处境，只能用这样一种比较委婉的表达方式；二是这些典故在古代士大夫看来都是熟典，并不会觉得难以理解。今天有论者认为用典过多是这首诗的毛病，只能说这不是易安的不是，而是我们的古代文化知识积累不够，对她作这首诗时的状况也比较隔膜。

七律是同一个主题的另一种表现形式，可能是李清照先写完一首，觉得意犹未尽，再写作另一首，不赘。

题八咏楼

千古风流八咏楼①，江山留与后人愁。水通南国②三千里，气压江城十四州③。

[注释]

①八咏楼：在宋代婺州（今浙江金华南隅），婺江北岸。南朝齐代太守沈约于隆昌元年（494）建。原名"元畅楼"，因沈约曾于此作《八咏》诗而改名"八咏楼"。唐代李白、崔颢，宋代李清照，清代吴伟业等均有题咏，为婺州登临胜地，与双溪楼、极目亭齐名。②南国：这里泛指整个江南。③十四州：《宋史·地理志》载，宋代两浙路计辖平江、镇江二府，杭、越、湖、婺、明、常、温、台、处、衢、严、秀等十二州，统称十四州。

[评析]

此诗当作于绍兴五年（1135），这一年李清照五十二岁，由临安避难金华，《武陵春》词也作于这一年，二作堪称姊妹篇。《题八咏楼》深悲宋室之萎靡不振，深忧不仅恢复中原无望，而且金兵业已进逼江南。"江山留与后人愁"，这沉重的感喟，发自诗人饱受煎熬的内心。

八咏楼原名元畅楼，为南朝齐代东阳郡太守、著名诗人沈约建造。竣工后他曾多次登楼赋诗，其中有《登元畅楼》诗，后来他在此基础上增写为八首，题为《八咏》，宋太宗至道年间，遂以诗名改元畅楼为八咏楼。南宋淳熙十四年（1187）扩建后，将沈约的《八咏》诗刻于石碑。元代此楼毁于火，碑亦不存。明代曾重建，现存八咏楼为清代嘉庆年间（1796—1820）建。

因为八咏楼赫赫有名的既往，故易安开篇即言"千古风流八咏楼"，总括了这座历史名楼的人文地位。然而诗人无心观赏大好江山，或说是江山越美，越让她感到忧从中来，不可断绝。所以，才到第二句，易安便以极其沉重的笔调，写出了"江山留与后人愁"这一令人惊心动魄的名句。

登临之作，无论心境如何，一般说来都会先描绘一番江山胜景。如杜甫的《登高》以峡江萧瑟的秋景，衬托其老病漂泊的悲伤；辛弃疾的《水龙吟》以凄清的夕照，烘托其壮志难酬的郁冈。然而易安此际顾不到描山绘水，就从心底发出了这一声呐喊，可见其心情之沉痛，实在是难以比拟。何为乎如此？从个人身世来说，此时赵明诚已病逝六年之久，易安孤苦无依，只身漂泊，惶惶不可终日，竟然到了逃难来金华，投靠远亲的地步。个人的命运，其实也就是国家的命运。此刻不仅恢复中原无望，在临安王朝的一味退让下，金兵铁骑所至，恐怕连江南也将难保。家国如此，让诗人有何心情观赏江山之美？"愁"，这在李清照各时期作品中曾频频出现的感情，南渡以来内涵越来越沉重了。在作于金华的一诗一词中，竟然是船载不动，心盛不下，只好留给后人去"愁"了！这无疑表明，诗人对这大好江山已不抱任何希望。这是多么无奈，又是多么沉痛的感情啊！

"水通南国三千里，气压江城十四州。"诗人在发出内心的沉痛呐喊之后，才来勾勒八咏楼的恢弘气势，其气势越宏大，则诗人的内心越痛苦。如果要说含不尽之意见于言外，那么这样的笔势是无以过之的了。

论什么艺术技巧？分什么脂粉须眉？在易安这首诗面前，我们只要超越千年万载的时光，去触摸诗人滚烫的心和掩抑的泪则足矣！

附 录

词 论

　　乐府①声诗②并著,最盛于唐。开元③、天宝④间,有李八郎⑤者,能歌擅天下。时新及第进士开宴曲江⑥,榜中一名士先召李,使易服隐姓名⑦,衣冠故敝⑧,精神惨沮⑨,与同之宴所。曰:"表弟愿与坐末⑩。"众皆不顾。既酒行乐作,歌者进,时曹元谦⑪、念奴⑫为冠,歌罢,众皆咨嗟⑬称赏。名士忽指李曰:"请表弟歌。"众皆哂⑭,或有怒者。及转喉发声歌一曲,众皆泣下。罗拜⑮曰:"此李八郎也。"自后郑、卫之声⑯日炽⑰,流靡之变日烦。已有《菩萨蛮》、《春光好》、《莎鸡子》、《更漏子》、《浣溪沙》、《梦江南》、《渔父》⑱等词,不可遍举。五代⑲干戈,四海⑳瓜分豆剖㉑,斯文道息㉒。独江南李氏君臣㉓尚文雅,故有"小楼吹彻玉笙寒"㉔、"吹皱一池春水"㉕之词。语虽甚奇,所谓"亡国之音哀以思"㉖也。逮至㉗本朝,礼乐文武大备。又涵养㉘百馀年,始有柳屯田永㉙者,变旧声作新声,出《乐章集》㉚,大得声称于世[31],虽协音律而词语尘下[32]。又有张子野[33]、宋子京兄弟[34]、沈唐[35]、元绛[36]、晁次膺[37]辈继出,虽时时有妙语,而破碎何足名家。至晏元献[38]、欧阳永叔[39]、苏子瞻[40],学际天人[41],作为小歌词[42],直如酌蠡水于大海[43],然皆句读[44]不葺[45]之诗尔,又往往不协音律者。何耶?盖诗文分平侧[46],而歌词分五音[47],又分五声[48],又分六律[49],又分清浊轻重[50]。且如近世所谓《声声慢》、《雨中花》、《喜迁莺》[51],既押平声韵,又押入声韵;《玉楼春》本押平声韵,又押上去声,又押入声。本押仄声韵,如押上声则协,如押入声,则不可歌矣。王介甫[52]、曾子固[53]文章似西汉[54],若作一小歌词,则人必绝倒[55],不可读也。乃知别是一家[56],知之者少。后晏叔原[57]、贺方回[58]、秦少游[59]、黄鲁直[60]出,始能知之。又晏苦无铺叙[61],贺苦少典重[62]。秦即专主情致[63]而少故实[64],譬如贫家美女,虽极妍丽丰逸[65]而终乏富贵态。黄即尚故实而多疵病[66],譬如良玉有瑕[67],价自减半矣。

[注释]

①乐府:古代主管音乐的官署,设于秦代,汉代成帝时始采集民歌作为歌词,以考察政治得失,亦供乐府声歌之用。后世把这些采集来的民歌和文人模拟的作品称为"乐府"。②声诗:原指乐歌,此指唐人用作歌词的五七言诗,广为流传的旗亭画壁故事可证。③开元:唐玄宗李隆基的年号(713—741)。④天宝:唐玄宗年号(742—756)。⑤李八郎:即李衮,唐李肇《国史补》卷下载:"李衮善歌,初于江外而名动京师。崔昭入朝,密载而至。乃邀宾客,请第一部乐及京邑之名倡以为盛会。绐言表弟,请登末座。令衮敝衣以出,合坐嗤笑。顷命酒,昭曰:'欲请表弟歌。'坐中又笑。及转喉一发,乐人皆大惊,曰:'此必李八郎也。'遂罗拜阶下。"⑥曲江:地名,在长安(今陕西西安)东南,是唐代京师游览胜地。唐时新及第的进士,宴乐聚会于此。⑦易服隐姓名:更换衣服并隐瞒真实姓名。⑧故敝:又旧又破。⑨惨沮:神态悲伤颓丧。⑩坐末:末座。古代座次的最下一位。⑪曹元谦:唐代歌者,生平不详。⑫念奴:唐玄宗天宝年间长安著名歌妓,后用以泛指歌女。唐代元稹

《连昌宫词》："力士传呼觅念奴，念奴潜伴诸郎宿。"自注："念奴，天宝中名倡，善歌。每岁楼下酺宴，累日之后，万众喧隘。严安之、韦黄裳辈辟易不能禁，众乐为之罢奏。明皇遣高力士大呼于楼上曰：'欲遣念奴唱歌，邠二十五郎吹小管篥，看人能听否？'未尝不悄然奉诏。其为当时所重也如此！然而明皇不欲夺侠游之盛，未尝置在宫禁。"⑬咨嗟：赞叹不已。⑭哂（shěn）：讥笑。⑮罗拜：环绕其人下拜。⑯郑、卫之声：郑、卫，春秋时的郑国和卫国。孔子批评说："郑声淫。"（《论语》）故二国的民歌被视为靡靡之音的代表。⑰日炽：日益兴盛。与下文"日烦"互文。⑱《菩萨蛮》、《春光好》、《莎鸡子》、《更漏子》、《浣溪沙》、《梦江南》、《渔父》：均为词牌名。⑲五代：继唐王朝之后，后梁、后唐、后晋、后汉、后周相继统治中原，合称五代。⑳四海：指整个中国。㉑瓜分豆剖：犹如瓜豆一样被人切割分离，比喻国家四分五裂。南朝宋鲍照《芜城赋》："出入三代，五百余载，竟瓜剖而豆分。"㉒斯文道息：文学之事衰落不盛。㉓李氏君臣：指南唐中主李璟和后主李煜及大臣冯延巳等人。㉔小楼吹彻玉笙寒：李璟词《浣溪沙》中的句子。㉕吹皱一池春水：冯延巳词《谒金门》中的句子。《南唐书》冯延巳传载："元宗（中主）乐府辞云：'小楼吹彻玉笙寒'，冯延巳有'风乍起，吹皱一池春水'之句，皆为警策。元宗尝戏延巳曰：'吹皱一池春水，干卿何事？'延巳曰：'未如陛下小楼吹彻玉笙寒。'元宗悦。"㉖亡国之音哀以思：语出自《礼记·乐记》。㉗逮至：及至。㉘涵养：滋润养育。㉙柳屯田永：北宋著名词人柳永，因曾任屯田员外郎，所以人称柳屯田。代表作为《雨霖铃》、《八声甘州》。原名三变，后改名永，字耆卿。因排行第七，又称柳七。宋仁宗朝进士，是北宋第一个专力作词的词人，在词史上产生了较大的影响。㉚《乐章集》：柳永的词集。㉛大得声称于世：柳永词作当时流传极广，有道"凡有井水饮处，即能歌柳词"（叶梦得《避暑录话》）。㉜尘下：庸俗低下。㉝张子野：北宋词人张先，有《张子野词》。因其词中有"云破月来花弄影"（《天仙子》），"帘幕卷花影"（《归朝欢》），"堕飞絮无影"（《剪牡丹》），而被时人称为"张三影"。㉞宋子京兄弟：即北宋文学家宋祁及其兄宋庠，二人同为天圣间进士，时称"二宋"。宋祁《玉楼春》词中的名句"红杏枝头春意闹"，被王国维在《人间词话》中与张先的"云破月来花弄影"并举，作为有意境的典型例证。

㉟沈唐：北宋词人。㊱元绛：北宋词人，天圣进士。㊲晁次膺：名端礼，北宋词人，熙宁进士。有《闲斋琴趣外篇》。㊳晏元献：即晏殊，字同叔，北宋前期著名词人，有《珠玉词》。㊴欧阳永叔：即欧阳修，北宋著名文学家、史学家，自号醉翁，又号六一居士，谥文忠。古文为"唐宋八大家"之一。著有《欧阳文忠公集》，词有《六一词》。㊵苏子瞻：苏轼字子瞻，号东坡居士，世称苏东坡。北宋著名文学家、书画家，古文为"唐宋八大家"之一，又与欧阳修并称"欧苏"，诗与黄庭坚并称"苏黄"，词与辛弃疾并称"苏辛"。㊶学际天人：学识渊博，通晓自然和人文。天人，天指自然，人指社会。语出自汉代司马迁《报任少卿书》："亦欲以究天人之际，通古今之变，成一家之言。"㊷小歌词：即词中的小令，与慢词相对而言。清代毛先舒《填词名解》："五十八字以内为小令，五十九字至九十字为中调，九十一字以外为长调。"㊸如酌蠡（lí）水于大海：从大海中取一瓢水，比喻做某事不费力。蠡，瓠瓢，用葫芦做的瓢。《汉书·东方朔传》："以蠡测海。"㊹句读（dòu）：中国古代的文章不用标点符号，称文句中语气已完的停顿叫"句"，未完的叫"读"，一般用圈（句号）和点（逗号）来标记。唐代韩愈《师说》："习其句读。"㊺不葺（qì）：这里指句子长短不齐，不合乎音律。㊻平侧：即平仄（zè）。平声和仄声（上、去、入），泛指诗文的韵律。㊼五音：中国古代五声音阶上的五个级，称宫、商、角、徵（zhǐ）、羽，唐代以来叫合、四、乙、尺、工。相当于现代简谱上的1、2、3、5、6。㊽五声：本古代音乐中的宫、商、角、徵、羽五个音阶，《吕氏春秋·慎行论》："和五声。"王学初认为，"此处之五声……应作阴平、阳平、上、去、入五声解"。见《李清照集校注》本文注释。㊾六律：中国古代乐音有十二律之称，相当于现代的音阶。即把乐音按高低分为十二调，又以阴阳各分为六律。奇数（阳）称六律，偶数（阴）称六吕，合称律吕。六律，通常就阴阳各六的十二律而言。㊿清浊轻重：清浊，语音的清声与浊声。轻重，不同发音部位所发音量之大小。北齐颜之推《颜氏家训·音辞》："古语与今殊别，其间轻重清浊，犹未可晓。"㉛《声声慢》、《雨中花》、《喜迁莺》：均为词牌名。㉜王介甫：王安石字介甫，号半山，封荆国公。北宋杰出的政治家和文学家，"唐宋八大家"之一。有《临川集》。㉝曾子固：曾巩字子固，北宋文学家，"唐宋八大家"之一。㉞文章似西汉：

中唐以后文学复古运动往往标举西汉文章，故如此说。㊕绝倒：即笑倒，形容不能自持，前仰后合地笑。㊖别是一家：词是一种特殊的体裁，不同于诗文等。㊗晏叔原：晏几道字叔原，号小山，晏殊之子，北宋词人。人称晏殊为大晏，称晏几道为小晏。有《小山词》。㊘贺方回：贺铸字方回，号庆湖遗老，北宋词人。㊙秦少游：秦观字少游，一字太虚，号淮海居士，"苏门四学士"之一，北宋词人。㉖黄鲁直：黄庭坚字鲁直，号山谷道人，晚号涪翁，北宋文学家，又称黄豫章。"苏门四学士"之一。诗与苏轼并称"苏黄"，有《豫章黄先生文集》。词与秦观齐名，有《山谷琴趣外篇》，今人龙榆生整理有《豫章黄先生词》。㉑铺叙：慢词的传统表现手法之一，即铺写景物，叙述情事，一层层写来，严谨有致。㉒典重：典雅庄重。㉓情致：有意趣，有风致。㉔故实：典故和史实。㉕妍丽丰逸：美丽而风神飘逸。㉖疵病：缺点、毛病。《尚书·大诰》："天降威，知我国有疵。"孔传："谓三叔流言，故禄父知我周国有疵病。"㉗瑕：美玉上面的斑点，比喻人有缺点或过失，所谓瑕疵。

[评析]

把文学创作实践上升为理论总结，如果要说得比较到位，应当是文学家自己吧？李清照的这篇词学专论正是如此。因而，虽然文章问世后仁者见仁，智者见智，甚至不乏攻其一点，不及其余者，但并不影响它在词史上应有的地位。

作为谙熟词体特点的词作家，李清照从尊体的角度出发，在文章中以"别是一家"为核心，阐述了词之为词的体性和特点。

"乐府声诗并著，最盛于唐。"追本溯源，词是倚声之作，李清照拈来盛唐曲江宴上，李八郎一曲歌罢，众皆泣下的故事并非偶然。词起源于唐，而"声诗"，也即五七言绝句，在当时是广为传唱的歌词，有旗亭画壁的故事为证。"声诗"其实也是词的来源之一，白居易的《花非花》，就是在七绝的头两句减去一字，形成了长短句。李清照论词从音乐开篇，突出了词有别于诗的体性特点。

不仅仅是词的音乐性，我们看到，李清照在论各代词作的时候，还看到了时世与词风的关系。她指出，开元、天宝以来小令的流靡，五代纷乱中南唐君臣的亡国之音，宋代礼乐文武大备带来的柳永"变旧声作新声"，皆如此。

当然，在李清照眼里，词最重要的还是"协音律"。所以，宋词之变，她首标柳永的《乐章集》，并指出柳永"大得声称于世"。同时，她又批评北宋初期名家晏殊、欧阳修，甚至北宋大家苏轼的词"皆句读不葺之诗尔"。接着指摘"不协音律"者的毛病在"不可歌"。这个问题涉及面甚广，然而就尊体来说，李清照注重了词的正统，却忽略了词的变革。也即是说，词与音乐的关系，或说是词与歌的关系，其实在发展中已逐渐疏离，但囿于成见，李清照似乎并不曾在意。

事实上，唐五代词人填词一般是"协音律"的：既要合乎音乐的规定，又要合乎格律的规定，即平仄、韵位等。并且，格律的规定和音乐的规定是两位一体的。也即是说，词通过合乎格律来达到合乎音乐的要求。然而词律又有其相对的独立性，词人可以不拘于音乐，只要按格律填词即可。这就使得词走上了脱离音乐之路，而逐渐演变为书面文学。这种现象并非个别，所以南宋沈义父的《乐府指迷》说："前辈好词甚多，往往不协律腔，所以无人唱。""律"即格律，"腔"即音腔。可见，二者的界限还是很清楚的。既"无人唱"，词也就成为纯粹的案头文学——广义的诗了。既然是诗，又何必苦苦拘泥于音乐性呢？何况，李清照自己的词，即令合乎格律，也未见得合乎音乐，也即"可歌"的要求。至少，我们直到现在，还没有发现记载其词"可歌"的记录。倒是被她指摘所作为"句读不葺之诗"的那些词人，却往往有"可歌"之作，尤其是苏轼。

说到尊体及词与歌的关系，李清照还提到一个概念："小歌词"。她提到五代以来的词人，似乎只把"小歌词"，即小令看做"可歌"者。小令是与慢词相对而言的，清代毛先舒《填词名解》

对小令、中调、长调（慢词）的区别是："五十八字以内为小令，五十九字至九十字为中调，九十一字以外为长调。"实际上，不仅柳永的《乐章集》里有不少"可歌"的慢词，而且此前张先已自创了许多慢词，可说为柳永的变革作了准备。而李清照所批评的晏殊和欧阳修生当北宋初期，他们的词作固然多为小令，但北宋中叶的苏轼之慢词，自有成功之作。可见，在慢词渐盛的时代，李清照以小令来绳词之音乐，特别是苏轼这样的"学际天人"者，也是不合时宜的。

词"别是一家"，在李清照看来，除了最重要的"协音律"之外，还有其他特点：高雅、浑成、讲铺叙、求典重、有故实。柳永难得地吻合了"协音律"的要求，却又有"词语尘下"之弊；张先等"虽时时有妙语，而破碎何足名家"。所以李清照感叹道："别是一家，知之者少。"直到晏小山等出，"始能知之"。然而，晏小山"苦无铺叙"——其实李清照在这里可能又忽略了一个事实：铺叙是慢词特有的表现手法，因其长而有足够的篇幅，但晏小山也还处于小令时代，这样批评他似乎也是不太贴切的。因为北宋词坛经张先、柳永、苏轼的变革，以及李清照不知何故只字不提的周邦彦对格律的规范化，已形成词坛风格多种多样，审美意味各别的景象，远非几个概念所能囊括，亦非保守的音律论所能约束。不过以上种种观点，表现了李清照对词的审美追求，可视为一家之言。

我们还要指出，正因为李清照过于拘泥词"别是一家"，所以她在自己的文学创作实践中始终恪守二者的界限：词以婉约清雅为宗，表现个人的情感天地；诗则风格疏放激越，呈现对国家命运的关怀。这就令人不无遗憾地看到，作为中国文学史上第一流的词人，她的词作只是间接地表现了时代风云的变幻。或许我们还是不应苛责易安，毕竟每一个人都可能有自己难以逾越的局限性。

虽然这篇《词论》有种种局限，但仍不失为一篇有价值的文献。更为重要的是，它引发了此后历代学者对词及词学、词的发展史上许多问题的探讨，在推进词的创作及研究上，发挥了一定的作用。

金石录①后序②

右③《金石录》三十卷者何？赵侯德甫④所著书也。取上自三代⑤，下迄五季⑥，钟、鼎、甗、鬲、盘、彝、尊、敦之款识⑦，丰碑、大碣、显人、晦士⑧之事迹，凡见于金石刻者二千卷，皆是正讹谬⑨，去取褒贬。上足以合圣人之道，下足以订史氏⑩之失者，皆载之。可谓多矣。

[注释]

①金石录：宋代金石学名著，李清照之夫赵明诚著。金，古代指青铜铸成的钟鼎之类器皿，上面多刻有铭文。石，古代刻在石头或石碑上的文字。②后序：即跋。《金石录》前面有赵明诚的自序，李清照所写序文在卷末。③右：即现代"以上"的意思。古代书版文字从右至左直行排印，后序在卷末，故称原文为"右"。④赵侯德甫：赵明诚字德甫，宋密州诸城（今山东省诸城市）人，其父赵挺之官至尚书右仆射，赵明诚为其季子。侯，古代公、侯、伯、子、男五等封爵之一，后用来称呼州郡长官。赵明诚曾为莱州、淄州、建康、湖州太守，故李清照称其为侯。⑤三代：夏、商、周。⑥五季：后梁、后唐、后晋、后汉、后周。⑦钟、鼎、甗（yǎn）、鬲（lì）、盘、彝、尊、敦（duì）之款识（zhì）：钟，古代青铜铸成的乐器；鼎和甗，均为青铜制成，是用于蒸煮的炊具；鬲，铜制炊具，形状似鼎而足中空；彝和尊都是青铜制酒器；敦，古代盛黍稷的铜器。款识，古代钟鼎彝器上铸刻的文字。《汉书·郊祀志》颜师古注："款，刻也。识，记也。"⑧丰碑、大碣：高大厚实，刻有赞颂文字的石碑。碣，特指圆形的碑。显人：名望高而地位显要者。晦士：即隐士，韬晦之士。⑨是正讹谬：是正，订正、校正。《后汉书·安帝纪》："诏

附录 179

谒者刘珍及五经博士，校定东观五经、诸子、传记、百家艺术，整齐脱误，是正文字。"讹谬，错字讹句。⑩史氏：泛指史官。唐代韩愈《答刘秀才论史书》："史氏褒贬大法，《春秋》已备之矣。"

　　呜呼！自王播、元载之祸①，书画与胡椒无异；长舆、元凯之病②，钱癖与传癖何殊？名虽不同，其惑一也。余建中辛巳，始归赵氏③。时先君④作礼部员外郎，丞相⑤时作礼部侍郎，侯年二十一，在太学⑥作学生。赵、李族寒，素贫俭。每朔望谒告⑦，出，质⑧衣，取半千钱，步入相国寺⑨，市⑩碑文、果实。归，相对展玩咀嚼，自谓葛天氏之民也⑪。后二年，出仕宦，便有饭蔬衣练⑫，穷遐方绝域⑬，尽天下古文奇字⑭之志。日就月将⑮，渐益堆积。丞相居政府⑯，亲旧或在馆阁⑰，多有亡诗、逸史、鲁壁、汲冢⑱所未见之书，遂力传写，浸觉有味，不能自已。后或见古今名人书画，三代奇器，亦复脱衣市易。尝记崇宁⑲间，有人持徐熙⑳《牡丹图》，求钱二十万。当时虽贵家子弟，求二十万钱，岂易得耶？留信宿㉑，计无所出而还之，夫妇相向惋怅者数日。后屏居乡里㉒十年，仰取俯拾，衣食有馀。连守两郡㉓，竭其俸入，以事铅椠㉔。每获一书，即同共勘校，整集签题。得书、画、彝、鼎，亦摩玩舒卷，指摘疵病，夜尽一烛为率。故能纸札精致，字画完整，冠诸收书家。余性偶强记，每饭罢，坐归来堂㉕，烹茶，指堆积书史，言某事在某书、某卷、第几叶、第几行，以中否角胜负，为饮茶先后。中即举杯大笑，至茶倾覆怀中，反不得饮而起。甘心老是乡矣，故虽处忧患困穷而志不屈。收书既成，归来堂起书库，大橱簿甲乙㉖，置书册。如要讲读，即请钥上簿，关出卷帙。或少损污，必惩责揩完涂改，不复向时之坦夷也。是欲求适意，而反取懆慄㉗。余性不耐，始谋食去重肉㉘,衣去重采㉙,首无明珠翡翠之饰,室无涂金刺绣之具。遇书史百家,字不刓缺㉚、本不讹谬者,辄市之,储作副本。自来家传《周易》、《左氏传》,故两家者流,文字最备。于是几案罗列,枕席枕藉㉛,意会心谋,目往神授,乐在声色狗马之上。

[注释]

①王播、元载之祸:王播当为"王涯"之误。王涯字广津,唐文宗时丞相,性喜收藏书画。有人破墙入其家,只取金玉珍宝而弃书画于道路。元载字公辅,唐代宗时丞相,性贪婪,事发抄没其家产,仅胡椒就有八百石。二人事见《新唐书》。这句说人若是倒霉,无论收藏什么都不能最终保有。②长舆、元凯之病:和峤字长舆,晋代人,家产甚富而生性吝啬,被杜预称为"钱癖"。杜预字元凯,与和峤同时,著有《春秋经传集解》,自称有"《左传》癖"。二人传见《晋书》。③建中辛巳:宋徽宗建中靖国元年(1101)。这一年李清照十八岁,嫁与赵明诚。归:古代指女子出嫁。④先君:指清照之父李格非。⑤丞相:指赵明诚之父赵挺之。⑥太学:中国古代的最高学府,宋代太学隶属国子监,培养了大批官员和学者。⑦朔望:农历每月初一为朔,十五为望。谒告:告假。⑧质:典当。⑨相国寺:北宋汴京最大的庙宇,原名建国寺,建于北齐天保六年(555)。唐睿宗封相王时重建,改名相国寺。宋再扩建,称为"大相国寺"。《东京梦华录》卷三载:"殿后资圣门前,皆书籍、玩好、图画之类。"⑩市:购买。⑪葛天氏之民:表欢愉之情。葛天氏,传说中的远古帝王。语出自陶渊明的《五柳先生传》:"衔觞赋诗,以乐其志,无怀氏之民欤?葛天氏之民欤?"⑫饭蔬衣练(shū):"饭"和"衣"均为名词做动词用。以蔬菜为饭,指节俭,《论语·述而》:"饭蔬食饮水。"衣练,穿粗布衣服。练,类似苎麻的粗糙织物。⑬穷遐方绝域:访遍极边远的地方。穷,尽;遐,远;绝域,极远之地。⑭古文奇字:即上古文字。《说文序》:"一曰古文,孔子壁中书也;二曰奇字,即古文而异者也。"⑮日就月将:日积月累。《诗经·周颂·敬之》:"日就月将,学有缉熙于光明。"孔颖达疏:"日就,谓学之使每日有成就;月将,谓至于一月则有可行。言当习之以积渐也。"⑯居政府:赵挺之崇宁元年(1102)迁尚书右丞,不久迁右仆射,故说居政府。⑰馆阁:指宋代秘书省。⑱亡诗、逸史、鲁壁、汲冢:亡诗,指今本

《诗经》305篇之外的逸诗。逸史，指正史以外的史书，如民间野史。鲁壁，指孔子旧宅藏有古文经传的墙壁，旧址在今山东省曲阜市。孔安国为孔子第十一世孙，其《古文尚书序》："鲁恭王好治宫室，坏孔子旧宅以广其居，于壁中得先人所藏古文虞、夏、商、周之书，及《传》、《论语》、《孝经》，皆蝌蚪文字。"汲冢，晋太康二年（281），汲郡有人盗发魏襄王墓（或云魏安釐王冢），得到竹书数十车，全为先秦竹简蝌蚪文，原简早已失传。事见《晋书·束皙传》。⑲崇宁：宋徽宗年号（1102—1106）。⑳徐熙：南唐著名的花鸟画家。㉑信宿：接连两夜。㉒屏居乡里：隐居家乡。宋徽宗大观元年（1107）赵挺之罢相，不久病逝。次年，赵明诚偕李清照回青州故居。㉓连守两郡：赵明诚宣和三年（1121）在莱州任上，靖康元年（1126）守淄州。㉔铅椠（qiàn）：古代用以书写的文具。铅为铅条，供书写；椠为版片，可用来书文字。㉕归来堂：在青州故居内，因赵、李屏居乡里，故取陶渊明《归去来兮辞》之义名其堂。㉖簿甲乙：分类编号。㉗憯怛：本义为凄怆悲伤，此指严肃拘谨。㉘食去重肉：不同时吃两种荤菜，言生活节俭。重，重复。㉙衣去重采：不同时穿两件绮罗做的衣裳。㉚刓（wán）缺：磨损残缺。前蜀杜光庭《录异记·许君》："因得古碑，文字刓缺，不可复识。"㉛枕藉：床上重重叠叠地堆在一起。极言其多。

至靖康丙午岁①，侯守淄川②，闻金寇犯京师，四顾茫然，盈箱溢箧，且恋恋，且怅怅，知其必不为己物矣。建炎丁未③春三月，奔太夫人丧南来，既长物不能尽载，乃先去书之重大印本者，又去画之多幅者，又去古器之无款识者。后又去书之监本者，画之平常者，器之重大者。凡屡减去，尚载书十五车。至东海④，连舻⑤渡淮，又渡江，至建康。青州故第，尚锁书册什物，用屋十余间，期明年春再具舟载之。十二月，金人陷青州，凡所谓十余屋者，已皆为煨烬矣。

[注释]

①靖康丙午岁：宋钦宗赵桓靖康元年（1126）。②淄川：今山东省淄博

市。③建炎丁未：宋高宗建炎元年（1127）。此年五月以前为宋钦宗靖康二年。④东海：宋代海州，今江苏省连云港市。⑤连舻（lú）：舟船相连航行。

　　建炎戊申①秋九月，侯起复知建康府。己酉春②三月罢，具舟上芜湖，入姑孰③，将卜居赣水④上。夏五月，至池阳⑤，被旨知湖州⑥，过阙上殿⑦。遂驻家池阳，独赴召。六月十三日，始负担，舍舟坐岸上，葛衣岸巾⑧，精神如虎，目光烂烂射人，望舟中告别。余意甚恶，呼曰："如传闻城中缓急⑨，奈何？"戟手⑩遥应曰："从众。必不得已，先弃辎重，次衣被，次书册卷轴，次古器，独所谓宗器⑪者，可自负抱，与身俱存亡，勿忘之！"遂驰马去。途中奔驰，冒大暑，感疾。至行在⑫，病痁⑬。七月末，书报卧病。余惊怛⑭，念侯性素急，奈何⑮。病痁或热，必服寒药，疾可忧。遂解舟下，一日夜行三百里。比至，果大服柴胡、黄芩药，疟且痢，病危在膏肓。余悲泣，仓皇不忍问后事。八月十八日，遂不起。取笔作诗，绝笔而终，殊无分香卖履⑯之意。葬毕，余无所之。朝廷已分遣六宫⑰，又传江当禁渡。时犹有书二万卷，金石刻二千卷，器皿、茵褥⑱，可待百客，他长物称是。余又大病，仅存喘息。事势日迫，念侯有妹婿，任兵部侍郎，从卫在洪州，遂遣二故吏，先部送行李往投之。冬十二月，金寇陷洪州，遂尽委弃。所谓连舻渡江之书，又散为云烟矣。独馀少轻小卷轴书帖，写本李、杜、韩、柳集，《世说》、《盐铁论》，汉唐石刻副本数十轴，三代鼎鼐十数事，南唐写本书数箧，偶病中把玩，搬在卧内者，岿然独存⑲。上江⑳既不可往，又虏势叵测，有弟迒，任敕局删定官㉑，遂往依之。到台㉒，守已遁。之剡出陆㉓，又弃衣被走黄岩㉔，雇舟入海，奔行朝，时驻跸章安㉕。从御舟海道之温，又之越㉖。庚戌十二月㉗，放散百官，遂之衢。绍兴辛亥㉓春三月，复赴越。壬子㉙，又赴杭。先侯疾亟时，有张飞卿㉚学士携玉壶过视侯，便携去，其实珉㉛也。不知何人传道，遂妄言有颁金㉜之语，或传亦有密论列者㉝。余大惶怖，不敢言，遂尽将家中所有铜器等物，欲赴外庭㉞投进。到越，已移幸四明㉟。不敢留家中，并写本书寄剡，后官军收叛卒取去，闻尽入故李将军家。所谓岿然独存者，无虑十去五六矣。唯有书画砚墨，可五七簏㊱，更不忍置他所，常在卧榻下，手自开阖。在会稽㊲，卜居土民钟氏舍。忽一夕，穴壁负五簏去。余悲恸不已，重立赏收赎。后二日，邻人钟复皓出十八轴求赏，故知其盗不远矣。万计求之，其馀遂不可出，今知尽为吴说运使贱价得之㊳。所谓岿然独存者，乃十去其七八。所有一二残零不成部帙书册三数种。平平书帙，犹复爱惜如护头目，何愚也耶！

[注释]

①建炎戊申：建炎二年（1128）。②己酉春：建炎三年春天。③姑孰：今安徽省当涂县。④赣水：今江西省赣江，此处或指洪州（今南昌市）。⑤池阳：今安徽省池州市贵池区。⑥湖州：今浙江省湖州市。⑦过阙上殿：指入朝见皇帝。阙，宫殿。⑧岸巾：把头巾掀起，露出前额。⑨缓急：紧急。指金兵来犯。⑩戟手：把食指和中指分开成为戟形，指点对方。⑪宗器：国家宗庙祭器及礼乐之器。⑫行在：皇帝出行时停留之地，此指建康（今南京）。⑬病疟(shān)：患疟疾。⑭惊怛（dá）：惊恐。⑮奈何：此指禁受不了。⑯分香卖履：《曹操遗令》："馀香可分与诸夫人，不命祭。诸舍中无所为，学作履组卖也。"（陆机《吊魏武帝文》引）履，麻、葛等制成的单鞋。此句谓赵明诚没有留下任何遗嘱。⑰六宫：皇帝后宫之总称。建炎三年七月金人南下，分遣六宫。⑱茵褥：也写成"茵蓐"，床垫子。⑲岿然独存：历经变故后唯一存在的人或物。语出自《昭明文选》王延寿《鲁灵光殿赋》："自西京未央、建章之殿，皆见隳坏，而灵光岿然独存。"⑳上江：长江上游地区，此指南京以西。㉑敕局删定官：职掌收集诏书并编纂成书的官员。㉒台：台州，今浙江省临海

市。㉓剡（shàn）：剡县，今浙江嵊州。陆：疑误，或作睦，睦州，今浙江省建德市。㉔黄岩：地名，今浙江省台州市黄岩区。㉕驻跸（bì）：指皇帝后妃外出时在途中暂停小住。跸，本义是皇帝出行时清道。章安：镇名，宋时属台州。㉖越：越州。今浙江省绍兴市。㉗庚戌：建炎四年。㉘绍兴辛亥：绍兴元年（1131）。㉙壬子：绍兴二年。㉚张飞卿：有二说。一说即张汝舟，毗陵人，见清代陆心源《仪顾堂题跋》。一说为阳翟人，喜书画，见王学初《李清照集校注》本文注。㉛珉（mín）：似玉的石头。㉜颁金：把玉壶送给金人，意谓李清照通敌。㉝有密论列者：宋代言官上书检举弹劾称为"论列"，此指被人密告。㉞外庭：亦作外廷，即外朝，指群臣等待上朝和办公议事的地方，与宫中（禁中）相对。㉟四明：今浙江省宁波市。㊱簏（lù）：即簏箱，用竹子等物编成的箱子。㊲会稽：今浙江省绍兴市。㊳吴说：字傅朋，钱塘（今杭州）人，当时著名书画家，曾任福建路转运判官。运使：转运使的简称。

今日忽阅此书，如见故人。因忆侯在东莱静治堂①，装卷初就，芸签缥带②，束十卷作一帙。每日晚更散，辄校勘二卷，跋题一卷。此二千卷，有题跋者五百二卷耳。今手泽③如新，而墓木已拱④，悲夫！昔萧绎江陵陷没，不惜国亡而毁裂书画⑤；杨广江都倾覆，不悲身死而复取图书⑥。岂人性之所著，死生不能忘之欤？或者天意以余菲薄⑦，不足以享此尤物⑧耶？抑亦死者有知，犹斤斤⑨爱惜，不肯留在人间耶？何得之艰而失之易也！呜呼，余自少陆机作赋之二年⑩，至过蘧瑗知非之两岁⑪，三十四年之间，忧患得失，何其多也！然有有必有无，有聚必有散，乃理之常。人亡弓，人得之⑫，又胡足道！所以区区⑬记其终始者，亦欲为后世好古博雅者之戒云。绍兴二年玄黓岁壮月朔甲寅⑭，易安室⑮题。

[注释]

①东莱静治堂：东莱即莱州（今山东莱州），赵明诚为莱州守时，府中书斋名静治堂。②芸签缥带：古人藏书多用芸香驱蠹虫，故将书签雅称为芸

签,亦借指书籍。缥带,淡青色的带子,用来束书。③手泽:指逝者留下的手汗痕迹。④墓木已拱:喻人死已久。拱,两手合抱。《左传》僖公三十二年:"尔何知?中寿,尔墓之木拱矣。"此时距赵明诚之死(1129)已有六年。⑤"昔萧绎"二句:江陵为梁元帝萧绎建都之地,承圣三年(554)被魏兵攻陷,萧绎命人焚古今图书十万余卷,道:"读书万卷,犹有今日,故焚之。"事见《资治通鉴》。⑥"杨广"二句:杨广,隋炀帝名。大业十四年(618)在江都(今江苏扬州)被杀。据《大业拾遗记》载,唐高祖武德四年(621)平定东都洛阳后,将观文殿所藏新书八千卷载回长安。上官魏梦见炀帝大呼:"为何把我的书运往京师?"船行至黄河覆没,一卷不剩。上官魏又梦见炀帝高兴地说:"我已得书!"⑦菲薄:微薄,此指自己命薄福薄。诸葛亮《出师表》:"不宜妄自菲薄,引喻失义。"⑧尤物:指珍贵的物品。尤,特异。《左传》昭公二十八年:"夫有尤物,足以移人。"⑨斤斤:此处指非常用心于其事。⑩陆机作赋:陆机字士衡,西晋诗人。杜甫《醉歌行》诗:"陆机二十作《文赋》。"李清照十八岁嫁赵明诚,故说"少陆机作赋之二年"。⑪蘧瑗知非:蘧瑗字伯玉,春秋时卫国大夫。《淮南子·原道训》:"故蘧伯玉年五十而知四十九年之非。"李清照此句是说她作序之年有五十二岁。⑫人亡弓,人得之:《孔子家语》卷二:"楚王出游,亡弓。左右请求之。王曰:'止!楚人失弓,楚人得之,又何求之?'孔子闻之曰:'惜乎其不大也!不曰人遗弓人得之而已,何必楚也?'"⑬区区:小、少,形容微不足道。⑭玄黓(yì)岁:《尔雅·释天·岁阳》:"太岁在壬曰玄黓。"绍兴二年(1132)为壬子年,故云。壮月:八月。《尔雅·释天·月阳》:"八月为壮。"王学初认为这个纪年有误,并作了考订,详其《李清照集校注·李清照事迹编年》。⑮易安室:李清照室名。

[评析]

恩爱夫妻,中道永诀,生者在贫病交加的半百之年,乍逢久逸的故夫遗著,手泽犹新,往事历历在目,却已斗转星移,物是人非,这该是一种多么复杂沉痛的情怀!李清照的这篇《金石录后序》,用如泣如诉的笔调,通过对往事哀婉动人的追忆,以赵明诚所著《金石录》之失而复得为缘由,向我们讲述了其伉俪自从青年时代结合以来，系于金石书画的种种欢乐和痛苦。随着她起伏跌宕的情感，一代士人在北宋中原大地上的人文事迹，南渡以来人物、文物所遭遇的厄运，犹如一幅时代的画卷，渐渐展现在我们眼前。

《金石录后序》，是李清照晚年为其夫赵明诚的学术著作《金石录》而作的跋文。它不仅是研究李清照生平事迹最重要的第一手资料，而且在历史风云的卷舒之中，给我们留下了一个时代的真实侧影。在作者所处的那个特殊时代，人和物，个人和国家，其命运是如此紧密地交织在一起。相信读了这篇文章，没有人会认为李清照仅只是一个在词中吟咏风花雪月，相思离别之苦的封建仕女。

笔者根据这篇文章的记叙和抒情线索，对原文进行了段落划分。据此，我们可以看到李清照和赵明诚在南渡前后，生活中的许多图景、情感以及家世资料。作者的感情是起伏跌宕的，记叙却结构严谨而委婉有致，显示了深厚的散文写作功底。第一段交代了《金石录》所载内容及其价值。第二段先感叹夫妇俩对金石的迷恋，而后叙述了自己嫁与赵明诚之后，二人典衣节食，克勤克俭，苦心收集金石书画，玩赏校勘，乐在其中的往事。第三段叙述靖康变起，金朝进犯京师，仓皇中她舍弃了很多金石书画，载着其中的精品匆匆南渡，青州失陷，留下的全部化为灰烬。第四段叙述南渡以后夫妇俩和金石书画的命运：先是与赵明诚分别，接着急急赴其行在探病，旋即赵明诚病逝，葬毕丈夫之后自己大病不起，而金兵步步进逼，国势日益艰危，南渡载来的金石书画精品屡遭厄运，几近散为云烟，最终只落得断简残篇。第五段叙偶然得到赵明诚所著《金石录》，睹物思人，悲从中来，不胜今昔之感。最后说明何以写下这篇文章。

如上所述，只能大致明了这篇文章的内容。其实李清照在这篇文章中所表现的诸多见识，一向为人赞赏。如明代曹安的《谰言长语》云："女子，微也，有识如此，丈夫独无所见哉！"清代顾炎武在《日知录》卷二十一中道："读李易安题《金石录》引王涯、元载之事，以为有聚有散乃理之常，人亡人得又胡足道，未尝不叹其言之达。"此文中的人生感悟哪里仅此一端，知音自品之，不赘。再者，文章匠心独运，以时间为经，以事件为纬，线索历历分明，更兼抒情与议论结合，穿插了自己在苦难时代，辗转流离的人生阅历中深刻感悟的事理——这就使可以简单概括出来的事情，变得不那么简单了。

激荡着作者对亡夫的深厚感情，交织着今昔两种境界的对比，流溢着独特的俊逸文气，这篇文章辞采飞扬，情文兼至，让你不得不沉浸其中，去体验那个时代一个奇女子的金石悲歌，千古情怀！如果到了这个境界，对文章条分缕析，还有多少意义呢？

投翰林学士[①]綦崇礼[②]启[③]

清照启：素习义方[④]，粗明诗礼。近因疾病，欲至膏肓[⑤]，牛蚁不分[⑥]，灰钉已具[⑦]。尝药虽存弱弟[⑧]，应门[⑨]唯有老兵。既尔苍皇[⑩]，因成造次[⑪]。信彼如簧之说[⑫]，惑兹似锦之言[⑬]。弟既可欺，持官文书[⑭]来辄信；身几欲死，非玉镜架[⑮]亦安知。伣俛[⑯]难言，优柔[⑰]莫决。呻吟未定，强似同归[⑱]。视听才分[⑲]，实难共处，忍以桑榆之晚节[⑳]，配兹驵侩之下才[㉑]。身既怀臭[㉒]之可嫌，惟求脱去；彼素抱璧[㉓]之将往，决欲杀之。遂肆侵凌[㉔]，日加殴击，可念刘伶之肋[㉕]，难胜石勒之拳[㉖]。局天扣地[㉗]，敢效谈娘[㉘]之善诉；升堂入室[㉙]，素非李赤[㉚]之甘心。外援难求，自陈何害，岂期末事，乃得上闻[㉛]。取自宸衷[㉜]，付之廷尉[㉝]。被桎梏[㉞]而置对，同凶丑[㉟]以陈词。岂惟贾生羞绛灌为伍[㊱]，何啻老子与韩非同传[37]。但祈脱死，莫望偿金[38]。友凶横者十旬[39]，盖非天降；居囹圄者九日[40]，岂是人为[41]！抵雀捐金[42]，利当安往；将头碎璧[43]，失固可知。实自谬愚，分知狱市[44]。此盖伏遇[45]内翰承旨，搢绅望族[46]，冠盖清流[47]，日下无双[48]，人间第一。奉天克复，本缘陆贽之词[49]；淮蔡底平，实以会昌之诏[50]。哀怜无告，虽未解骖[51]；感戴鸿恩，如真出己[52]。故兹白首[53]，得免丹书[54]。清照敢不省过知惭，扪心[55]识愧。责全责智[56]，已难逃万世之讥；败德败名，何以见中朝[57]之士。虽南山之竹[58]，岂能穷多口之谈[59]；惟智者[60]之言，可以止无根之谤[61]。高鹏尺鷃[62]，本异升沉；火鼠冰蚕[63]，难同嗜好。达人[64]共悉，童子皆知。愿赐品题[65]，与加湔洗[66]。誓当布衣蔬食[67]，温故知新[68]。再见江山，依旧一瓶一钵[69]；重归畎亩[70]，更须三沐三薰[71]。忝在葭莩[72]，敢兹尘渎[73]。

［注释］

①翰林学士：古代官名。唐代玄宗以来翰林学士相当于皇帝的顾问兼秘书官，有“内相”之称，唐代后期翰林学士往往升任宰相。北宋翰林学士仍掌制诰。②綦（qí）崇礼：生于1083年，卒于1142年。字叔厚，高密人。宋高宗时拜中书舍人，此时任翰林学士。《宋史》本传载：“崇礼妙龄秀发，聪敏绝人，不为崖岸斩绝之行。廉俭寡欲，独覃心辞章，洞晓音律，酒酣气振，长歌慷慨，议论风生，亦一时之英也。中年顿挫场屋，晚方登第，以县主簿骤升华要，极润色论思之选。端方亮直，不惮强御，秦桧罢政，崇礼草词显著其恶、无所隐，桧深憾之。及再相，矫诏下台州，就崇礼家索其稿，自于帝前纳之，且将修怨。会崇礼已没，故身后所得恩泽，其家畏惧不敢陈，士大夫亦无敢为其任保。楼钥尝叙其文，以为气格浑然天成，一旦当书命之任，明白洞达，虽武夫远人，晓然知上意所在云。”③启：书信，即书启。④素习义方：素习，一向就有的行为习惯。义方，行事为人应该遵守的规范和道理。《左传》隐公三年：“石碏谏曰：‘臣闻爱子，教之以义方，弗纳于邪。’”后多用来指家教。⑤膏肓：古代医学以心尖脂肪为膏，心脏与膈膜之间为肓。《左传》成公十年：“疾不可为也，在肓之上，膏之下，攻之不可，达之不克，药不至焉，不可为也。”指难治之病或病势沉重。⑥牛蚁不分：形容因病重而

精神恍惚，分不清牛和蚂蚁。语出自南朝宋代刘义庆《世说新语·纰漏》："殷仲堪父病虚悸，闻床下蚁动，谓之牛斗。"⑦灰钉已具：灰钉，石灰和铁钉，用作敛尸封棺之用。此指已备下后事。⑧弱弟：幼弟。汉代蔡邕《太傅文恭侯胡公碑》："上奉继亲，下慈弱弟。"⑨应门：照管门户，指应接来客。晋代李密《陈情表》："内无应门五尺之童。"⑩苍皇：仓促而心慌。唐代杜甫《破船》诗："苍皇避乱兵，缅邈怀旧丘。"⑪造次：语出自《论语·里仁》："造次必于是，颠沛必于是。"此指仓促慌忙中造成差错。⑫如簧之说：簧，乐器中用以发声的片状振动体，古人用以比喻舌头，指善为巧言和虚伪之言。《诗经·小雅·巧言》："巧言如簧，颜之厚矣。"⑬惑兹似锦之言：惑，误信。似锦之言，漂亮不实之词，与上文互文见义。⑭官文书：指官授的公文，此指被张汝舟蒙骗。⑮玉镜架：与"官文书"互文见义。语出自《世说新语·假谲》，西晋温峤假托为表妹择婿，并以玉镜台为聘礼，其实是为自己订下婚约："温公丧妇。从姑刘氏家值乱离散，唯有一女，甚有姿慧。姑以属公觅婚，公有自婚意，答云：'佳婿难得，但如峤比，云何？'姑云：'丧败之馀，乞粗存活，便足慰吾馀年，何敢希汝比？'却后少日，公报姑云：'已觅得婚处，门地粗可，婿身名宦尽不减峤。'因下玉镜台一枚。姑大喜。既婚交礼，女以手披纱扇，抚掌大笑曰：'我固疑是老奴，果如所卜！'"⑯僶俛（mǐn miǎn）：本指勤勉、用心，语出自《诗经·小雅·十月之交》："僶俛从事，不敢告劳。"此指沉吟良久，难以决断。⑰优柔：指犹豫不决。⑱强似同归：归，古代女子出嫁。意为正当李清照犹豫不决时，被张汝舟强娶。⑲视听才分：指学识和聪明才智。⑳桑榆之晚节：《后汉书·冯异传》："失之东隅，收之桑榆。""东隅"，以太阳初升比喻年轻；"桑榆"，以太阳余晖比喻晚年。唐代王勃《滕王阁序》："东隅已逝，桑榆非晚。"㉑驵侩（zǎng kuài）之下才：驵侩，亦作"驵会"、"驵阛"、"驵狯"。原指说合牲畜交易的人，后泛指商人和市侩。《史记·货殖列传》："通邑大都酤一岁千酿……佗果菜千钟，子贷金钱千贯，节驵会。"裴骃集解引《汉书音义》："会亦是侩也。"下才，才能低劣、不足称道的人。《列子·说符》："臣之子皆下才也，可告以良马，不可告以天下之马也。"㉒怀臭：本指腋下的狐臭气，此喻张汝舟为人之低劣，难以相处，自己只求快快离开。《吕氏春秋·遇合》："人有大臭者，其亲戚、兄弟、妻妾、知识，无能与居者。"㉓抱璧：指人因占有宝物而招祸。典出自《左传》哀公十七年："（卫庄）公入于戎州己氏。初，公自城上见己氏之妻发美，使髡之，以为吕姜髢。既入焉，而示之璧，曰：'活我，吾与女璧。'已氏曰：‘杀女，璧其焉往?’遂杀之，而取其璧。”此句意为张汝舟欲夺其劫馀之宝。㉔侵凌：侵犯欺凌。㉕刘伶之肋：刘伶，西晋正始名士，“竹林七贤”之一。《世说新语·文学》注引《竹林七贤论》：“伶处天地间，悠悠荡荡，无所用心，尝与俗士相忤，其人攘袂而起，欲必筑之，伶和其色曰：‘鸡肋岂足以当尊拳！’其人不觉废然而返。”㉖石勒之拳：王学初《李清照集校注》本文注释引《晋书·石勒载记》下：“初，勒与李阳邻居，岁常争麻地，迭相殴击。至是谓父老曰：‘李阳，壮士也，何以不来？沤麻是布衣之恨，孤方崇信天下，宁仇匹夫乎！’乃使召阳。既至，勒与欢谑，引阳臂笑曰：‘孤往日厌卿老拳，卿亦饱孤毒手。’”㉗局天扣地：惶惧不安貌。亦作局天蹐地。《诗经·正月》：“谓天盖高，不敢不局。谓地盖厚，不敢不蹐。”㉘谈娘：即《踏摇娘》，唐代盛行的民间歌舞戏。崔令钦《教坊记》载：“北齐有人，姓苏，鼩鼻，实不仕，而自号为郎中。嗜饮酗酒，每醉辄殴其妻。妻衔悲诉于邻里。时人弄之。丈夫着妇人衣，徐步入场行歌。每一叠，旁人齐声和之云：‘踏摇，和来！踏摇苦，和来！’以其且步且歌，故谓之‘踏摇’；以其称冤，故言苦。及至夫至，则作殴斗之状，以为笑乐。”唐代韦绚《刘宾客嘉话录》：“呼为《踏摇娘》，今谓之《谈娘》。”㉙升堂入室：升堂，比喻刚刚入门；入室，比喻更高境界。用以比喻人的学问和技艺深得师传，造诣精深。典出自《论语·先进》：“由也升堂也，未得入于室也。”㉚李赤：唐代柳宗元《李赤传》载，有江湖浪人名李赤者，夸其诗类李白，故自号李赤。赤为厕鬼所迷，以入厕为升堂，后坠入厕中而死。后用为心智被迷惑之典。㉛上闻：此指呈报朝廷。㉜宸衷：帝王之心意。《旧唐书·杨发传》：“礼之疑者，决在宸衷。”㉝廷尉：官名。秦朝始置，为九卿之一，掌刑狱。后世用以称朝中执掌刑法之官。㉞桎梏：本指用于脚上和手上的刑具，即镣铐。㉟凶丑：指张汝舟。㊱岂惟贾生羞绛灌为伍：贾生即贾谊。王学初《李清照集校注》本文注释认为，此句为李清照误用事，或传写错误。“贾生”应作“淮阴”或“韩信”，此说是。《史记·淮阴侯列传》载韩信“居常鞅鞅，羞与绛、灌等列”。绛即绛侯周勃，灌即灌婴，皆为汉初大臣。㊲何啻（chì）老子与韩非同传：何啻，何止，岂只。《史记》有《老子韩非列传》，魏晋以后人认为把道家和法家列在一起不伦不类。㊳莫望偿金：不指望偿还自己的财物。㊴友凶横者十旬：一旬为十天，李清照言自己与张汝舟一道生活了一百天。㊵居囹圄者九日：囹圄，牢狱。李清照言自己被张汝舟牵连而坐牢九天。㊶岂是人为：意为这样的事岂是人所能忍受的。㊷抵雀捐金：即以金掷雀，意为得不偿失。㊸将头碎璧：见

《史记·廉颇蔺相如列传》："相如因持璧却立倚柱，怒发上冲冠，谓秦王曰：'……臣观大王无意偿赵王城邑，故臣复取璧。大王必欲急臣，臣头今与璧俱碎于柱矣！'"㊹分知狱市：狱市指狱讼。此句言本以为这场官司会难分曲直。㊺伏遇：谦词，幸运地遇到。伏，伏地跪拜。㊻搢绅望族：搢绅，以士大夫的装束指代仕宦者和官员。望族，有名望、有地位的家族。㊼冠盖清流：冠盖，指仕宦者。清流，喻德行高尚，素有名望的士大夫。㊽日下无双：日下，指京师。赞人才能出众，京师没有第二个人可比。语出自《东观汉记·黄香》："帝赐香《淮南》、《孟子》各一通，诏令诣东观，读所未尝见书，谓诸王曰：'此日下无双，江夏黄童也。'"㊾"奉天"二句：奉天，今陕西乾县。唐德宗李适曾避朱泚之乱于此。陆贽，是时为翰林学士，在奉天为德宗起草诏书，于平乱有功。㊿"淮蔡"二句：淮蔡为唐代方镇名。淮西彰义军节度使吴少阳元和九年（814）卒，其子蔡州刺史吴元济反，元和十二年平定。王学初《李清照集校注》本文注释认为，会昌为唐武宗年号，会昌之诏或为李清照误记，或传写致误，诏书当为唐宪宗元和年间的。以上四句皆为李清照赞颂綦崇礼之词。(51)解骖：解脱骖马赠人。谓以财物救人困急。典出自《晏子春秋》卷五越石父事，《史记·管晏列传》亦载："越石父贤。在缧绁中，晏子出，遭之涂（途），解左骖赎之。"(52)如真出己：如同亲自把我释放出来一样。(53)白首：即头发白了，意为年老。《史记·范雎蔡泽列传》："范雎、蔡泽，世所谓一切辩士，然游说诸侯至白首无所遇者，非计策之拙，所为说力少也。"(54)得免丹书：得免于罪。丹书，古代以朱笔记录犯人罪状的文书。《左传》襄公二十三年："初，斐豹，隶也，著于丹书。"杜预注："盖犯罪没为官奴，以丹书其罪。"(55)扪心：以手抚摸胸口，表示反思。(56)责全责智：只求保全名节，并能够明智行事。责，求。(57)中朝：即朝中。(58)南山之竹：即罄竹难书。《旧唐书·李密传》："罄南山之竹，书罪无穷。"(59)穷多口之谈：穷，杜绝。多口，多言，不该说而说的话。《孟子·尽心下》："无伤也，士憎兹多口。"(60)智者：智慧过人者，此指綦崇礼。(61)无根之谤：没有根据的毁谤。(62)高鹏尺鷃：高飞的鲲鹏和满足于在蓬蒿间飞翔的斥鷃。语出自《庄子·逍遥游》。(63)火鼠冰蚕：火鼠，传说中生于火中的老鼠。见《搜神记·东方经》。冰蚕，传说中一种奇异的蚕，以霜雪覆之，然后作茧。见《拾遗记·员峤山》。(64)达人：明白道理的人。(65)品题：品说人物，定其人品高下。(66)湔洗：洗刷名誉。(67)布衣蔬食：指勤俭度日。(68)温故知新：指牢记教训。语出自《论语·为政》："子曰：温故而知新，可以为师矣。"(69)一瓶一钵：瓶、钵皆为僧人化缘的器具。唐代僧人贯休《陈情献蜀皇帝》诗云："一瓶一钵垂垂老，万水千山得得来。"⑦畎(quǎn)亩：田间，即隐居。⑦三沐三薰：再三熏香沐浴，以示敬重。《国语·齐语》："庄公将杀管仲，齐使者请曰：'寡君欲亲以为戮，若不生得以戮于群臣，犹未得请也。请生之。'于是庄公使束缚以予齐使。齐使受之而退。比至，三衅三浴之。"韦昭注："以香涂身曰衅，亦或为薰。"唐代韩愈《答吕医山人书》："方将坐足下，三浴而三薰之，听仆之所为，少安无躁。"⑦忝在葭莩：忝，谦词，有愧于、有辱于。葭莩，亲戚关系。李清照之夫赵明诚与綦崇礼为姻亲。语出自《汉书》中山靖王刘胜传。刘胜来朝，天子置酒相待。刘胜闻乐而哭泣。问其故，刘胜回答说，宗室诸王常被朝臣进谗言，"今群臣非有葭莩之亲，鸿毛之重，群居党议，朋友相为，使夫宗室擯却，骨肉冰释"。颜师古注："葭，芦也。莩者其筒中白皮（按：芦苇中的薄膜），至薄者也。葭莩喻薄，鸿毛喻轻。"⑦尘渎：指以俗事劳烦别人。

[评析]

这是一篇书信体的骈文，从文中所叙"桑榆之晚节"和"故兹白首，得免丹书"等语看，大约作于李清照晚年。文中所叙其晚年改嫁，却遇人不贤事，是一代旷世才女的悲剧。而当时和后世的一些男性枉为堂堂须眉，他们站在封建卫道士的立场上，对李清照横加指责，只能令我们更加同情李清照的不幸命运。在一个男性拥有话语权而女性失语的时代，才情、身世高华如李清照者，尚不能免遭荼毒，一般女性的命运可想而知。

如果说李清照不幸"忍以桑榆之晚节，配兹驵侩之下才"，是她南渡后诸多不幸中的一桩，那么，封建卫道士们向她身上泼脏水，是更大的不幸。想一想，当李清照用写下了那么多动人词篇的文笔，屈了傲雪寒梅般挺拔的个性，向朝中高官綦崇礼说出"愿赐品题，与加湔洗"的话时，她已经忍受了多少污言秽语的难堪和痛苦？且看看同时代人胡仔在《苕溪渔隐丛话》（前集卷十六）中所说的话："易安再适张汝舟，未几反目，有《启事》与綦处厚云：'忍以桑榆之晚节，配兹驵侩之下才。'传者无不笑之。"明清两代都有人继此奚落李清照，这些人不仅缺少仁厚宅心，甚至没有做人的起码良知！

此作缘于易安答谢綦崇礼为其解脱牢狱之灾,而施以援手的恩德。祸起于李清照再嫁张汝舟——然而嫁与未嫁,宋、明、清三代聚讼纷纭,连带这封书启的真伪,似乎也成了问题。主嫁者对李清照极尽讥讽奚落之能事,反之则极力为其辩白洗刷。不过二者有一个极其相似的地方:都是从封建卫道士的角度出发,以所谓"晚节"为要,前者责之,后者保之。其实无论嫁与未嫁,弄清这个问题,除了有助于我们对这个伟大作家生平的了解,在今天看来都没有多少实际意义。与其再延续古代的聚讼,不如通过这封书启,深入探究李清照的内心世界及晚境。

在李清照贫病交加的晚年,这场飞来的横祸,总是令人不禁想起太史公马迁所遭李陵之祸。司马迁有《报任少卿书》,李清照有《投翰林学士綦崇礼启》。这两篇文章虽然在文体上一骈一散,但是这两位作家均以愤激的笔调,倾诉了他们在遭遇人生困厄之后的切肤之痛。有一些心情,实不妨两相对照(破折号前为《报任少卿书》,后为《投翰林学士綦崇礼启》):

表沉痛:"若仆,大质已亏缺,虽材怀随和,行若由夷,终不可以为荣,适足以发笑而自点耳。"——"忍以桑榆之晚节,配兹驵侩之下才。"

表无奈:"身非木石,独与法吏为伍,深幽囹圄之中,谁可告愬者!"——"局天扣地,敢效谈娘之善诉;升堂入室,素非李赤之甘心。""被桎梏而置对,同凶丑以陈词。岂惟贾生羞绛灌为伍,何啻老子与韩非同传。"

表愤激:"今已亏形为扫除之隶,在阘茸之中,乃欲昂首信眉,论列是非,不亦轻朝廷,羞当世之士邪!"——"责全责智,已难逃万世之讥;败德败名,何以见中朝之士。"

表世态:"然此可为智者道,难为俗人言也!""且负下未易居,下流多谤议。仆以口语遇遭此祸,重为乡党戮笑,以污辱先人,亦何面目复上父母之丘墓乎?虽累百世,垢弥甚耳!"——"虽南山之竹,岂能穷多口之谈;惟智者之言,可以止无根之谤。高鹏尺鹚，本异升沉；火鼠冰蚕，难同嗜好。达人共悉，童子皆知。"

表失意："身直为闺阁之臣，宁得自引深藏于岩穴邪！"——"再见江山，依旧一瓶一钵；重归畎亩，更须三沐三薰。"

这两封书信所载，事虽不一，情实无二。穿越千百年岁月，这两位中国文学史上的旷世奇才，就这样在人生的苦难面前相遇了。李清照虽未提到她在写这封书启时，有没有想到司马迁的《报任少卿书》，但是，我们可以从中看到苦难在他们心灵上的同一折射。司马迁在《报任少卿书》中提出了著名的"发愤著书"说，在《史记》的最后一篇列传《太史公自序》中对此也有述说。可以说，没有李陵之祸的磨砺，就没有《史记》之卓绝胆识和磅礴文气。正如李长之所说：如果司马迁是条龙，李陵之祸则是睛。（《司马迁的人格与风格》）但遗憾的是，或许囿于其词"别是一家"的观念，李清照在其最擅长的体裁中，没有就此事给我们留下只言片语。如果李清照的人生确有再嫁和离异之事，那么，她笔下的这封书启，恐怕就是最直接的记录了，虽然有人怀疑其真实性。

打马图序

慧即通①，通即无所不达；专即精，精即无所不妙。故庖丁之解牛②，郢人之运斤③，师旷之听④，离娄之视⑤，大至于尧、舜之仁，桀、纣之恶⑥，小至于掷豆起蝇⑦，巾角拂棋⑧，皆臻至理⑨者何？妙而已。后世之人，不惟学圣人之道，不到圣处，虽嬉戏之事，亦得其依稀彷佛而遂止者，多矣！夫博⑩者无他，争先术耳⑪，故专者能之。予性喜博，凡所谓博者皆耽之⑫，昼夜每忘寝食。但平生随多寡未尝不进⑬者何？精而已。

自南渡来流离迁徙，尽散博具，故罕为之，然实未尝忘于胸中也。今年冬十月朔⑭，闻淮上警报⑮，江、浙之人，自东走西，自南走北，居山林者谋入城市，居城市者谋入山林，旁午络绎[16]，莫卜所之[17]。易安居士亦自临安溯流[18]，涉严滩[19]之险，抵金华[20]，卜居陈氏第[21]。乍释舟楫[22]而见轩窗[23]，意颇适然[24]。更[25]长烛明，奈此良夜乎。于是乎博奕[26]之事讲矣。且长行、叶子、博塞、弹棋[27]，世无传者。打揭、大小、猪窝、族鬼、胡画、数仓、赌快[28]之类，皆鄙俚[29]，不经见[30]。藏酒、摴蒲、双蹙融[31]，近渐废绝。选仙、加减、插关火[32]，质鲁任命[33]，无所施人智巧。大小象戏[34]、奕棋[35]，又惟可容二人。独采选[36]、打马，特为闺房雅戏。尝恨采选丛繁[37]，劳于检阅，故能通者少，难遇勍敌[38]。

打马简要，而无文采[39]。按打马世有二种：一种一将十马者，谓之关西马；一种无将二十马者，谓之依经马。流行既久，各有图经凡例可考。行移赏罚，互有同异。又宣和[40]间，人取二种马，参杂加减，大约交加徼幸[41]，古意尽矣，所谓宣和马者是也。予独爱依经马，因取其赏罚互度[42]，每事作数语，随事附见[43]，使儿辈图之[44]。不独施之博徒，实足贻[45]诸好事[46]。使千万世后，知命辞打马，始自易安居士也。时绍兴四年[47]十一月二十四日，易安室[48]序。

[注释]

①慧即通：聪明就能通晓道理。②庖丁之解牛：典出自《庄子·养生主》："庖丁为文惠君解牛，手之所触，肩之所倚，足之所履，膝之所踦，砉然响然，奏刀騞然，莫不中音。"说明通过反复实践，技艺精妙，做事得心应手。③郢（yǐng）人之运斤：典出自《庄子·徐无鬼》，谓楚国郢都有石匠技艺高超，能挥斧削去郢人涂在鼻子上的白粉，而不伤其人。说明技艺之纯熟高妙。④师旷之听：像师旷那样有很强的听力。师旷为春秋时晋国的乐师，精通音乐，尤擅辨音。《孟子·离娄上》："师旷之聪，不以六律，不能正五音。"⑤离娄之视：离娄，传说为黄帝时人，视力极强，能视于百步之外，见秋毫之末。《孟子·离娄上》："孟子曰：'离娄之明，公输子之巧，不以规矩，不能成方圆。'"⑥尧、舜、桀、纣：尧、舜是上古圣明的帝王，桀、纣则是夏商时的暴君。⑦掷豆起蝇：语出自唐代段成式《酉阳杂俎》卷四，谓有客于宴席中掷绿豆击苍蝇，十不失一。张芬以手指夹取苍蝇，亦无一失手。⑧巾角拂

棋:古代的一种弹棋游戏。《世说新语》载魏文帝特擅此,用手帕角拂之而无不中。有客著葛巾角,低头拂棋,妙胜于文帝。⑨皆臻至理:都达到了技艺的最高境界。⑩博:赌输赢胜负的游戏。⑪争先术耳:争取赢得胜利的技艺罢了。⑫耽之:沉溺其中。⑬进:赢。⑭今年冬十月朔:今年,绍兴四年(1134)。十月朔,阴历十月初一。⑮淮上警报:淮,淮河。指绍兴四年九月金兵渡淮南侵之事。⑯旁午络绎:旁午,四面八方;络绎,往来不绝。⑰莫卜所之:没有一个人知道该去何处安身。⑱临安溯流:临安(今杭州),南宋的首都;溯流,逆流而上。⑲严滩:地名,在今浙江桐庐富春江,东汉严光(子陵)隐居处。⑳金华:地名,今浙江省金华市。㉑卜居陈氏第:卜居,择地居住;第,住所。租住姓陈人家的房屋。㉒乍释舟楫:一时离开船只登岸。㉓轩窗:此处泛指房舍。㉔意颇适然:心情畅快。㉕更(gēng):古代夜间计时的单位,一夜分为五更。㉖博奕:原指六博和围棋,后泛指棋戏。奕,通"弈"。㉗长行、叶子、博塞、弹棋:皆为古代博戏。㉘打揭、大小、猪窝、族鬼、胡画、数仓、赌快:皆为古代博戏。㉙鄙俚:粗俗。㉚不经见:不常见。㉛藏酒、摴蒲、双蹙融:皆为古代博戏。㉜选仙、加减、插关火:皆为古代博戏。㉝质鲁任命:博法简单,凭运气决胜负。㉞象戏:象棋。㉟奕棋:围棋。㊱采选:古代的一种博戏。㊲丛繁:玩法复杂。㊳劲(qíng)敌:强敌。㊴文采:这里指变化复杂多样。㊵宣和:宋徽宗(赵佶)年号(1119—1125)。㊶交加徼幸:一半靠运气决定胜负。㊷互度:"互"通"枑",古代官府门前阻拦人马通行的木架子,引申为禁忌。度,规则。㊸随事附见:在每一条规则之后附上自己的解释。㊹使儿辈图之:让子侄辈作为学习的标准。㊺贻:赠送。㊻好(hào)事:喜欢此道的人。㊼绍兴四年:绍兴,宋高宗年号。绍兴四年为公元1134年。㊽易安室:李清照自称。

[评析]

所谓打马,是古代的一种棋艺游戏,因棋子被称为"马"而得名。

以"词女"著称的李清照,竟然自言"予性喜博,凡所谓博者皆耽之,昼夜每忘寝食"。如果不读她为"打马"而作的此《序》和《打马图经》及《赋》,我们就不知道她的兴趣爱好是如此之广泛,甚至首创了"命辞打马"法,并"随事附见",编写说明,使后人有据可依。其实,这只是古代上层妇女日常生活中的一种调剂而已,今天的人们对此实不足以大惊小怪,进而把"好赌"这顶帽子扣给李清照。更何况,李清照通过"打马"一事所总结的经验,即事明理,表现了其人生感悟。她通过说明写这套技艺的缘由,记录了其南渡后的一段重要经历,也是有意义的。

文章开篇以"慧"和"通","专"和"精"进行总括,用庖丁解牛等一连串与精于技艺相关的典故,说明大到"圣人之道",小到"嬉戏之事",凡事要达到"皆臻至理"的境界,关键在于不要浅尝辄止,而要专心致志。

第二段,作者说明写这套谈"技艺"作品的背景:南渡之后,金兵南犯,"江、浙之人,自东走西,自南走北,居山林者谋入城市,居城市者谋入山林,旁午络绎,莫卜所之。易安居士亦自临安溯流,涉严滩之险,抵金华,卜居陈氏第"。只身仓皇出逃,卜居金华,长夜无聊,"于是乎博弈之事讲矣"。从这简短的叙述中,我们已能感觉到时代的动乱和人民流离失所,进退失据的痛苦处境。同时也可以看到,南渡之后,迭经变乱,李清照已被磨砺得只要有个立足之所,就能"意颇适然",泰然处之。不用说,这当中浓缩了人生的多少艰辛!接着作者介绍了古代的种种博戏,对于我们今天的古代文化研究不无意义。最后,李清照说明了自己"命辞打马"的创意和编写《打马图经》的宗旨。

这篇谈博弈之事的文章,紧紧围绕博弈这条主线,夹叙夹议,融时代环境、个人经历、人生感悟为一体,相关典故信手拈来,侃侃而谈,在短小的篇幅中纵横捭阖,卷舒有致,毫无局促之感。更兼文笔简洁,文采清丽,抒情平实,叙事生动,是古代散文中的上乘之作。

李清照生平及著作简表

公元纪年	年　号	年　龄	相关事略
1084	宋神宗元丰七年（甲子）	一岁	生于齐州章丘明水，父李格非，字文叔，进士，时任郓州教授。《宋史》卷四百四十四李格非传云，李格非之妻王氏，拱辰孙女，亦善文。其女清照，诗文尤称于时，嫁赵挺之之子明诚，自号易安居士。按：李格非名列"苏门后四学士"。宋代韩淲《涧泉日记》卷上载："廖正一明略、李格非文叔、李禧膺仲、董荣武子，时号'后四学士'。"黄庭坚、秦观、晁补之、张耒等四人，文学史上称为"苏门四学士"，"后四学士"以廖正一为首。廖正一，字明略，安州（今湖北安陆）人。元丰二年（1079）进士，元祐二年（1087）除秘书省正字，绍圣二年（1095）知常州，入元祐党籍。刘克庄云："文叔与苏门诸人尤厚。其殁也，文潜志其墓。独于山谷在日，以诗往还，而此词如此，良不可晓。""文叔，李易安父也。文潜志云：'长女能诗，嫁赵明诚。'"（《后村诗话》卷七）

续表

公元纪年	年号	年龄	相关事略
1085	宋神宗元丰八年（乙丑）	二岁	居明水。是年三月神宗崩，哲宗继位。
1086	宋哲宗元祐元年（丙寅）	三岁	李格非入补太学录，"以文章受知于苏轼"（《宋史》卷四百四十四本传）。
1089	宋哲宗元祐四年（己巳）	六岁	李格非官太学正，居家于汴京经衢之西，名其堂曰"有竹堂"（晁无咎《有竹堂记》）。
1091	宋哲宗元祐六年（辛未）	八岁	李格非为太学博士。
1094	宋哲宗绍圣元年（甲戌）	十一岁	章惇为相，请编《元祐诸臣章疏》，召李格非为检讨，不就，被降职通判广信军（今河北徐水遂城西）。事见《宋史》卷四百四十四本传。
1095	宋哲宗绍圣二年（乙亥）	十二岁	李格非为校书郎。
1096	宋哲宗绍圣三年（丙子）	十三岁	李格非迁著书佐郎。
1100	宋哲宗元符三年（庚辰）	十七岁	正月，哲宗薨，其弟赵佶立，号徽宗。李格非为礼部员外郎。"苏门四学士"中的张耒《自庐山过富池隔江遥祷甘公祠求便风诗附记》载，是年"六月望日，齐安罢官，步登客舟，过樊口，李文叔棹小舸相送"。一般谓清照此岁得识张耒并作《浯溪中兴颂诗和张文潜》诗二首。笔者认为或不尽然：其一，仅据张耒的《附记》，并不足以证明李清照结识了他。父亲的朋友，闺中女儿不一定有机会结

续表

公元纪年	年 号	年 龄	相关事略
			识。其二,无论清照才华如何出众,见识如何高明,都难以想象此诗出自一个十七岁的少女之手。且唱和之作并不一定要在当时,把这两首和诗看做李清照在若干年后的作品,比如南渡初期,则比较合理。 作《点绛唇》(蹴罢秋千)、《浣溪沙》(绣面芙蓉一笑开)、《浣溪沙》(淡荡春光寒食天)等词。秦观卒。
1101	宋徽宗建中靖国元年（辛巳）	十八岁	嫁赵明诚。明诚字德甫,时年二十一岁,为太学生,吏部侍郎赵挺之季子。二兄存诚字中甫、思诚字道甫。陈师道云:"正夫(赵挺之字)有幼子明诚,颇好文义。每遇苏、黄文、诗,虽半简数字必录藏,以此失好于父,几如小邢矣。"(《后山居士集》卷十四) 李格非为礼部员外郎。苏轼、陈师道去世。 作《减字木兰花》、《庆清朝慢》、《殢人娇》、《鹧鸪天》(暗淡轻黄体性柔)等词。
1102	宋徽宗崇宁元年（壬午）	十九岁	赵明诚在太学。五月,蔡京为尚书左丞,赵挺之为尚书右丞。七月,蔡京为尚书右仆射兼中书侍郎,以元祐党人不得在京居官为由,上书弹劾朝臣十七人。李格非名在党籍,时提点京东路刑狱,以党籍罢归原籍明水。一说李

续表

公元纪年	年 号	年 龄	相 关 事 略
			格非知濮州（《九朝编年备要》卷三十六），李清照上诗赵挺之救父。今存断句云："何况人间父子情"，"炙手可热心可寒"。"识者哀之"（张琰《洛阳名园记》序）。晁公武《郡斋读书志》亦载此事。八月，赵挺之进尚书左丞。
1103	宋徽宗崇宁二年（癸未）	二十岁	赵明诚出仕。（《金石录后序》）四月，赵挺之除中书侍郎。九月，诏禁元祐党人子弟居京。"壬午诏宗室，不得与元祐奸党子孙及有服亲为婚姻，内已定未过礼者并改正。"（《资治通鉴后编》卷九十五）是年作《如梦令》二首、《浣溪沙》（髻子伤春懒更梳）、《小重山》、《怨王孙》（帝里春晚）、《一剪梅》、《醉花阴》、《摊破浣溪沙》（揉破黄金万点轻）等词。清照被遣离京，回原籍。
1104	宋徽宗崇宁三年（甲申）	二十一岁	六月，重定党籍，李格非仍未除名。九月，赵挺之自右光禄大夫、中书侍郎除门下侍郎。
1105	宋徽宗崇宁四年（乙酉）	二十二岁	三月，赵挺之除尚书右仆射兼中书侍郎。六月，赵挺之为避蔡京嫉，称疾乞罢右仆射。十月，赵明诚长兄赵存诚为卫尉卿，次兄思诚为秘

续表

公元纪年	年号	年龄	相关事略
			书少监，明诚授鸿胪少卿。赵挺之辞之，诏答不允。（《宋宰辅编年录》卷十一）
1106	宋徽宗崇宁五年（丙戌）	二十三岁	正月，毁《元祐党人碑》，除党禁，李格非等"并令吏部与监庙差遣"（《皇宋通鉴长编纪事本末》卷一百二十四）。二月，蔡京罢相。赵挺之为特进尚书右仆射兼中书侍郎。李清照大概于此时由原籍返汴京。作《长寿乐》词。
1107	宋徽宗大观元年（丁亥）	二十四岁	正月，蔡京复相。三月，赵挺之罢相，授特进观文殿大学士、佑神观使。五日后病卒，享年六十八。卒后三日，蔡京即下文置狱，其家属、亲戚在京者受株连。赵明诚兄弟被捕置狱，因"皆无实事"解狱，遂举家移居青州，李清照随之，开始了屏居青州的岁月。赵明诚籍贯本山东诸城，至其父赵挺之时徙居青州。七月，赵挺之被追夺所赠司徒、落观文殿大学士。（《宋宰辅编年录》卷十一）
1108	宋徽宗大观二年（戊子）	二十五岁	屏居青州，命书斋曰"归来堂"，自号"易安居士"，和赵明诚收集金石书画，猜书斗茶，"甘心老是乡矣，故虽处忧患困穷而志不屈"（《金石录后序》）。赵明诚撰《金石录》，李清照

续表

公元纪年	年　号	年　龄	相关事略
			"笔削其间"。 作《怨王孙》（湖上风来波浩渺）、《渔家傲》（雪里已知春信至）等词。
1111	宋徽宗政和元年（辛卯）	二十八岁	赵挺之夫人郭氏奏请复挺之所落观文殿大学士等职，诏准。（《宋宰辅编年录》卷十二）
1112	宋徽宗政和二年（壬辰）	二十九岁	屏居青州。赵明诚兄赵存诚、思诚或起复。
1114	宋徽宗政和四年（甲午）	三十一岁	屏居青州。赵明诚题《易安居士画像》，或疑伪作。 张耒卒。
1115	宋徽宗政和五年（乙未）	三十二岁	屏居青州。正月，女真阿骨打称帝，国号金。
1116	宋徽宗政和六年（丙申）	三十三岁	屏居青州。收罗金石书画。"归来堂起书库，大橱簿甲乙，置书册。""于是几案罗列，枕席枕藉，意会心谋，目往神授，乐在声色狗马之上。"（《金石录后序》） 是年周邦彦为大晟乐府提举。
1121	宋徽宗宣和三年（辛丑）	三十八岁	明诚知莱州，不详何时得职，亦不知清照独居青州几年。其词《凤凰台上忆吹箫》、《忆秦娥》、《多丽》、《行香子》（草际鸣蛩）、《念奴娇》、《点绛唇》（寂寞深闺）、《蝶恋花》（暖日晴风初破冻）、《诉衷情》、《浣溪沙》（莫使杯深琥珀浓）、《好事近》、《满庭芳》（小阁藏春）、《玉楼春》（红酥肯放琼苞碎）等词，当作于此前和明诚分离期间。

续表

公元纪年	年号	年龄	相关事略
			是年秋，清照自青州赴莱州与赵明诚团聚，结束了十年的屏居生涯。途经昌乐作《蝶恋花》（晚止昌乐馆寄姊妹）。八月十日到莱，作《感怀》诗。周邦彦卒。
1123	宋徽宗宣和五年（癸卯）	四十岁	居莱州，府中书斋名静治堂。赵明诚《金石录》"装卷初就，芸签缥带，束十卷作一帙。每日晚更散，辄校勘二卷，跋题一卷"（《金石录后序》）。谢启光刻《金石录·后序》云其初得李易安序，读之，嘉其夫妇同心，笃于嗜古，访求其全书未得，后季弟季弘于里中旧家市得刻本以遗。"考订精详，品骘严正，往往于残碑断简之中，指摘其生平隐匿，足以诛奸谀于既往，垂炯戒于将来，不特金石之董狐，实文苑之《春秋》也。"《金石录》三十卷，《四库全书》、《书录解题》、《通考》、《宋志》俱载之。
1125	宋徽宗宣和七年（乙巳）	四十二岁	金兵大举南侵，太子嗣位，是为钦宗。
1126	宋钦宗靖康元年（丙午）	四十三岁	冬，金兵破东京。《金石录后序》记赵明诚"连守两郡"，"至靖康丙午岁，侯守淄川"。赵明诚何时由莱州移守淄川，不详。 作《晓梦》诗。按：此诗当作于南渡前，姑系于此。

续表

公元纪年	年 号	年 龄	相关事略
1127	宋钦宗靖康二年（丁未）宋高宗建炎元年	四十四岁	三月，赵明诚南奔母丧，四月，金兵俘徽宗、钦宗二帝北去，北宋灭亡。五月，康王赵构即位于南京应天府（今河南商丘），改元建炎，是为高宗，史称南宋。八月，赵明诚起知江宁府（今南京）。冬，李清照"载书十五车。至东海，连舻渡淮，又渡江"，翌年春天"至建康（即江宁）"。"青州故第，尚锁书册什物，用屋十余间，期明年春再具舟载之。"但"十二月，金人陷青州，凡所谓十余屋者，已皆为煨烬矣"。（《金石录后序》）
1128	宋高宗建炎二年（戊申）	四十五岁	赵明诚知江宁。春，李清照至江宁，开始了南渡生涯。李清照有诗刺宋室君臣逃跑偷安云："南来尚怯吴江冷，北狩应悲易水寒。"又云："南渡衣冠少王导，北来消息欠刘琨。"（俞正己《诗说隽永》）李清照"每值天大雪，即顶笠披蓑，循城远览以寻诗"（周辉《清波杂志》），当在此年，次年赵明诚即罢江宁守。作《菩萨蛮》（归鸿声断残云碧）、《蝶恋花·上巳召亲族》、《菩萨蛮》（风柔日薄春犹早）、《鹧鸪天》（寒日萧萧上琐窗）、《新荷叶》等词。

公元纪年	年号	年龄	相关事略
1129	宋高宗建炎三年（己酉）	四十六岁	据《金石录后序》：二月赵明诚罢守江宁，三月与李清照具舟上芜湖，入姑孰，将卜居赣水。五月至池阳，赵明诚被旨知湖州，安家于池阳，独赴召。六月十三日与李清照分别。明诚"途中奔驰，冒大暑，感疾。至行在，病痁"。七月末，李清照得赵明诚病重消息，解舟赶去探视，一日夜行三百里。八月十八日赵明诚卒。李清照撰祭文悼念赵明诚，文逸，只余残句。葬毕赵明诚，李清照大病。金兵进犯时势日迫，遣人将部分金石书画送往赵明诚妹婿处，此人时任兵部侍郎，从卫太后于洪州。十二月金人陷洪州，寄存于洪州的文物散为云烟。时李清照之弟李迒任敕局删定官，李清照欲往依之。"到台（今浙江临海），守已遁。之剡（今浙江嵊州）出陆（疑误），又弃衣被走黄岩（今浙江省台州市黄岩区），雇舟入海，奔行朝，时驻跸章安（镇名，宋时属台州）。从御舟海道之温（今浙江省温州市），又之越（今浙江省绍兴市）。"此为清照后来追叙当时路线。作《夏日绝句》、《偶成》、《春残》等诗和《声声慢》、《渔家傲》（天接云涛连晓雾）词。

续表

公元纪年	年号	年龄	相关事略
1130	宋高宗建炎四年（庚戌）	四十七岁	《金石录后序》：先前赵明诚病重时，有张飞卿学士携玉壶来视，随后携去，其实非玉，实为珉。有人密告，于是谣传"颁金"之语，即暗通金人。李清照感到非常惶怖，于是携带家中所有青铜器等物，欲赴外庭投进。是年到衢州。
1131	宋高宗绍兴元年（辛亥）	四十八岁	《金石录后序》：三月，李清照赴越州（今绍兴）。按：《序》又云"壬子，又赴杭"，则李清照此行当经过杭州。"到越，已移幸四明（今浙江省宁波市）。"李清照只好卜居会稽（今绍兴）土民钟氏宅，卧榻之下五簏文物被贼穴壁盗去。后知尽为吴说转运使贱价得之。作词《添字采桑子》（窗前谁种芭蕉树）。
1132	宋高宗绍兴二年（壬子）	四十九岁	正月，高宗至临安（今杭州），据《投翰林学士綦崇礼启》，是年清照被蒙骗改嫁张汝舟，旋即悔之莫及，离异。作《瑞鹧鸪》、《摊破浣溪沙》（病起萧萧两鬓华）、《孤雁儿》等词。
1133	宋高宗绍兴三年（癸丑）	五十岁	居临安。五月，尚书吏部侍郎韩肖胄为端明殿学士、同签书枢密院事，充大金军前奉表通问使；给事中胡松年试工部尚书，充副使。（《续资治通鉴》）李清照作《上枢密韩肖胄诗》

续表

公元纪年	年 号	年 龄	相关事略
			古、律各一首送之。 作《南歌子》、《忆秦娥》词。
1134	宋高宗绍兴四年（甲寅）	五十一岁	十月，避乱赴金华，卜居陈氏第。作《打马图经》及《序》、《赋》。
1135	宋高宗绍兴五年（乙卯）	五十二岁	春及初夏，仍居金华，并于此地作《武陵春》词和诗《题八咏楼》。由金华返临安途中，又亲睹严子陵垂钓处，作《钓台》诗。追随圣驾至临安。作《金石录后序》。按：其文末记："绍兴二年玄黓岁壮月朔甲寅，易安室题。"但据其文"余自少陆机作赋之二年，至过蘧瑗知非之两岁"，应为五十二岁之年作此序。现学者多道清照五十一岁作此序。清代俞正燮《癸巳类稿·易安居士事辑》云："绍兴元年，易安之越。二年，之杭，年五十有一矣。作《金石录后序》……"
1140	宋高宗绍兴十年（庚申）	五十七岁	居临安终老。五月十一日，辛弃疾生。辛词有《丑奴儿近·博山道中效李易安体》。朱弁作《风月堂诗话》成。卷上记："李清照，赵明诚妻，李格非女也。善属文，于诗尤工。晁无咎多对士大夫称之。如'诗情如夜鹊，三绕未能安'，'少陵也自可怜人，更待来年试春草'之句，颇脍炙人口。" 作词《清平乐》（年年雪里）。

续表

公元纪年	年　号	年　龄	相关事略
1141	宋高宗绍兴十一年（辛酉）	五十八岁	五月谢伋《四六谈麈》成，卷一载李清照《祭赵湖州文》残句。按："湖州"即明诚，他曾被旨知湖州。十一月宋金和议成，十二月岳飞被秦桧矫诏杀害。
1143	宋高宗绍兴十三年（癸亥）	六十岁	表上赵明诚《金石录》于朝。洪适《隶释》云："绍兴中，其妻易安居士李清照表上之。"
1146	宋高宗绍兴十六年（丙寅）	六十三岁	正月十五日，曾慥《乐府雅词》成，收李清照词23首：《南歌子》、《转调满庭芳》、《渔家傲》、《如梦令》（两首）、《多丽》、《菩萨蛮》（两首）、《浣溪沙》（三首）、《凤凰台上忆吹箫》、《一剪梅》、《蝶恋花》（两首）、《鹧鸪天》、《小重山》、《怨王孙》、《临江仙》、《醉花阴》、《好事近》、《诉衷情》、《行香子》。按以上作品皆作于南渡前。
1148	宋高宗绍兴十八年（戊辰）	六十五岁	胡仔《苕溪渔隐丛话》前集成，卷六十《丽人杂记》条有对李清照词的评论，并载李清照再适张汝舟事，又言其尝忆京洛旧事，后集卷三十三载李清照作《词论》事。《永遇乐》（落日镕金）当作于这时期。

续表

公元纪年	年　号	年　龄	相关事略
1149	宋高宗绍兴十九年（己巳）	六十六岁	三月，王灼《碧鸡漫志》成，卷二谓李清照"再嫁某氏，讼而离之"。 清照携所藏米芾墨迹，访米友仁（米芾之子），求作跋。事见岳珂《宝真斋法书赞》卷十九、二十。不详年代，姑系于此。
1155	宋高宗绍兴二十五年（乙亥）	七十二岁	欲以所学传孙氏女，孙氏谢不可。陆游《渭南文集》卷三十五《夫人孙氏墓志铭》："夫人幼有淑质，故赵建康明诚之配李氏，以文辞名家，欲以其学传夫人。时夫人十余岁，谢不可，曰：'才藻非女子事也。'"孙氏逝于绍熙四年（1193），卒年五十三，则当生于绍兴十年（1140）。
			此后事迹不详。

历代刻印出版李清照作品选目

年　代	编辑者	名称及出版者
不详	不详	《李易安集》十二卷，最早见于宋代晁公武《郡斋读书志》，诗文兼收，佚。
不详	不详	《文集》十二卷、《漱玉词》一卷，宋代朱彧《萍洲可谈》载目，佚。《四库全书》收汲古阁《诗词杂俎》本《漱玉词》一卷，仅存十七首。

续表

年　代	编辑者	名称及出版者
不详	不详	《易安文集》,宋代张端义《贵耳集》载目,佚。
不详	不详	《易安居士文集》七卷、《易安词》六卷,元代脱脱等撰《宋史·艺文志》载目,佚。
不详	不详	《李易安集》十三卷,明代焦竑《国史经籍志》载目,佚。
不详	不详	《李易安集》十二卷,明代陈第《世善堂藏书目录》载目,佚。
清光绪间	不详	《漱玉词》一卷,线装影印本。
清代	王鹏运	《漱玉词》(光绪七年,1881)、《补遗》(光绪十五年,1889),四印斋所刻词。
民国间	不详	《漱玉词》一卷、朱淑真《断肠词》一卷合印为一册,影印线装。
1927、1930	李文裿	《漱玉集》五卷,《冷雪庵丛书》铅字排印本。
1931	赵万里校辑	《宋金元人词·漱玉词》,铅字排印本。
1962	中华书局上海编辑所编辑	《李清照集》,中华书局。
1963	王延梯编注	《漱玉集注》,山东人民出版社。
1965	唐圭璋辑	《全宋词》,中华书局。
1981	孔凡礼辑	《全宋词补辑》,中华书局。
1979、1981	王学初	《李清照集校注》,人民文学出版社。
1981、2009	黄墨谷辑校	《重辑李清照集》,齐鲁书社、中华书局。
1983	李敖主编	《漱玉集》,中国名著精华全集(30),台北远流出版公司。

续表

年 代	编辑者	名称及出版者
1983	蓝天、林健、伍岭	《李清照诗词评释》,广东人民出版社。
1985	侯健、吕智敏	《李清照诗词评注》,山西人民出版社。
1990	徐北文主编	《李清照全集评注》,济南出版社。
1996	曹树铭校释	《李清照诗词文存》,台湾商务印书馆。
1998	刘瑜编著	《李清照全词》,山东友谊出版社。
1999	杨合林编注	《李清照集》,岳麓书社。
2002	顾廷龙主编	《漱玉词》,《续修四库全书》第1722册,上海古籍出版社。
2002	徐培均笺注	《李清照集笺注》,上海古籍出版社。
2003	陈祖美编著	《李清照词新释辑评》,中国书店。
2004	蔡镇楚等整理	《李清照集》,山东画报出版社。
2005	商务印书馆四库全书工作委员会编	《漱玉词》,文津阁《四库全书》本,北京商务印书馆影印本。
2006	施议对编纂	《李清照全阅读》,香港三联书店。
2006	许渊冲译	《李清照词选》,中英文对照图文典藏本,河北人民出版社。
2006	朱传东主编	《李清照诗词集》,济南出版社。
2007	王天义、王建国主编	《李清照诗词文集》,济南出版社。
2007	吴惠娟导读	《李清照词集》,上海古籍出版社。
2007	王英志编选	《李清照集》,凤凰出版社。
2008	姜汉椿、姜汉森注译	《新译李清照集》,台北三民书局。
2009	陈祖美注	《漱玉词注》,齐鲁书社。

现代李清照研究著作选目

年 代	编著者	书名及出版社
1931	傅东华著	《李清照》,上海商务印书馆。
1947	魏尧西编	《李清照年谱》,稿本。
1982	王延梯著	《李清照评传》,陕西人民出版社。
1982	程千帆、徐有富著	《李清照》,江苏人民出版社。
1983	钱世明著	《李清照》,百花文艺出版社。
1984	褚斌杰编	《李清照资料汇编》,中华书局。
1985	朱传誉主编	《李清照传记资料》,台北天一出版社。
1985	范纯甫著	《肠断西风李清照》,台北庄严出版社。
1988	若童著	《李清照传》,台北国际文化事业公司。
1989	缪香珍著	《李清照与朱淑真评传》,台湾商务印书馆。
1990	刘瑞莲著	《李清照新论》,山西人民出版社。
1991	周玉清著	《李清照评传》,成都科技大学出版社。
1995	陈祖美著	《李清照评传》,南京大学出版社。
1999	刘秋增总纂、《山东省志·诸子名家志》编纂委员会编	《李清照志》,山东人民出版社。

续表

年 代	编著者	书名及出版社
2000	雪岗著	《漱玉清芬》,台北万卷楼图书公司。
2002	朱翔编著	《李清照全传》,光明日报出版社。
2005	邓红梅著	《李清照新传》,上海古籍出版社。
2009	谢学钦著	《李清照正传》,中国文史出版社。
2009	刘乃昌主编	《李清照志》,山东人民出版社。
2009	何广棪著	《李清照改嫁问题资料汇编》,台北花木兰文化出版社。
2010	陈玉兰编著	《李清照》,中华书局。

图书在版编目(CIP)数据

李清照诗词选/(北宋)李清照著;孙秋克
注评.—郑州:中州古籍出版社,2011.10
ISBN 978-7-5348-3602-2

Ⅰ.①李…Ⅱ.①李…②孙…Ⅲ.①宋诗-选集
②宋词-选集③古典散文-散文集-中国-宋代
Ⅳ.①I214.412

中国版本图书馆 CIP 数据核字(2011)第 147053 号

出版社:中州古籍出版社
　　(地址:郑州市经五路66号　邮政编码:450002)
发行单位:新华书店
承印单位:河南大美印刷有限公司
开本:640mm×960mm　1/16　印张:14
字数:160千字　　　　　　　印数:1-5000册
版次:2011年10月第1版　　印次:2011年10月第1次印刷

定价:20.00元
本书如有印装质量问题,由承印厂负责调换。